圖解克蘇魯神話

Cthulhu Mythos

森瀨 繚 編著

王書銘 譯

F-MAPS

前言

「克蘇魯神話」是從恐怖小說家霍華・菲力普・洛夫克萊夫特跟作家朋友將自創黑暗神祇、魔法書等固有名詞寫進彼此作品的遊戲裡面所形成的虛構神話體系。

克蘇魯作品群誕生80餘年，如今「克蘇魯神話」愛好者遍布全世界，不僅僅是小說，在音樂、電影、遊戲、漫畫等所有設想得到的媒體同樣也有眾多的相關作品發表。

有別於一般擁有明確的規則方向、作品設定審判者的共享世界，「克蘇魯神話」是個極開放的世界觀，可供各個創造者自行取捨選擇作品設定、加以個人的獨自解釋，甚至追加新的作品設定。歷來有奧古斯特・德勒斯、林・卡特、桑迪・皮特遜等人均曾經致力於將「克蘇魯神話」體系化的浩大工程，可是始終沒人能提出足以讓眾人心服的成果。

各個項目間產生的矛盾堪稱是本書這種必須針對主題進行解剖、對照、分析的圖解書籍的致命傷，話雖如此卻也不能為勉強追求統合性而就此浪費「克蘇魯神話」這個頂級的素材。這就跟《莊子》應帝王第七裡面，替混沌挖開眼耳口鼻卻反將其害死的故事是同樣的道理。

本書透過圖解呈現「克蘇魯神話」，恰如面對著一只熬煮著不知名食材的黑色湯鍋、看準要害處攔腰剖開，並試圖借文字捕捉出現在橫切面的奇異風景。本書是以日語譯本比較容易取得的作品為中心之「選粹」，與其他項目發生矛盾則勢必要忍痛割愛，還請見諒。

此外，本書是站在將「克蘇魯神話」視為真實的立場來執筆寫作，有關歷史、地理、人物的記述並不一定會跟現實相符吻合。倘若各位讀者大德在閱讀的時候能夠置身其中、彷彿自己就是被故事裡諸多奇異詭譎玩弄在股掌之間的登場人物，這將會是編著者無上的喜悅。

歡迎來到宇宙的恐怖世界，「窮極之門」亦將為君而開。

森瀨繚

目　次

目　次

第1章
暗黑神統記

No.001

克蘇魯神話

Cthulhu Mythos

宇宙對人類非但不存好意，甚至還是會招致禍害的場所。在人智萬不能企及的眾多神祇眼中，渺小如人類根本不值一顧。

●暗黑的神話體系

所謂克蘇魯神話就是圍繞著君臨於充斥著混沌的異次元空間的高次元存在「外神」，以及從闇然外宇宙飛到太古地球、在人類尚未誕生的遙遠從前統治這個星球的舊日支配者，描述這些恐怖邪祟諸神祇的暗黑神話體系。這些神祇和祭祀儀式早在人類史黎明時期便曾受到**姆**和**黎姆利亞**等**失落的大陸**和極地地區繁盛一時的文化圈崇拜，卻因各時代當政者以及否定異教的一神教恐怕淫祀邪教將對社會造成不良影響，遂而從古老文字記錄和傳說中遭到悉數抹滅，如今除了在海蛇[*1]、挪威海怪[*2]等傳說裡面可以發現些許殘渣以外，也只能從**《死靈之書》**等禁斷的祕密宗教典籍裡面去找尋它的蛛絲馬跡了。這些書籍大多都經過查禁、焚書等形式打壓而成為非常稀有的珍本，本應再無甚機會能引起一般人注意。豈料1920年代活躍於美國廉價雜誌的**霍華・菲力普・洛夫克萊夫特**以及跟他有固定交流的作家們——人稱「洛夫克萊夫特幫」——竟將這個暗黑神話體系當成題材進行創作，這才使得克蘇魯神話開始為少部分好事之徒所知悉，然後徐徐緩緩、深沉而靜謐地向全世界散播開來。

據說學術界首先使用「克蘇魯邪教」此語的就是布朗大學的**喬治・甘莫・安吉爾教授**，而「克蘇魯神話」則應是後來**拉班・舒茲伯利博士**等研究者才開始用來統稱「外神」和「舊日支配者」相關神話及其信徒的用語。事實上在**哈斯塔**、**猶格・索托斯**等地球上崇拜的諸神祇當中，**偉大的克蘇魯**一直都被視為是最最邪惡而且恐怖的存在，早在姆大陸還存在於太平洋面的時代便已經在世界各地廣受信仰膜拜。

---

*1 海蛇（Sea Serpent）：神話和傳奇中的海洋動物，據傳像條巨蛇。在整個古代世界，人們普遍相信海底深處住著巨獸。

*2 挪威海怪（Kraken）：北歐神話中游離於挪威和冰島近海的海怪，巨大的身軀和令人畏懼的外表使牠們經常出現在小說作品中。其實這個傳說可能只不過是人們對真實世界中的大烏賊（約13公尺或43英呎長，包括觸手）的印象。

克蘇魯神話相關作家

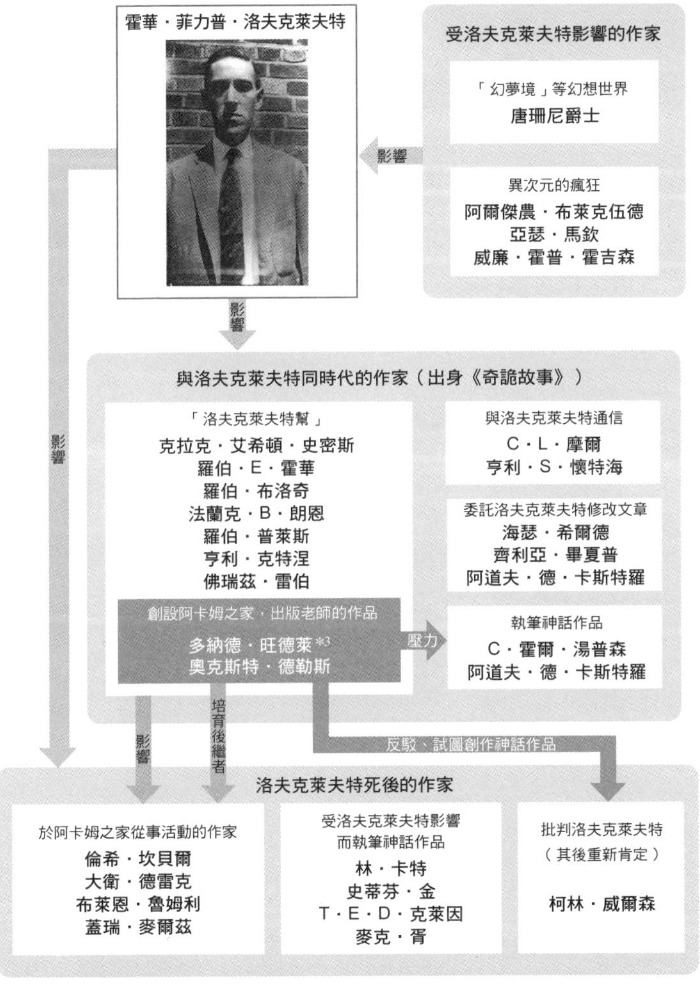

關聯項目

●姆→No.071
●失落的大陸→No.069
●黎姆利亞→No.072
●《死靈之書》→No.025
●哈斯塔→No.008
●霍華・菲力普・洛夫克萊夫特→No.087
●喬治・甘莫・安吉爾教授→No.089
●猶格・索托斯→No.006
●拉班・舒茲伯利博士→No.106
●偉大的克蘇魯→No.003

---

*3多納德・旺德萊（Donald Wandrei）：此為《戰慄傳說》譯名，《克蘇魯神話》譯作「唐那・汪德瑞」。

No.002

異形諸神

Strange Aeon

落在時間與空間彼方的窮極之門對面，大地深處魑魅蠕動著巨體，不具固定形體的神明則是在混沌中央以褻瀆的方式不斷地吐著泡沫。

●萬魔殿

按照欲藉小說形式表現出宇宙恐怖的**霍華・菲力普・洛夫克萊夫特**的說法，在廣大宇宙的漠漠然虛空之中，人類的法律、好惡抑或情感既無所謂妥當與否，亦無任何意義可言。宇宙和統治宇宙的諸神對人類遑論抱持有些許善意，甚至根本就對人類沒有半點關心；在這群異形諸神跟前，人類只不過是個等著被玩弄、被破壞的無力而渺小的存在。**克蘇魯神話**的這個宇宙觀，跟神智學所謂作為生物的人類及其社會只不過是個短暫現象的教義確有共通之處。

距離人類誕生遙遠的從前，「舊日支配者」從外宇宙飛來太古的地球施行統治，後來地殼變動和星辰運行變化使其無法繼續在地面活動，於是才躲到地球和諸行星地底長眠，至今依然。永劫的日月流逝，彼等「舊日支配者」躺在墓窟的漆黑之中，絲毫不動彈地保持著意識，以其足以覆蓋極廣大區域的意念梭巡於宇宙所有能夠感知的事件之間。

儘管「外神」不具備血肉，但跟僅有不完全形體的「舊日支配者」相較之下，從傳言位於宇宙中心或外側的那充斥著混沌的高次元空間統治全宇宙的「外神」反而是更類似於神明的超自然存在，同時也是個透過被命名便能獲得神性的能量暨概念。統帥**阿撒托斯**是不斷向外膨脹的原初混沌，早在宇宙創世以前便已經存在，副王**猶格・索托斯**既是從過去、現在連接直到未來的時間流，同時也是無止境累積下去的世界的記憶。在「外神」身旁，則是有以笛鼓吹奏著瘋狂而騷亂曲音的異形僕從隨行在側。

宇宙裡還另有一支跟「舊日支配者」、「外神」敵對，也有人說是處於中立立場的神祕神祇「古神」[*1]存在，**諾登斯**就是其中一員，或曰是乃「古神」主神。

[*1] 古神（Elder Gods）：或稱「舊神」，《克蘇魯神話》譯為「老神」，《西洋神名事典》譯作「古老神明」。

克蘇魯神話的宇宙觀

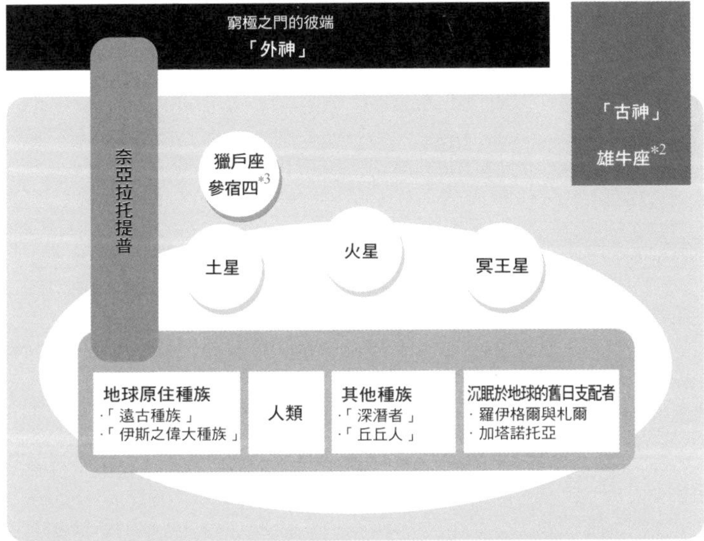

❖「地球本來的神」(Great Ones，亦稱「地球的虛弱眾神」)

除「舊日支配」和「外神」、「古神」以外，以幻夢境為故事舞台的諸作品亦曾多次提及另一批稱為「地球本來的神」；它們雖然並非邪惡，但這也並不代表它們絕對是屬於良善的一方。「地球本來的神」是在奈亞拉托提普和諾登斯的庇護之下，在幻夢境的卡達斯宮殿安然度日。奈亞拉托提普跟諾登斯是敵對關係，至於「地球本來的神」為何會受到這兩個神明守護，其中緣由全然不明。「地球本來的神」既然名為諸神想必是有複數神明存在，可是就連這些神明分別叫什麼名字也全都無從得知。

克蘇魯神話研究家兼神話作品作家林·卡特曾經在名為「克蘇魯神話眾神」的文章裡指出克蘇魯神話提到的幾個神明就是「地球本來的神」，不過這個分類並無明確根據，最好還是當作參考就好。

關聯項目

●霍華·菲力普·洛夫克萊夫特→No.087
●克蘇魯神話→No.001
●阿撒托斯→No.004
●猶格·索托斯→No.006
●諾登斯→No.013

*2 雄牛座(Taurus)：即黃道十二宮的金牛座。此處乃採《克蘇魯神話》譯名。
*3 參宿四(Betelgeuse)：《克蘇魯神話》譯作「比特鳩斯」，此處採大英線上百科譯法。是獵戶座當中最亮的恆星。

No.003

偉大的克蘇魯

Great Cthulhu

彼輩非是恆久倒臥不起的死者，卻在無可測知的永劫歲月中穿越死亡。當繁星回到正確位置的同時，偉大的神明就會復活。

●最受畏懼恐怖的「舊日支配者」

在人類誕生以前君臨地球的「舊日支配者」諸神祇當中，偉大的克蘇魯是最受人類畏懼的一個。

克蘇魯經常被描繪成身體表面滿覆著鱗片和肉瘤，頭部像個章魚，臉上長有不知是蛇還是觸手的鬚髯，雙手生有白爪、兩翼有如蝙蝠，這麼個彷彿是將人類的形體極盡戲謔能事所改造成的極端且凶惡的恐怖模樣，可是克蘇魯的實體其實是個能夠隨意變化形狀的不定形原形質肉塊，它那充滿惡意的巨眼、每當眼球蠢動時所發出彷彿用尖刃刮削聽覺神經般的長音、類似雙簧管的戰慄吼聲，再再彰顯了它的本質。

遙遠的太古時代，偉大的克蘇魯跟眷屬從黑暗的佐思星系穿過萬千星海來到地球、打敗**「遠古種族」**征服姆大陸，後來卻因為天文變化與隨之而來的地殼變動而喪失力量，沉眠於太平洋海底都市拉萊耶城的石館裡。早在人類史初期，**莎布・尼古拉絲**和**蛇神伊格**等都曾經在古代的**姆**大陸受到崇拜，其後也對世界各地的民間傳說造成影響，譬如克丘亞艾亞爾族[*1]信奉的戰爭之神和阿茲特克帝國崇拜的羽蛇神奎札柯特[*2]、南太平洋幾個島嶼發現的神像、澳洲發現的盾牌等，都可以發現這些古老信仰的痕跡。

偉大的克蘇魯受到海神**達貢**及其眷屬**「深潛者」**等水棲種族崇拜，其人類信徒則大多是靠海生活。克蘇魯的瘋狂信徒抱持著堅決的信念一直守護著禁忌的知識，好讓偉大的克蘇魯能在繁星回到正確位置的時候從永恆的夢境中覺醒、從**拉萊耶城**的墓窟裡崛起。

[*1] 克丘亞艾亞爾族（Quechua Ayars）:《戰慄傳說》和《克蘇魯神話》均無此說法，恐是大英線上百科所指「克丘亞人」（Quechua），是住在由厄瓜多到玻利維亞的安地斯山區的南美洲印地安人。

[*2] 奎札柯特（Quetzalcoatl）：阿茲特克的文明與秩序之神，是與泰茲凱特力波卡對立的「羽蛇」。同時也是太陽神、風神。

偉大的克蘇魯及其崇拜者

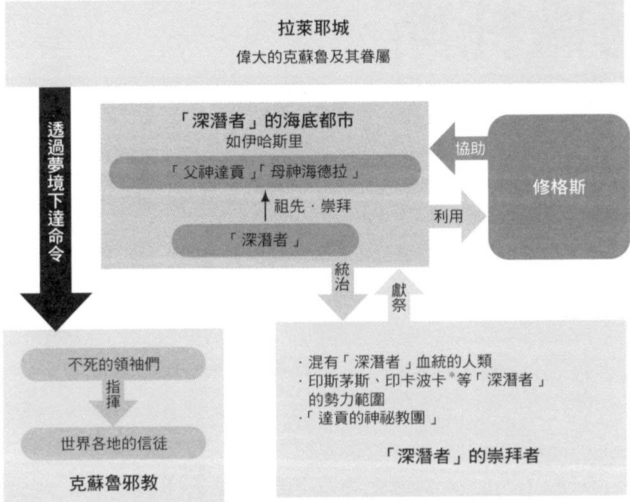

偉大的克蘇魯

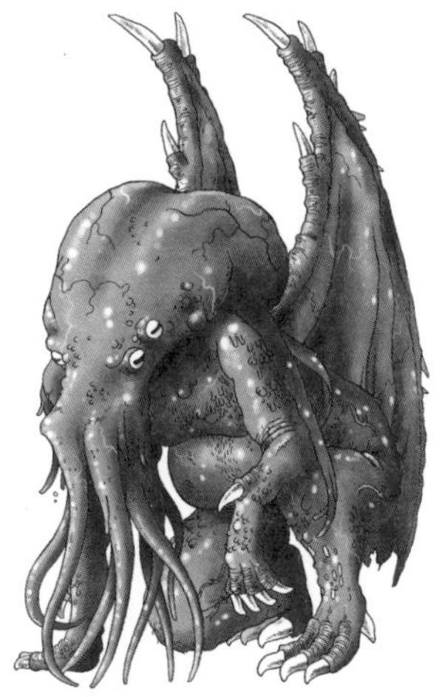

偉大的克蘇魯

偉大的克蘇魯活像出現在惡夢裡的怪物，經常被描繪成頭顱生有觸手彷彿頭足類、背後長有蝙蝠的翅膀宛如飛龍的模樣。

關聯項目

●「遠古種族」→No.017
●莎布．尼古拉絲→No.007
●姆→No.071
●拉萊耶城→No.067
●達貢→No.009
●「深潛者」→No.016
●其他神明（蛇神伊格）→No.015

No.004

阿撒托斯*

Azathoth

瘋狂的宇宙真正造物主。陣陣痴狂騷亂的笛鼓樂音迴蕩聲中，高坐在翻滾沸騰的混沌中央的寶座、為飢餓感和百無聊賴所惱的白痴魔王。

●「外神」的統帥

在無邊無際的宇宙空間中心、沸騰的混沌捲曲成漩渦的最深處有個超越時間的無明房室裡面，身為萬物之王的盲眼白痴神明、所有「外神」的統帥、不具任何形狀的無定形黑影——阿撒托斯就像個大字般地隨便躺臥在寶座上面冒著泡沫，重複膨脹與收縮並不斷吐出污穢不淨的字句。

在阿撒托斯的混沌寶座周圍，隨時都有不具心志而無固定形體的喧囂舞者群聚在旁瘋狂地舞蹈，並同時發狂般地連續擊打大鼓發出低劣而模糊的音色、以受詛咒的魔笛吹奏出細長而單調的樂音，以慰無時不感到飢渴的魔王阿撒托斯的無聊。

阿撒托斯就是難以名狀的宇宙的原罪，宇宙間存在的所有事物均是阿撒托斯的思考所創造，相反地，任何人看見阿撒托斯的模樣都要從最根本的存在遭到破壞。不過，阿撒托斯鮮少親自有所作為，大多都是由諸神的強壯使者**奈亞拉托提普**以代行者身分，直接執行其意旨。

有預言指出當地球從前的統治者從沉眠中復活的時候，阿撒托斯也將會降臨在無光的**冷之高原**；阿撒托斯出現的場所必定會颳起陣陣混雜著創造與破壞的爆炸性混沌，因此除煞該星的昆蟲等極少數例外以外，根本沒有崇拜者會期待它的到來。**火星**和木星中間的小行星帶，就是從前位在該處的星球被應召喚而來的阿撒托斯擊碎所造成的結果。

麻薩諸塞州**阿卡姆鎮**出身的詩人艾德華・皮克曼・德比曾經根據自己從**《死靈之書》**等禁斷書籍中得來的阿撒托斯形象，寫成惡夢般的抒情詩〈阿撒托斯諸邪記〉轟動文壇。

---

* 阿撒托斯：《戰慄傳說》、《克蘇魯神話》譯為「阿瑟特斯」。

阿撒托斯與「外神」

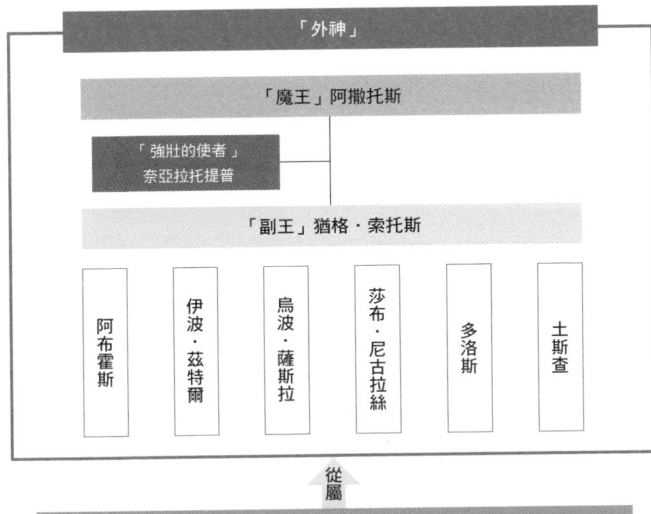

阿撒托斯及其侍從

「外神」的侍從

每個跟隨眾神身邊發狂似地擊奏笛鼓的侍從都是擁有強大力量的怪物，不得輕侮之。

阿撒托斯

暴走不受控制的能量體阿撒托斯。其形狀無法擠壓進入三次元空間，不斷地重複膨脹和縮小。

關聯項目

●奈亞拉托提普→No.005　●冷之高原→No.060　●火星→No.075
●阿卡姆鎮→No.039　●《死靈之書》→No.025

No.005

奈亞拉托提普[*1]

Nyarlathotep

身為「外神」的強壯使者，卻連自己服事的主人都可以公然嘲笑的克蘇魯神話惡作劇精靈。

●千面的無貌神明

「匍伏的混沌」、「夜吼者」、「燃燒的三眼」、「無貌神明」、「黑色法老王」、「腫脹之女」——強壯的奈亞拉托提普是以**阿撒托斯**為首的「外神」的使者暨代行者，它有千百個不同的名字和化身、能夠出現在任何的時空。在從前公然崇拜邪惡神祇、後遭古**埃及**從歷史裡抹煞的奈夫倫-卡時代，奈亞拉托提普是以擁有銳利的長爪、禿鷹的雙翼和鬣狗的胴體，並且戴著三重頭冠的無顏斯芬克斯[*2]模樣為人所知。

埃及最古老的魔神奈亞拉托提普是亦稱黑色使者的復活之神，據傳當世界末日即將到來的時候，它就會變成皮膚黝黑沒有五官的男子出現，一方面到處散播死亡，卻又手持聖杖穿越重重沙漠、使太古的死者一一復活。

為遂行其邪惡目的，奈亞拉托提普偶爾會變身成人類模樣公然出現在人前。相傳現身於魔宴引導女巫的「黑色男子」、使**星際智慧教派**在洛杉磯復活的奈神父、核子物理學家安布魯斯・德克斯特博士、在**里弗班克斯**廢棄教會講道的麥可・馬克西米連神父等，都疑似為奈亞拉托提普的化身。

有時奈亞拉托提普也會跟其他「外神」同樣帶著吹奏魔笛的侍從們行動，不過這些侍從都有自己的名字，時而還會擔任主人奈亞拉托提普的代行者。

1945年大日本帝國已盡露頹敗之勢時，曾經執行過數個咒殺法蘭克林・D・羅斯福總統的作戰計畫，當時就有位初出茅蘆不久的魔法師曾經召喚出奈亞拉托提普第16號侍從，名叫「托羅斯」的魔物。

[*1] 奈亞拉托提普：《戰慄傳說》、《克蘇魯神話》譯為「奈亞魯法特」。
[*2] 斯芬克斯（Sphinx）：常見於埃及和希臘藝術作品的神話式獅身人面怪獸。

「持擁千面之神」

「外神」的使者奈亞拉托提普擁有無數化身並且能夠顯現於任何時間、空間，被稱為「持擁千面之神」。

奈亞拉托提普關係圖

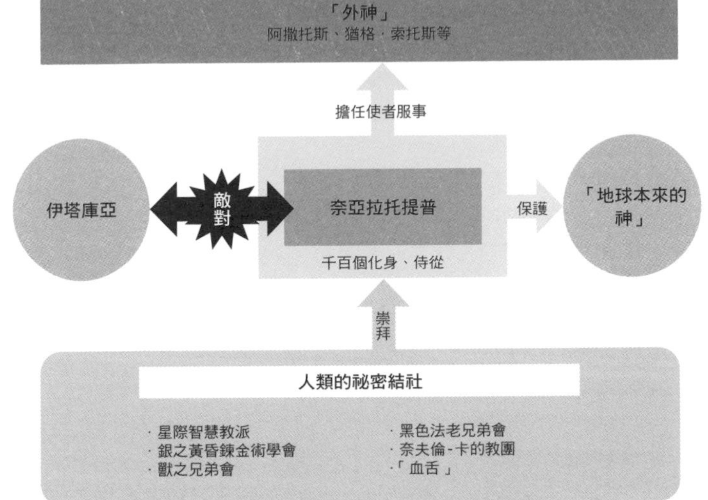

關聯項目

●阿撒托斯→No.004
●埃及→No.055
●星際智慧教派→No.103
●里弗班克斯→No.043

No.006

猶格・索托斯[*1]

Yog-Sothoth

它既是開門的鎖匙，同時也是守護者。端坐於以銀鑰匙開啟的窮極之門外，完全不受時空任何限制的最強大神祇、「外神」的副王。

●位在遠方者

裝扮成由眾多散發出太陽般強光的彩虹色球體積集物模樣的「外神」猶格・索托斯，是個在時空間最底層的底層、混沌的正中央，永無止境發出泡沫的有觸角無定形怪物。它超越時間與空間的法則，與所有時間同在、及於一切空間。

根據**《死靈之書》**記載，猶格・索托斯是通往「外神」所在外宇宙的門扉，它既是這扇門的鑰匙、守護者，同時也是宇宙最終極的祕密。開啟這扇門的咒文記載於《死靈之書》中，不過除17世紀刊行的拉丁語版以外，其他版本在咒文最關鍵部分都有殘缺。猶格・索托斯是具有實體的神祇，甚至還曾經跟**華特立家族**的女性產下子嗣，但這位神明同時卻也是個概念，是難以捉摸無法碰觸到的「猶格・索托斯現象」。在「一生萬物，萬物歸一者」的猶格・索托斯裡面，過去、現在和未來的一切時間都是同一，宇宙的全部存在甚至於「外神」和「舊日支配者」，盡皆都在猶格・索托斯的認知之內。又或者可以說猶格・索托斯是部鉅細靡遺記錄宇宙所有情報的《阿卡錫大事紀》[*2]。約朝・狄和初代倫道夫・卡特等伊利莎白女王時期的魔法師甚至認為只要掌握猶格・索托斯就能夠階及神明。

「米・戈」稱呼猶格・索托斯為「位在遠方者」崇拜之，據說普洛維頓斯的黑魔法師**約瑟夫・古溫**還曾經創造出召喚猶格・索托斯的咒文，並且唱禱咒語見到了猶格・索托斯。據說有「引路人」、「窮極之門守護者」、「長生者」、「最古老者」等眾多稱號的尤瑪特-塔威爾，其實就是偽裝成人類模樣的猶格・索托斯化身，它會將銀鑰匙的持有者領往窮極之門。

[*1] 猶格・索托斯：《戰慄傳說》、《克蘇魯神話》譯為「憂戈-索陀斯」。

[*2]《阿卡錫大事紀》(Akashic Chronicles)：記錄世界的一切事件、思想、知識，甚至於每個人的私密感情。與其說它是本書，倒不如說是座巨大的圖書館，是故《阿卡錫大事紀》另有個別名叫「宇宙的記憶」。

穿越銀鑰之門

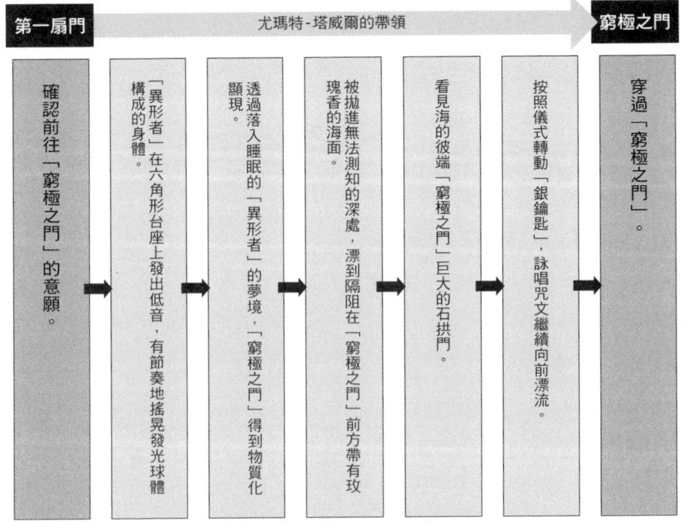

猶格・索托斯

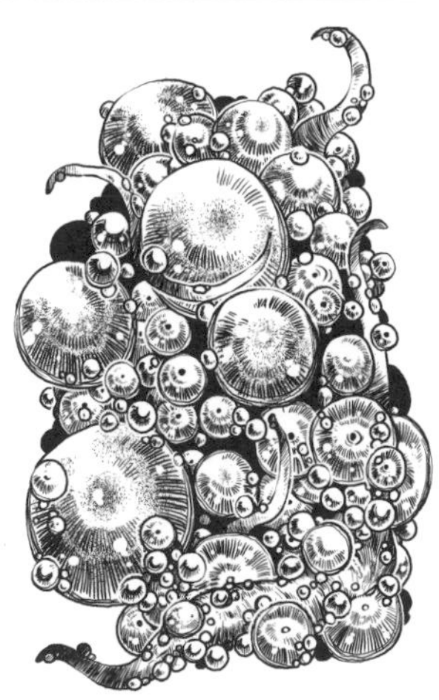

猶格・索托斯

如沸騰般不斷冒出泡沫、以無數發光球狀集合體形態顯現的「外神」副王猶格・索托斯。隱藏在這些發泡球體底下的，則是它那生有觸角的無定形怪物模樣。

關聯項目

- 《死靈之書》→No.025
- 華特立家族→No.097
- 「米・戈」(猶格斯真菌)→No.022
- 約瑟夫・古溫→No.099

No.007

莎布．尼古拉絲[*1]

Shub-Niggurath

遙遠的太古時代、德魯伊[*2]出沒的幽幽森林深處，生下千頭羊幼仔的「母親」的巨體正緩慢地吐著泡沫。

●生下千頭羊幼仔的森林黑山羊

莎布．尼古拉絲是克蘇魯神話中少數被定位為女性神格的「外神」，**《死靈之書》**等禁斷魔法書指其為「難以名狀之物」**哈斯塔**的妻子。即便如此稀有的禁忌文獻亦無莎布．尼古拉絲曾經出現在人類面前的記錄，無法從中得知它的容貌，不過從許多片斷的文字記錄和口耳傳說倒是顯示莎布．尼古拉絲的崇拜儀式似乎是祭祀以希臘神話狄蜜特[*3]為代表的眾多豐饒神儀式的誇張版，甚至誇張到滑稽的地步。事實上，古代的**姆**大陸便曾經公然將莎布．尼古拉絲奉為帶來豐收的大地母神崇拜。莎布．尼古拉絲似乎頗能給予崇拜者直接的恩惠庇蔭，譬如從前將人類石化的邪神——加塔諾托亞之禍侵襲姆大陸的時候，它就曾經透過神靈感應將對抗邪神的咒文傳授予服事於莎布．尼古拉絲神殿的神官。

這種現世利益的傾向，使得莎布．尼古拉絲信仰得以潛伏於世界各地，尤其是跟妖精、半人半獸神、矮人族等妖魅相關的傳說底層，並且根深蒂固地留存於擁有深邃古老森林的地區。除此以外，不少文化人類學家也注意到了古代塞爾特人的土著信仰跟為求在基督教化過程中存活而進行偽裝的黑聖母信仰兩者間的關聯。其次，在信奉莎布．尼古拉絲的地區更不時有目擊者發現軀幹瘤起纍纍有如巨樹、腳上生有巨蹄、觸手宛如數條粗大繩索綁成綑、通體黝黑的怪物。這個代替絕不現身的母神出現在崇拜者們的儀式、接受彼等奉獻活祭品的怪物就是莎布．尼古拉絲之子胤，而這「黑山羊幼仔」（Dark Young）或許正是傳說中會出現在中世時期惡魔崇拜者聚會的魔宴[*4]黑山羊之原型。

[*1]《戰慄傳說》及《克蘇魯神話》譯為「舒伯尼-古拉斯」。《西洋神名事典》譯作「夏伯尼古拉斯」。

[*2] 德魯伊（Druid）：另譯「督伊德」，古代塞爾特民族的神官，乃西洋蓄有白色鬍鬚身穿長袍的魔法師形象的原型。

[*3] 狄蜜特（Demeter）：大地女神，相當於羅馬神話中的穀物女神席瑞絲。另外也被視同埃及神話中的伊西斯和佛里幾亞（小亞細亞地方）的女神希比莉。

莎布·尼古拉絲關係圖

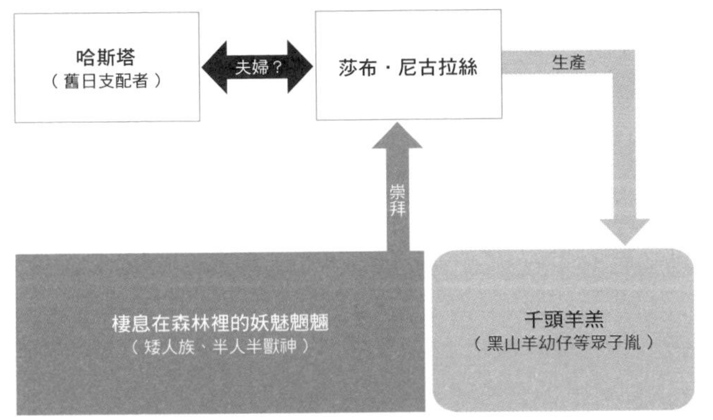

黑山羊幼仔（Dark Young）

黑山羊幼仔

擁有山羊般巨蹄的莎布·尼古拉絲子胤，黑山羊幼仔。據說在崇拜信奉莎布·尼古拉絲的地區可以看見它的身影蹤跡。

關聯項目

●《死靈之書》→No.025　●姆→No.071　●哈斯塔→No.008

*4 魔宴（Sabbat）：女巫、巫使、惡靈們為讚頌惡魔而每週舉行一次的儀式。取自於猶太教的安息日（Sabbath），應是基督教為貶低猶太教而作此稱呼。

No.008

哈斯塔[*1]

Hastur

君臨於星際空間所有颼颼風神之上，並與眾多水神相持對抗的邪神。潛伏於雄牛座[*2]的黑色星球，等待星辰運行到正確位置的那天到來。

●統領宇宙風動的神祇

哈斯塔棲身於雄牛座紅色星球畢宿五[*3]附近黑色星球的哈利湖湖底，是亦稱「無以名狀之物」、「邪惡皇太子」的「舊日支配者」。讓所有讀者悉數毀滅的劇本**《黃衣之王》**裡面有位「黃衣之王」，也被認為是這位神祇的其中一個化身。

卡爾克薩城與**塞拉伊諾**都在它的統治之下，古文獻裡面還記載哈斯塔是**猶格・索托斯**之子、**偉大的克蘇魯**的半兄弟、莎布・尼古拉絲的丈夫，不過這些系譜其實大都相當可疑。其次，跟地水風火所謂四大元素當中的風元素關係尤深的哈斯塔還被視為是統率羅伊格爾、札爾、**伊塔庫亞**等同屬風精靈眾神的領袖。

據說時而被奉為牧羊者的溫厚守護神祭祀的哈斯塔跟住在北落師門的**克圖格亞**締有同盟關係，因此跟偉大的克蘇魯是處於敵對關係，**拉班・舒茲伯利博士**與其同志就曾經試圖透過取得哈斯塔的保護藉以阻止克蘇魯復活。

哈斯塔麾下有支僕從種族，亦即樣貌怪異得彷彿爬蟲類與蜜蜂的混合體、能夠在宇宙星際間飛行的有翼生物拜亞基(Byakhee)。根據**《塞拉伊諾斷章》**等文獻記載，只要吹響蘊有魔力的石笛並唱禱讚誦哈斯塔的咒文便能召喚拜亞基，並且讓拜亞基把自己送到任何場所。倘若目的地是塞拉伊諾等地球以外的地方，則必須先喝下能夠使人從時空的束縛得到解放的黃金蜂蜜酒，否則肉身就會直接曝露於宇宙空間，必須特別注意。

另外，目前已經得知在日本國內有不少地方，譬如富士山麓以溫泉鄉而聞名的村落，均有崇拜相當於哈斯塔的神明之土著信仰生根存在。

[*1] 哈斯塔：《戰慄傳說》及《克蘇魯神話》譯為「赫斯特」，《西洋神名事典》譯作「赫斯楚」，《惡魔事典》譯作「哈斯特」。

[*2] 雄牛座：請參照P.011譯註。

[*3] 畢宿五(Aldebaran)：即金牛座α(Alpha Tauri)。金牛座的紅色巨星，天空中15顆最亮的恆星之一，目視星等為0.86等，直徑約為太陽的50倍。

哈斯塔關係圖

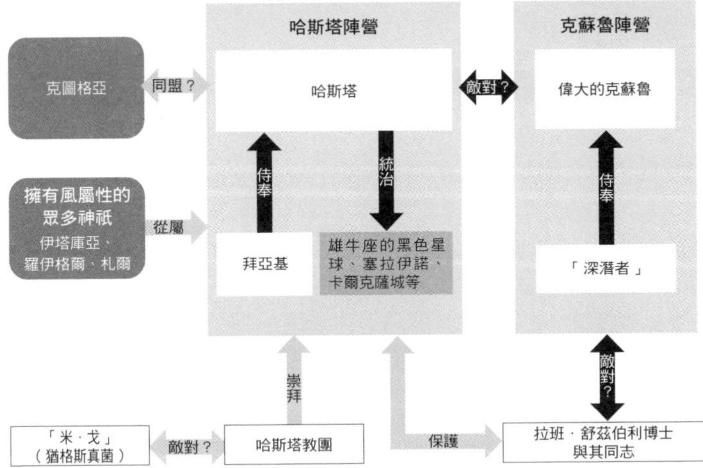

哈斯塔

哈斯塔

據說跟偉大的克蘇魯是半兄弟關係的哈斯塔。其樣貌迥異於克蘇魯或其眷屬，唯有令人聯想到八腕類生物的觸手是雙方的共通點。

關聯項目

●《黃衣之王》→No.033
●卡爾克薩城→No.079
●塞拉伊諾→No.078
●莎布．尼古拉絲→No.007
●猶格．索托斯→No.006
●克圖格亞→No.011
●伊塔庫亞→No.010
●偉大的克蘇魯→No.003
●拉班．舒茲伯利博士→No.106
●《塞拉伊諾斷章》→No.035

No.009

達貢[*1]

Dagon

所有「深潛者」的父祖，古老到甚至被尊為神明崇拜的存在。服事於偉大的克蘇魯及其眷屬的深海大祭司。

●非利士人[*2]的神

克蘇魯和**猶格・索托斯**等「舊日支配者」和「外神」的名諱之所以不為世人所知，其崇拜者大多嚴格保守信仰祕密固然是個相當重要的理由，不過除此之外還有個更重要的原因：自從統一的羅馬帝國的最後一位皇帝狄奧多西[*3]將基督教定為國教以來，跟國家權力緊密結合故而掌握重大權力的天主教會便在這段長達1500年以上的漫長歲月裡，致力於將所有提及這些神祇存在的文獻徹底抹殺。

然而這些古邈神祇卻也隨著基督教的傳揚而散播至世界各地，其中最著名的當屬君臨於「**深潛者**」的海神達貢。基督教的典籍《聖經》被譽為是現今全世界擁有最多讀者的書籍，其中舊約聖經的〈士師記〉第16章就曾經提到達貢是非利士人崇拜的半人半魚神。

相傳「父神達貢」其實是經年累月不斷成長、終於長成巨大軀體的「深潛者」長老；達貢和配偶「母神海德拉」一起受到後代「深潛者」祭祀崇拜，它不但向**偉大的克蘇魯**獻禱，而且還積極地進行活動好讓克蘇魯能早日復活。

第一次世界大戰期間曾經有艘美國籍商船的船員在太平洋某個不知名島嶼目擊到疑似達貢、長達6公尺的巨大怪物，不過達貢的活動範圍絕對並不僅止於太平洋而已。舉例來說，據說在英國某個有深海大型褐藻[*4]漂流而至的煤炭礦層海岸附近，就有個起源自太古時期的達貢信仰地下祭壇。除此以外，在英國國內還另外發現有相傳為史前時代矮人種族所挖通的「達貢洞窟」。

---

*1 達貢：《克蘇魯神話》譯為「大袞」。

*2 非利士人（Philistine）：起源於愛琴海的民族。西元前12世紀在以色列人到達不久前定居於巴勒斯坦南部海岸地帶。

*3 狄奧多西：乃指狄奧多西一世（Theodosius I），是最後一位統治統一的羅馬帝國的君主，並將基督教定為國教。

*4 大型褐藻（Kelp）：生長於冷水海域的沿海大型海藻，屬於褐藻（brown algae）的海帶目（Laminariales，約30屬）。

非利士人的神

達貢

一般認為非利士人崇拜的達貢是上半身是人類、下半身是魚尾的人魚模樣。

奧安尼斯[*5]

被視為與達貢是同一位神明的海神奧安尼斯，其模樣相當怪異，彷彿被大魚吞噬了一般。

達貢的崇拜者

日本某地區的獵戶間稱為「達貢樣」崇拜的奇特神像。相傳此神像是能夠帶來豐富收穫的神明。

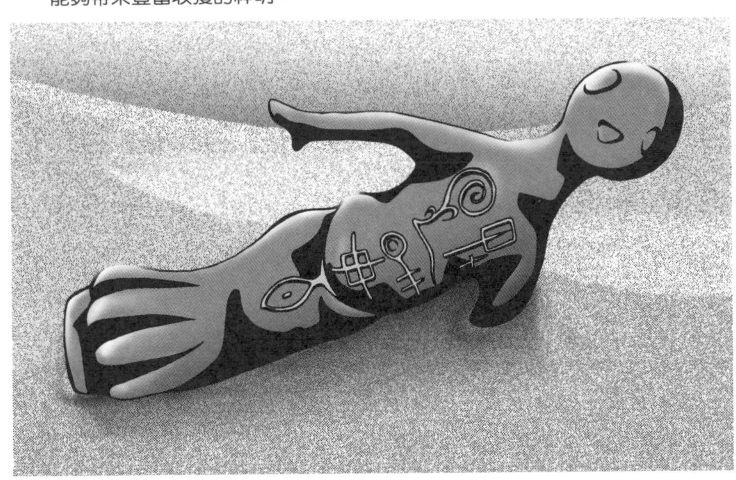

關聯項目

●偉大的克蘇魯→No.003
●猶格・索托斯→No.006
●「深潛者」→No.016

*5 奧安尼斯（Oannes）：古代美索不達米亞神話中的半人半魚。它白晝出水，到波斯灣岸邊，教授人類寫作、藝術和科學。

No.010

伊塔庫亞[*1]

Ithaqua

行走於拂掃星際的疾風中、漫步在暴風雪的夜裡尋找犧牲者的邪神。當朱紅色雙星在夜空中綻放光芒的時候，伊塔庫亞就會伸出可怕的巨腕將人類擄往異界。

●溫迪戈（Wendigo）

伊塔庫亞擁有「風行者」、「行走的死亡」、「偉大的白色沉默之神」、「不得見於圖騰的神」等眾多別名，它是吹拂於星際宇宙的風動、從屬於**哈斯塔**的大氣之神。伊塔庫亞就是原住於加拿大曼尼托巴省的奧吉布瓦族[*2]所謂在冰風雪夜裡徘徊於森林深處的精靈「溫迪戈」，他們相信每年入秋溫迪戈就會現身在五十島湖畔。誰要是運氣差碰到它就會成為犧牲品，先是被拖行往返於地球之外許多遙遠的地方，然後被帶到哈斯塔面前，最後則是變成神祕的凍屍墜落在雪地上。根據少數逃離死厄的目擊者表示，只看見輪廓近似人類並且大得出奇、甚至於恐怖的身影出現在天際，還有兩顆如眼睛般燃燒的明亮星體散發著深深的紫紅色光芒。此外，死者身上通常可以發現死者在失去行蹤以前的所在地，也就是距離陳屍地極遠處的物品。

像這樣被人發現的犧牲者其實都還算是幸運的；有些遇害者甚至還會變成有如伊塔庫亞複製品的怪物，拖著被極凍寒冰灼傷的雙腳，永無止境地在森林裡面流浪徘徊。

米斯卡托尼克大學探險隊曾經在羅拉．克莉絲汀．納德爾曼教授率領之下前往相傳有「小東西」帕克伍基棲息的加拿大西北部大森林進行調查，當時就在森林裡面遭遇到了伊塔庫亞，導致隊員伯納．艾普斯坦被擄走。

伊塔庫亞相關神話可見於**《死靈之書》**和**《奈克特抄本》**、**《拉萊耶文本》**等書，潛伏於緬甸內地森恩高原以及馬來半島等地的矮人族「丘丘人」則是將伊塔庫亞跟羅伊格爾和札爾等神祇並列，一併崇拜祭祀。

---

*1 伊塔庫亞：《克蘇魯神話》譯為「伊達卡」。

*2 奧吉布瓦族（Ojibwa）：亦稱奇珀瓦人（Chippewa）。操阿爾岡昆語語言的印地安人，原住於休倫湖北岸和蘇必略湖南北兩岸，約當今明尼蘇達州至北達科他州龜山山脈一帶。加拿大境內的奧吉布瓦人住在溫尼伯（Winnipeg）湖以西，名為索爾托人（Saulteaux）。

有溫迪戈傳說流傳之加拿大印地安人居留地

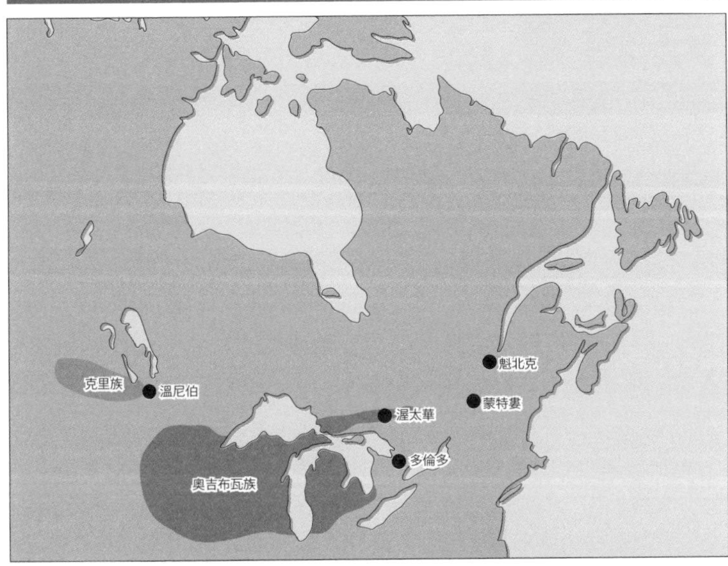

伊塔庫亞・溫迪戈

伊塔庫亞

加拿大印地安人稱伊塔庫亞為溫迪戈，頗畏懼之。

羅拉・克莉絲汀・納德爾曼教授

身為女性的納德爾曼教授是米斯卡塔尼克大學史上最年輕的博士，受到萬般矚目和期待。

她率領的探險隊曾經在大森林裡的闃黑之中遭受到溫迪戈襲擊。

關聯項目

●哈斯塔→No.008
●米斯卡塔尼克大學→No.040
●《死靈之書》→No.025
●《奈克特抄本》→No.028
●《拉萊耶文本》→No.027

No.011

克圖格亞*

Cthugha

在北落師門的青色灼熱烈焰中張牙舞爪的火炎之王，率領目露凶光的眷屬們在地面大肆破壞的「舊日支配者」。

●奈亞拉托提普的天敵

北落師門（Fomalhaut）此語乃源自於阿拉伯語意為魚口的「fum al-hawt」，是顆落在南魚座口部的藍白色1等星；在這顆恆星表面超過一萬度的熊熊烈焰裡面，則是有統領無數有智能等離子球體「火炎精靈」的舊日支配者克圖格亞棲身其中。

克圖格亞在數以千計的小光球簇擁下，彷彿活生生的火炎一般不斷變形的巨大身影，有時甚至會被形容為地上的太陽。

關於這位「舊日支配者」還有太多太多仍是未知之數。

少說在地球就幾乎從來沒人知道有信仰伊塔庫亞的種族或宗教團體存在，甚至連**阿卜杜・阿爾哈茲萊德**也只是在**《惡靈之書》**裡面極其閃爍曖昧地稍稍提及而已，唯獨古羅馬的梅卡斯教會有留下信奉克圖格亞的痕跡。

儘管我們對克圖格亞的性質所知極少，不過這位「舊日支配者」卻因某個特質而非常受到重視。

克圖格亞是「外神」的使者**奈亞拉托提普**的天敵，因此對深受奈亞拉托提普威脅的人類來說，召喚克圖格亞便可以成為用來對抗奈亞拉托提普的王牌。欲將克圖格亞從距離地球25光年的北落師門召喚出來，只需趁北落師門在樹梢上閃閃發光的時候唱誦召喚咒文3次即可。

克圖格亞曾經在1940年的威斯康辛州雷克湖畔被威斯康辛州立大學的兩名學生召喚出來，並以憤怒的烈焰吞噬奈亞拉托提普在地球的住處**恩蓋伊森林**，將該地破壞殆盡，好讓奈亞拉托提普無法再度使用此地。

* 克圖格亞：《克蘇魯神話》譯為「庫多古」。

克圖格亞關係圖

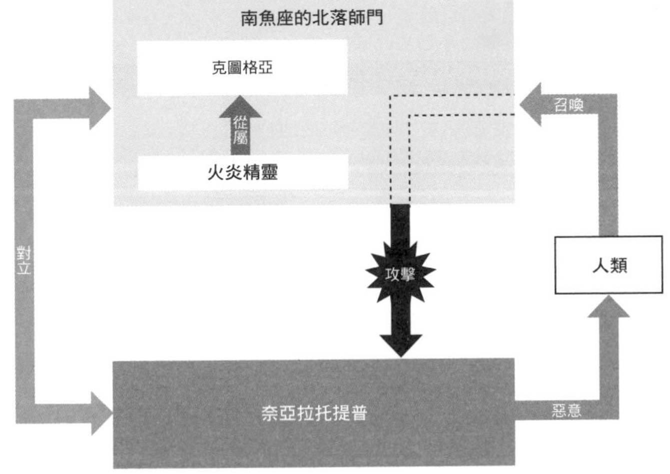

北落師門

北落師門是落在南魚座嘴巴部位的一等星。連奈亞拉托提普都畏懼不已的克圖格亞就藏在北落師門高達1萬度的烈焰之中。

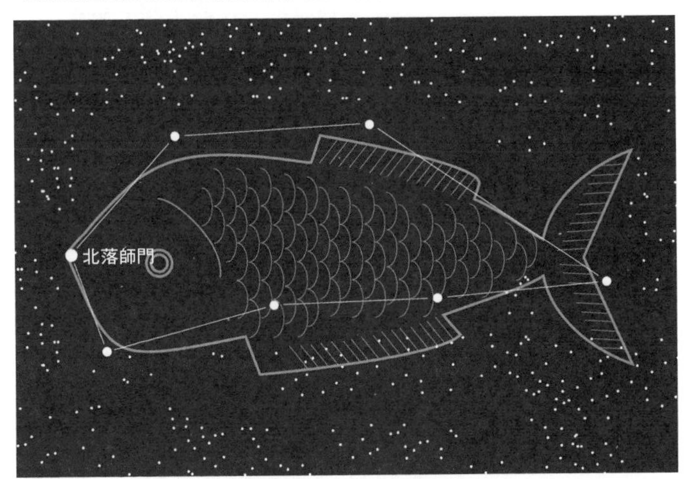

關聯項目

●阿卜杜・阿爾哈茲萊德→No.088
●《死靈之書》→No.025
●恩蓋伊森林→No.045
●奈亞拉托提普→No.005

No.012

札特瓜

Tsathoggua

從外宇宙翩然飛來的太古神祇。除希柏里爾以外，這位「舊日支配者」在世界各地也都有信徒崇拜，然其傳說卻大半都已遭到遺忘。

●怠惰之神

相傳札特瓜是在地球誕生不久，便從當時名為塞克拉諾修星的**土星**飛到**希柏里爾**穆蘇蘭半島的「舊日支配者」。儘管它在地球大多是以臉孔類似蝙蝠、弓著樹獺般的身體、活像隻毛茸茸黑色蟾蜍的模樣顯現，但札特瓜在本質上其實是位不具固定形體的神明。

陰陽同體的克薩庫斯庫魯斯是盲眼白痴神明**阿撒托斯**的子孫，其子吉斯古斯是札特瓜的父親，其母則是來自黑暗星球索斯的伊克納格尼斯斯斯茲分裂生殖所產下的茨丟菅姆格尼。

克薩庫斯庫魯斯率其族裔來到後世名為**冥王星**的猶格斯，但札特瓜的伯父荷鳩癸格姆札卻厭惡克薩庫斯庫魯斯嗜食人肉的習慣遂而遷居海王星，不久又移往土星。當時札特瓜雖然是跟父母親一起留在猶格斯，可是整個星球經過克薩庫斯庫魯斯大肆破壞以後只剩下一片狂風蕭蕭，於是札特瓜遂經由塞克拉諾修星飛抵地球，在恩蓋伊的地底世界落腳。其後札特瓜雖曾一度移居至希柏里爾大陸的沃米達雷斯山底的洞窟世界、成為當地居民的崇拜對象，但自從冰河期使得該大陸滅亡之後，他便再度回到恩蓋伊，並且在北極的洛馬王國和地底世界**金-陽星**廣受崇拜。**《伊波恩之書》**對希柏里爾時代的札特瓜信仰便有頗詳細的記載。

札特瓜非但會將貴重知識或施有魔法的物品授予熱心的信徒，獻牲與祭拜等祕密儀式裡亦不乏有血腥場面，不過它在眾多「舊日支配者」當中倒還算是比較溫和的神明，再加上它那堪稱頗為奇異的家庭背景，有時倒還真能讓人感到那麼點詼諧的趣味。

札特瓜關係圖

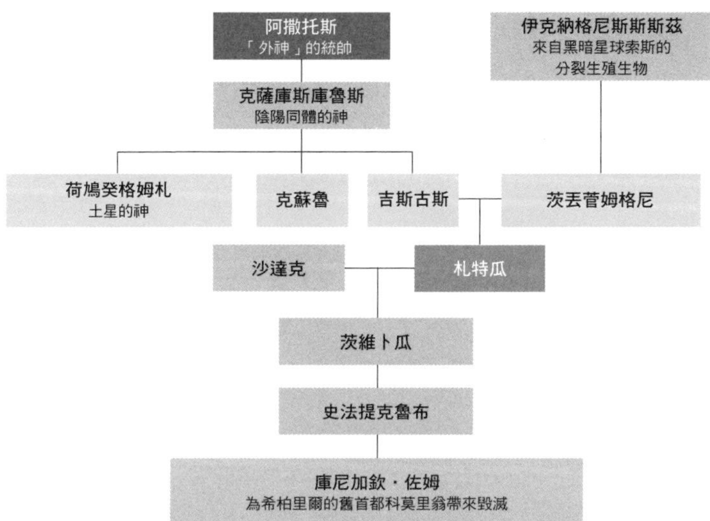

札特瓜

札特瓜

相傳這位神明的頭部像樹獺、身體像蟾蜍，不過札特瓜富可塑性的肉體在本質上其實並不具固定形體。

關聯項目

- ●希柏里爾→No.070
- ●土星→No.076
- ●阿撒托斯→No.004
- ●冥王星→No.077
- ●金-陽星→No.046
- ●《伊波恩之書》→No.031

No.013

諾登斯

Nodens

所有夜魔奉為主宰的偉大深淵大帝，手持三叉戟並駕著戰車獵殺「舊日支配者」和「外神」手下爪牙的偉大獵人。

●獨臂「古神」*

「偉大深淵大帝」諾登斯是位白髮皓皓鬚髯蒼蒼、威嚴堂堂老者風貌的古神。它的聲音恍如迴盪於深淵的轟然巨響，它的怒火可以化作恐怖的雷光將敵對者消滅。

由於諾登斯有隻銀製的手臂，所以英國語言學家暨妖精故事的巨擘——J・R・R・托爾金還曾經指出這位神祇跟塞爾特神話中那位力抗佛摩爾人國王巴羅爾的達奴神族之王「銀色手臂努阿達」之間的關係，不過諾登斯這位神明在現實世界的知名度其實遠不如在**幻夢境**為人所知。

守護**恩葛拉涅山**沒有臉孔的**夜魔**信奉崇拜諾登斯已是頗為人知的事實，據說諾登斯平時所乘戰車的馱獸便是由夜魔變化而成。

諾登斯是相較之下對人類較為友善的神明，有種說法認為它既不屬於「舊日支配者」亦非「外神」，而是通常皆與此二者敵對的謎樣神格——「古神」的最高神祇。「外神」的使者**奈亞拉托提普**和諾登斯似乎是處於對立關係，有的時候兩者間的齟齬甚至還經常會發展成為以人類為媒介所進行的代理戰爭。

諾登斯所屬「古神」在克蘇魯神話當中要算是特別神祕的存在，**《死靈之書》**等魔法書多將大部分篇幅用於「舊日支配者」和「外神」，幾乎不曾提及過「古神」，甚至否定「古神」存在，認為諾登斯是較溫和的「地球本來的神」一員的人亦不在少數。不過可以確定的是，諾登斯並非如少數研究者所主張，是可以用基督教式善惡二元論來分類的存在。

無論如何我們都不能掉以輕心，說不定諾登斯偶爾對人類表達的善意其實只是單純當下的情緒使然。

---

* 古神（Elder Gods）：或稱「舊神」，《克蘇魯神話》譯為「老神」，《西洋神名事典》譯作「古老神明」。

諾登斯關係圖

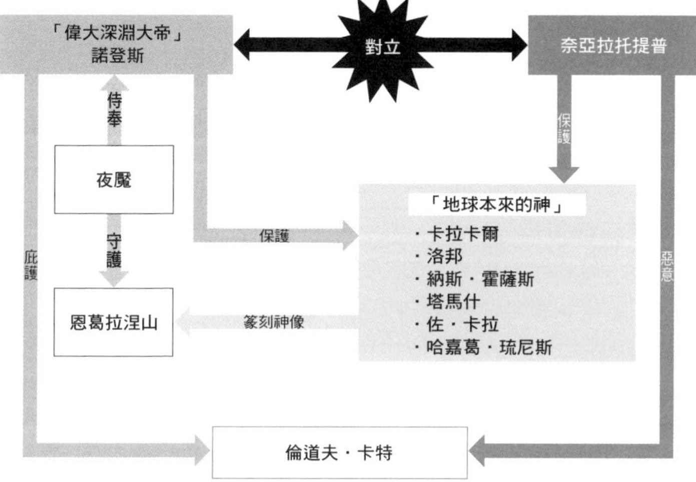

諾登斯

諾登斯

年老卻身體強健的老者模樣。諾登斯的右臂是銀製義肢，乘坐於由夜魘變成馬匹或海豚拉引的戰車之上。

關聯項目

●夜魘→No.023
●《死靈之書》→No.025
●恩葛拉涅山→No.085
●奈亞拉托提普→No.005
●幻夢境→No.080

No.014

雲頭大人

Wanzu-Sama

越前地方第一大河——九頭龍川兩岸風俗奇異，至今依舊奉行著祭祀來自大海的極古老不祥神明的土著信仰。

●泥府神社與雲頭大人

源自於福井縣與岐阜縣交境山區，注入日本海的九頭龍川長年氾濫不止，是越前地方最大最凶暴的河流。

「雲頭大人」是自古便在這條九頭龍川下游占地極狹的特定地區受到崇拜的土著信仰神格，有時還會被國外的研究者拿來與麻薩諸塞州的**印斯茅斯鎮**相提並論。

河口附近灣岸區的小村落目前仍有祭祀「雲頭大人」的泥府神社留存，被視為是該土著信仰的中心地。

一般認為「泥府」的地名應是來自於「雲頭大人會從河口淺灘的泥巴裡面出現」的傳說，不過當地的發音其實比較接近「ぃでぃーふ」而非普通「でぃーふ」的讀法。還有說法指出倘若這個發音是正確的，那麼「泥府」兩字恐怕只是選字表音、不重視其字面含意的地名而已。

堪稱為「雲頭大人」唯一文獻資料的《九頭龍權現緣起》有記載，「雲頭」本來是位海神，不過它並非庇佑漁獲豐厚的幸運之神，而是屬於不祥神明、禍祟神之類。關於它那古怪名字的由來，則是「頭抵雲端的巨神」、「無形如雲、變幻自在的神明」、「取守護灣岸之意名為灣護，後訛為雲頭」眾說紛紜，不過這些說法目前都還未成定論。這本《九頭龍權現緣起》現有一部收藏於日本國會圖書館，任何人只要辦理正式手續都能輕易地閱覽。

泥府神社每年都要舉行鎮魂祭，祭典中必須唱禱意為「拜請大神俯臨坐鎮泥府之灣」的祝詞，可見這個祭典似乎原本應該是復活祈願祭，而非鎮魂祭。可惜的是，如此特異的祭典儀式卻已經在1995年泥府神社遭逢祝融之災以後永遠失傳了。

覆蓋福井縣七成以上面積的九頭龍川

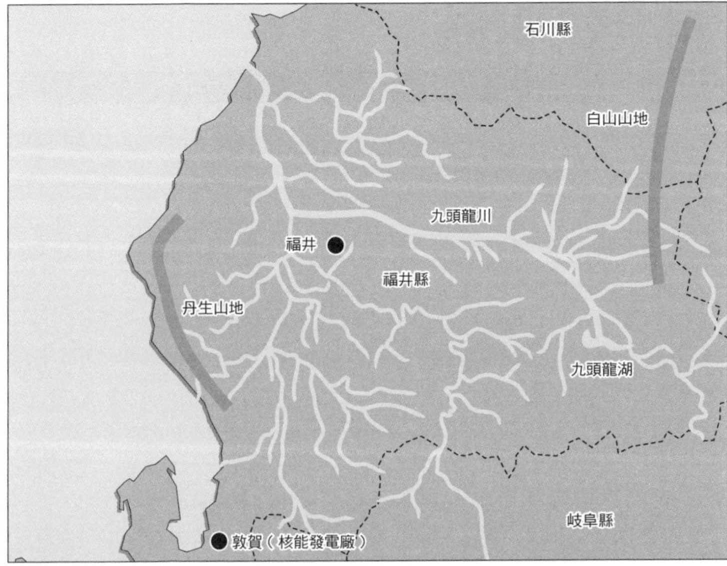

泥府神社

泥府神社

祭祀雲頭大人的泥府神社。地基部分是古代的石造遺跡，木造部分則很明顯是後世方才另行增建。

關聯項目

●印斯茅斯鎮→No.041

No.015

其他神明

Other Gods

真正君臨於宇宙以及地球的諸多神明，它們野蠻的名字鮮少出現在我等人類知道的神話或傳說之中。

●召喚的野蠻名字

阿布霍斯（Abhoth）是太古時代從外宇宙降臨到地底的神明。這個巨大的原形質肉塊一方面毫不間斷地生產出溷穢不淨的怪物，同時卻又貪婪地啖噬自己生下的怪物。這位神明似乎還擁有跟人類對話的能力。

阿特拉克・納克亞（Atlach-Nacha）是貌似蜘蛛的「舊日支配者」，在地底廣闊的空間不斷構築蜘蛛巢。傳言道「阿特拉斯・納克亞將蜘蛛巢築置完成的時候，世界就會終結」。

「眾蛇之父」伊格（Yig）是在古代的**姆**大陸和美洲大陸受崇拜的蛇神。伊格每年逢秋就會轉趨狂躁，甚是可怕，但通常只要不去加害蛇類的話，伊格倒還算是位相當溫和的神。

多洛斯（Daoloth）是主要在亦稱猶格斯的**冥王星**受崇拜的神。它跟**阿撒托斯**相同的是，在地球幾乎無人祭拜這位神明；由此便可窺見多洛斯是位多麼異質的神明，是我等無法理解的存在。

夏烏戈納爾・法格恩（Chaugnar Faugn）看來就是尊形似大象的石像。事實上亦確有說法指出其身體便是由某種礦物所造，然其本質卻是個生飲活祭品鮮血的不祥存在。夏烏戈納爾・法格恩是在中亞受到其所創造的亞人類崇拜。

貓女神巴斯特（Bast）廣受全世界的貓隻崇拜；它在古代**埃及**跟**奈亞拉托提普**共同受到祭祀，據說其神官子孫血脈目前仍留存在英國的康瓦耳。

蘭・提戈斯（Rhan-Tegoth）是降臨於北極附近的神明，倫敦的羅傑斯博物館展示有以此神為首的「舊日支配者」蠟像。根據傳說記載，蘭・提戈斯若死則「舊日支配者」將再也無法復活。

除此之外，還另有黑韓（Dark Han）、「有髮的蛇」拜提斯和發光的獵人伊歐德等諸多神明。

克蘇魯神話的多位神祇

阿特拉克・納克亞

在希柏里爾的泊米達雷斯山谷張絲結網的巨大蜘蛛神。擁有高度智慧，甚至還能通曉人語。

夏烏戈納爾・法格恩

「來自山丘的恐怖」。潛伏於中亞的繒之高原，受到邪惡的亞人類「丘丘人」崇拜。

巴斯特

古代埃及崇拜的貓女神。「幻夢境」的烏爾塔爾城便建有祭祀此神的貓神殿。

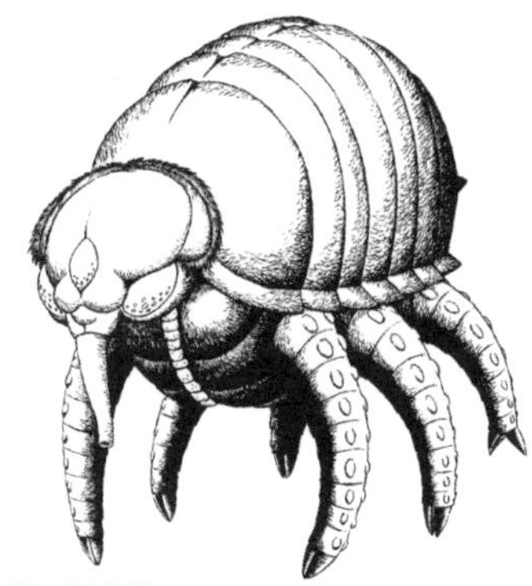

蘭・提戈斯

早在人類誕生以前便飛抵北方的邪神。球狀胴體生有六隻手足，管狀口徑能吸乾活祭品的血液。

關聯項目

●姆→No.071
●冥王星→No.077
●阿撒托斯→No.004
●奈亞拉托提普→No.005
●埃及→No.055

No.016

「深潛者」*

Deep Ones

靜靜深潛於人類社會的人類敵對者，一方面與人類交配增加數目，另一方面則是為偉大的克蘇魯復活之日的到來而進行準備。

●兩隻腳的兩棲類

「深潛者」是尊奉該族最年長者「父神**達貢**」並其配偶「母神海德拉」以及所有水棲生物統治者**偉大的克蘇魯**的種族，為事奉這些存在並求隨時能執行其交辦事項從而棲息於海底。馬奎薩斯群島視為護身符隨身攜帶的蒂基偶像，外形即頭為兩棲類、身為人類的模樣，一般相信跟紐西蘭毛利族所使用表面帶有雕刻紋飾的天井石等物同樣，均是按照「深潛者」模樣所造。

擔任**拉班・舒茲伯利博士**助手挺身對抗「深潛者」的安德魯・費蘭曾經追憶自己首次目睹「深潛者」時的印象，當下便讓他連想到約翰・但涅爾筆下《愛麗絲夢遊仙境》插畫裡的蛙男。

承襲「深潛者」血脈的人類出生以後，其樣貌雖然在某段期間內均與常人無異，卻可能會因為跟同族接觸或者承受極端壓力等因素，使得面貌急遽變化成為人稱「印斯茅斯長相」的「深潛者」特有的青蛙般容貌，其後更隨著時間流逝而漸離人形。先是眼球逐漸突出隆起以致眼皮無法閉闔，轉趨灰綠色的皮膚則是變得又濕又冷、表面長出鱗片，接著五指之間生出划水連蹼，滿是縐折的後頸生出魚鰓等，轉變成兩棲類模樣所費時間其實並不太長。

「深潛者」是用吼叫般的聲音交談，如青蛙般彈腿在地面跳躍移動，不會因為老化而死亡，若無外力影響則不致喪命。「深潛者」設有長列賽克洛斯式巨大圓柱的海底都市分布於全世界各海域，位於**印斯茅斯鎮**外海魔鬼礁前方的伊哈斯里便是其中之一。

---

* 「深潛者」:《戰慄傳說》、《克蘇魯神話》譯為「深海巨人」。

印斯茅斯長相之進程

22歲

年輕的時候，除了鮮少眨眼的眼神看來跟魚類有幾分相似以外，其他倒都與尋常人無異。
走路方式等也與普通人類相同。

27歲

皮膚開始變粗、四處結成瘡痂。脖子兩側的皮膚開始變乾變癟，漸漸要變成魚鰓。
其次，此時年紀雖然尚輕頭髮卻已經愈見稀疏。

31歲

全身皮膚變得極為粗糙，頭髮也完全脫落。儼然已成為魚鰓的頸脖粗得好像腫脹般似的，並漸漸縮進肩膀，圓瞪瞪的雙眼則已經脹到眼皮閉不起來的地步。愈來愈不擅長在陸地行走，走起路來搖搖晃晃、顛簸蹣跚。

34歲

皮膚變得有如乾燥的兩棲類，耳鼻變得平坦。此時改以魚鰓為呼吸器官呼吸，不適在陸地生活，再無法步行而是以蛙跳移動。

但涅爾筆下的蛙男

出處：約翰・但涅爾《愛麗絲夢遊仙境》

但涅爾筆下的蛙男

19世紀英國插畫家約翰・但涅爾所繪路易士・卡洛爾作品《愛麗絲夢遊仙境》插畫中的蛙男。據說給人的印象跟「深潛者」相同。

關聯項目

●達貢→No.009
●偉大的克蘇魯→No.003
●拉班・舒茲伯利博士→No.106
●印斯茅斯鎮→No.041

No.017

「遠古種族」(古代支配者)[*1]

Elder Things / Old Ones

早在人類誕生亙古以前便飛抵地球，建立起高度文明的桶狀生物。地球所有生命都是從它的原形質細胞孕生而來。

● 最初的「地球人」

「遠古種族」是距今約10億年前，也就是地質年代所謂寒武紀再往前追溯5億年前，從外宇宙飛抵當時尚且年輕的地球，並在南極大陸建設巨型石造都市的高等智慧生物。其國家體制跟社會主義頗為相近，使用五芒星形狀的貨幣流通，並且在世界各地均建設有都市國家。

「遠古種族」的矮胖胴體活像是個高6英呎、直徑3.5英呎的大木桶，其上則是生有纖毛的海星狀頭部，除紅色玻璃質虹膜的眼睛以外，還有如白色銳齒般的突起物排列成鈴狀的口部。其胴體共有五隻類似海百合[*2]觸手的腕足，還有能夠像折扇般折疊起來的膜狀翅膀，翼展甚至可達7英呎寬，憑藉此優勢方能在空中與水中迅速移動。為滿足營造都市等在地球上的諸多勞動力需求，「遠古種族」遂創造出以**修格斯**為首的各種生物，一般認為人類便是由修格斯的生命細胞經過漫長進化而成。

從前新大陸隆起海面的同時，「遠古種族」曾經跟來自宇宙的**偉大的克蘇魯**及其眷屬展開激烈戰鬥，一度遭到驅逐，後來雙方議和、各自割據統治，太平洋的新大陸歸克蘇魯，海洋和原先便已經存在的舊大陸則屬「遠古種族」管轄。

自從星辰運行變化引起地殼變動致使該大陸沉入太平洋，偉大的克蘇魯亦於**拉萊耶城**進入沉眠，地球便再度盡入彼等掌握，誰料「遠古種族」跟侏羅紀時期從**冥王星**飛抵地球的**「米・戈」(猶格斯真菌)**一戰之後，竟然就此被逐出北半球。後來它們還在歷經物種的生理限制和衰退期、冰河期來襲、與**「伊斯之偉大種族」**等異族的戰爭、修格斯屢次叛亂的過程中逐漸衰敗，目前只知道僅有極少數「遠古種族」仍存活於南極的巨大都市遺跡而已。

---

*1「遠古種族」：亦稱「古代支配者」，漫畫《邪神傳說》譯作「古代怪物」，《西洋神名事典》則譯作「老傢伙」。

*2 海百合(Crinoid)：棘皮動物門海百合綱海產無脊椎動物。五個腕有羽狀分肢，內有生殖器和司感覺用的無數管足以及食物溝。

「遠古種族」之盛衰

10億年前	「遠古種族」飛抵地球。
	「遠古種族」在地球各地甚是繁榮。
4億8千5百萬年前	「伊斯之偉大種族」進入澳洲的圓錐形生物體內。
	「遠古種族」創造的生物脫逃，成為地球生物的祖先。
3億5千萬年前	偉大的克蘇魯及其眷屬飛抵地球，與「遠古種族」爆發戰爭。
3億年前	拉萊耶大陸沉沒，克蘇魯及其眷屬沉眠海底。
2億5千萬年前	修格斯首次叛亂。（「遠古種族」衰退徵兆）
1億6千萬年前	「米・戈」從猶格斯（冥王星）飛來，與「遠古種族」爆發戰爭。
1億5千萬年前	與「伊斯之偉大種族」在澳洲和南極大陸（鄰接處）附近爆發戰爭。
現在	受地殼變動與氣象變異影響，「遠古種族」逃至南極大陸之下的海底都市。

「遠古種族」

遠古種族

「遠古種族」生有許多觸手的桶狀胴體，還頂著個活像海星的頭部，樣貌甚是特異。

其實它們同樣也是「地球人」，是早在人類出現亙古以前便生活在地球的種族。

關聯項目

●修格斯→No.018
●拉萊耶城→No.067
●偉大的克蘇魯→No.003
●冥王星→No.077
●「米・戈」(猶格斯真菌)→No.022
●「伊斯之偉大種族」→No.019

No.018

修格斯*

Shoggoth

修格斯是外星生命體所造最原初的阿米巴狀生物，亦是日後地球所有生物進化之起點。力量強大、富於狡智的巨大原形質肉塊。

●不屈的叛亂者

修格斯是**「遠古種族」**飛抵地球以後，為應付各式各樣的用途而首先創造出來的僕從種族。如果想知道修格斯是什麼模樣，不妨試著回想1980年代在日本蔚為流行的玩具「史萊姆」。修格斯是黏涎答答、長得跟史萊姆幾乎一個模樣的綠色原形質肉塊，是在「遠古種族」的催眠暗示控制之下，替它們在海裡從事重度勞動的奴隸生物。構成修格斯那無定形身體的每一個細胞俱各自擁有堪稱為自我進化能力的特殊性質，可以使那些好似正在起泡的細胞在轉瞬間重新組織構成，模擬生成各種形態、各種器官。「遠古種族」應該就是利用這修格斯的細胞才創造出了地球上各式各樣的生物。

經過千萬次的分裂繁殖，修格斯慢慢獲得足以抵抗「遠古種族」統治的力量，並於2億5000萬年前興起第一次叛變。

此次叛變雖遭「遠古種族」鎮壓，然而在經歷多次不斷的爭鬥以後，修格斯終於逐次獲得諸如爬上陸地生存等各種更高等的能力。其中尤以模仿主人「遠古種族」因而獲得高度智慧的個體更是具備了恐怖的適應能力，據說有時還能變成人類的模樣。

修格斯會發出「Tekeli-li！Tekeli-li！」的叫聲，1830年代出身於麻薩諸塞州南塔克特島的亞瑟・戈登・皮姆便曾經因為某些不吉的緣由而被迫必須航海至南極，當時他便在南極海親耳聽見這個聲音；由此可見直到「遠古種族」文明都已因為修格斯叛亂和地殼變動而逝去的今天，至少還有1隻以上的修格斯仍然生存在南極海。

---

* 修格斯：《戰慄傳說》、《克蘇魯神話》譯為「舒哥」。

修格斯

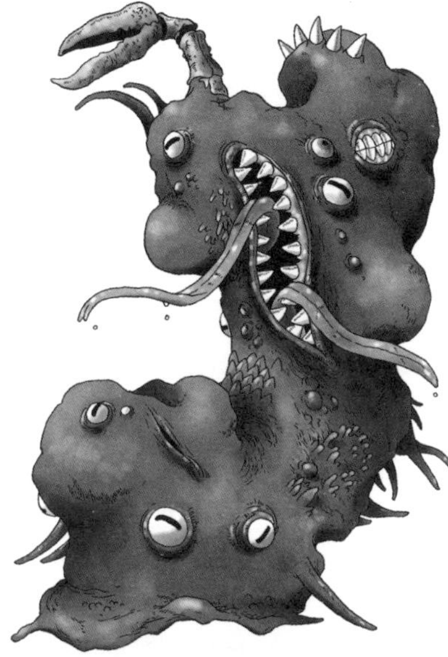

修格斯

修格斯通常多是呈現無定形的阿米巴形狀。

不過，修格斯由「遠古種族」以高科技所創萬能細胞卻能視各種需要，任意組織構成各種形態和器官。

修格斯關係圖

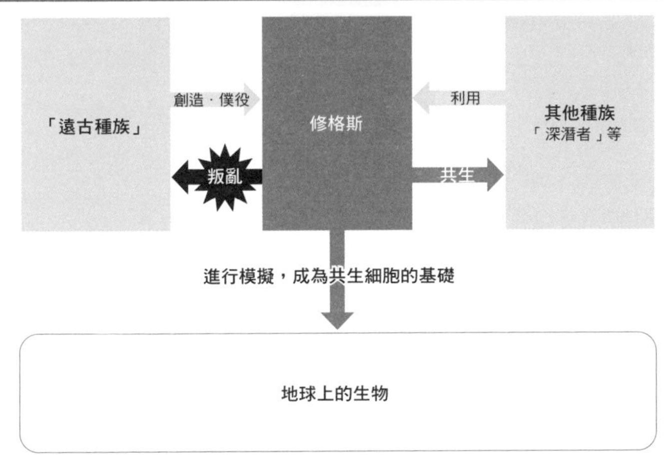

關聯項目

●「遠古種族」→No.017

No.019

「伊斯之偉大種族」*

Great Race of Yith

是乃知悉時間之祕密的唯一存在，故有「偉大種族」之謂，是跟其他生物交換精神意識藉此獲得永恆生命的長生種族。

●精神寄生體

根據《**奈克特抄本**》和《埃爾特頓陶片》記載，距今4億8000萬年前從超銀河宇宙來到地球的「伊斯之偉大種族」是支不停地向未來探索、找尋是否有適合永生的環境以及擁有綿長肉體壽命的生物存在的永劫開拓者。

這群平均壽命達5000年的精神生命體從前將其精神輸送轉移至生存於相當今日澳洲大陸的圓錐生物身上，並建設了擁有高度發達之科技文明的機械化都市**奈克特城**。

這個被偉大種族選為寄生肉體、高約10英呎的圓錐狀生物乃是利用身體底部黏著層構造的縮張運動前進步行，感覺器官則是生長在圓錐頂部四根長肢的末端。其中兩根的末端生有巨爪，個體間便是利用這爪子相互碰撞摩擦，藉此進行對話溝通；第三根肉肢末端附有一漏斗狀附屬器官，最末根則是連接到一個共有三隻眼睛、直徑約2英呎的球體。

「伊斯之偉大種族」一貫秉持著以客觀角度觀察事物、只圖能夠安穩度日的生活態度，不斷地跟過去與未來的智慧生命體進行精神交換、蒐集極龐大且豐富的知識，並將該記錄收存至各都市的中央資料室。

儘管它們跟殘酷的獵殺者──**「飛天水螅」**、**「遠古種族」**等地球先住民族之間斷斷續續多有戰事，「伊斯之偉大種族」始終能夠維持其社會組織；偉大種族知道自己終將遭到盲目者滅絕，所以它們從中生代末期便已經開始準備要遷居到將於人類滅亡2萬年後在地球上繁榮興盛的某支甲蟲類體內。未來地球壽命將盡的時候，偉大種族則是會移居到水星的球莖狀植物體體內。

「伊斯之偉大種族」便是如此這般，永保種族命脈不致亡佚。

* 「伊斯之偉大種族」:《戰慄傳說》譯為「以偲星的至尊者」。

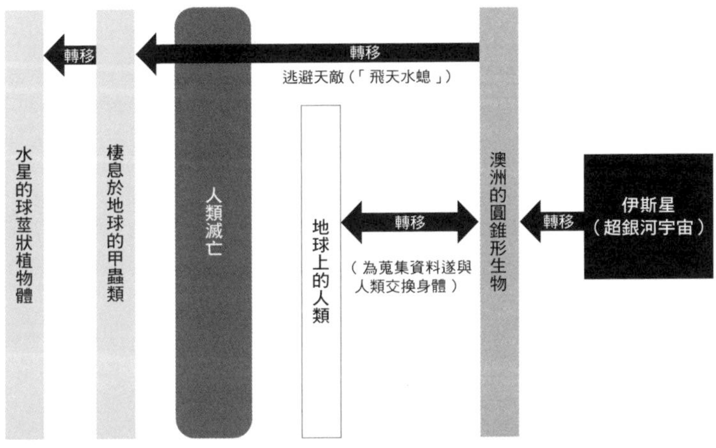

「偉大種族」與「飛天水螅」

「伊斯之偉大種族」

「伊斯之偉大種族」在地球選中的寄生肉體是4億8000萬年前，棲息於澳洲、具螯爪構造的圓錐狀生物。

「飛天水螅」

盤踞於黑色玄武岩都市的「飛天水螅」是圓錐狀生物的天敵。雖然「伊斯之偉大種族」已經把它們趕進地底，卻也深知彼等終將會捲土重來。

關聯項目

●《奈克特抄本》→No.028
●奈克特城→No.064
●其他書籍（《埃爾特頓陶片》）→No.037
●「遠古種族」→No.017
●其他存在（飛天水螅）→No.024

No.020

食屍鬼

Ghoul

潛伏地底啃噬屍肉的淫邪餓鬼。許多食屍鬼原本其實都是人類，卻因為無法忘懷人肉的鮮美味道，最終才墮落變成這副模樣。

●嗜食屍肉之眾

食屍鬼恰如其名，是會到墳場挖掘屍體大啞大啖晃如餓鬼的生物。食屍鬼如橡膠般富有彈性的厚實皮膚已經四處潰爛，乍看之下跟腐爛的屍體其實並無二致，其顏面五官跟犬類有幾分相似，指間尚有森森白爪暴出，並總是以身體前傾的姿勢移動。它們寄居於人類社會並且隨時潛伏在人類聚落附近，方便取得殘羹剩餚、排泄物甚至於屍體供其裹腹。

從前食屍鬼大多藏身於緊鄰墓地的納骨堂深處等場所，進入20世紀以後此類場所雖已不得復見，不過世界各國卻也紛紛在各大都市建構出錯綜複雜的地下鐵網路，反而使得食屍鬼的勢力範圍有飛躍性的增加，有時甚至還會發生食屍鬼刻意釀成列車事故、「獵食」遇害者屍體的案件。

少數負責營運都市地下鐵的企業其實知道食屍鬼的存在，並設立私人警衛隊與彼等展開地底霸權的爭奪戰。

大部分的食屍鬼多少都還留有從前身為人類時的記憶，而且還能透過語言與其溝通，因此在某些條件下甚至可以與食屍鬼展開談判交涉。

地球的**幻夢境**裡同樣亦有食屍鬼的社群存在。若欲與彼等相見，只須一味朝著食屍鬼丟棄飲食殘餚的普拿司谷地攀爬即可；那裡有個開闊的墓地，從前名叫**理查．厄普敦．皮克曼**的食屍鬼便棲息出沒於該地。

古革巨人是種嘴巴異常巨大、從額頭直到下巴縱向裂開的巨人，只要一具古革巨人的屍體就足足可以讓在幻夢境的整個食屍鬼社會吃一年之久，因此食屍鬼有時候也會甘冒危險，偷進古革巨人族的墓地盜掘屍體。

除此之外，據說食屍鬼信奉崇拜某位名叫莫爾迪基安（Mordiggian）的神明，不過目前對這位神祇所知甚少。

食屍鬼與人類的關係

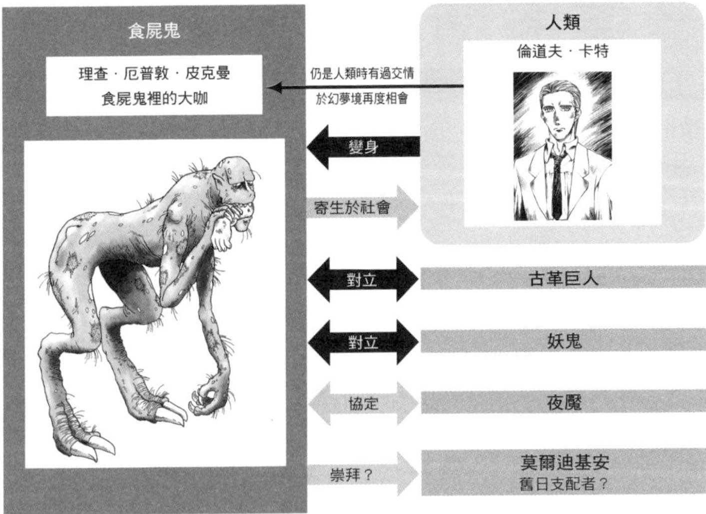

襲擊地下鐵的食屍鬼

襲擊地下鐵的食屍鬼

在世界各地的大都市有人類與食屍鬼的抗戰正在祕密進行中。鮮少有地下鐵乘客能夠在體會潛藏於地底隧道的恐怖力量之後仍得以保存性命。

關聯項目

●幻夢境→No.080
●理查・厄普敦・皮克曼→No.101
●其他存在（古革巨人）→No.024

No.021

廷達洛斯獵犬[*1]

Hounds of Tindalos

緩步略過位在時間盡頭的角度，緊咬著自己盯上的獵物，循著氣味窮追不捨的貪婪獵犬。

●飢腸轆轆的獵人

在極為遙遠的過去，遙遠地讓人覺得就連「太古」此語都不足以形容於萬一的過去，時間的稜角之中棲息著一種名叫廷達洛斯獵犬的猙獰怪物。人類乃是沿著時間的曲線生存而非稜角，是故只要尋常度日便完全不會有遭遇到此怪物的危險，然則一旦服用傳為東洋仙人所調製的蔘丹、抑或**《蠕蟲之祕密》**所載具有時間回溯效果的藥物而回到過去的話，就有可能會觸動這頭獵犬非比尋常的靈敏嗅覺。

廷達洛斯獵犬並無現實肉體，其肉體乃是由缺乏生命活動所需一切酵素、酷似青色膿汁的原形質所構成。獵犬在我等所處空間現身前後均會傳來強烈刺激嗅覺、難以名狀的惡臭，心裡有數的人馬上就能察覺它的出現，只不過等到惡臭傳來便已經是為時已晚、再無用處。除此以外，亦有文獻指出廷達洛斯獵犬的住處是位在外宇宙的彼方。這頭猛獸無時無刻不是受到饑餓感所迫促，鮮少會放棄已經捕捉到的獵物。然而廷達洛斯獵犬卻有個制約條件，亦即它們只能通過角度才能來到現實世界，因此若是能躲在用水泥或油灰等物質將四周所有角度填起的空間裡，如此欺瞞獵犬靜待它發現其他獵物的話，說不定還能躲過獵犬穿越時空的跟蹤。

玄學作家哈品．查默斯是在取得蔘丹、進行危險的時間回溯實驗過程中被獵犬發覺，他曾經留下記錄表示**巨噬蠕蟲**和森林之神[*2]等存在會協助獵犬進行追蹤，可惜其中詳情卻是不得而知。其次，詹姆斯．毛頓博士曾經把這起案件案發現場遺留的獵犬體液取回分析，自己擔任受測者進行實驗，結果竟然與不死獵犬融合，並企圖將廷達洛斯獵犬之王梅斯拉釋放到地球上。

[*1] 廷達洛斯獵犬：《戰慄傳說》譯為「汀達羅斯的魔犬」。

[*2] 森林之神：此即所謂的撒泰爾（Satyros）。頭上長著羊角，下半身是羊腿的矮小年輕精靈，性好女色。此處乃直接採用《克蘇魯神話》譯名。

藏身於時間盡頭的獵人

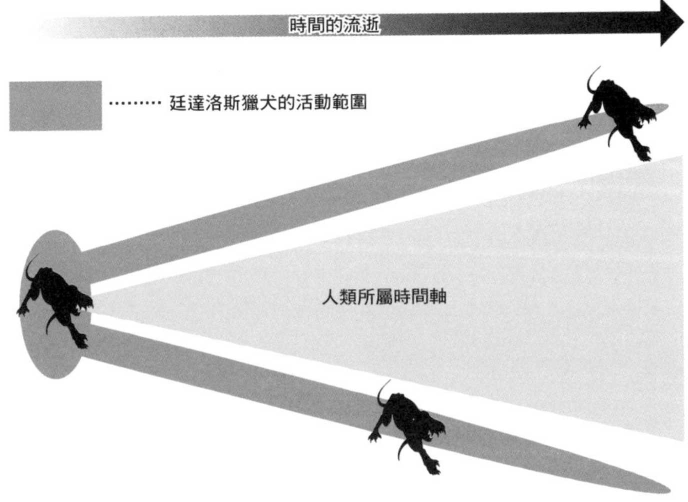

廷達洛斯獵犬

廷達洛斯獵犬

雖然名為「獵犬」，但那副活像是扭曲時間所生的尊容跟犬科動物說像不像，彷彿就是出現在惡夢裡的怪物。

關聯項目

●《蠕蟲之祕密》→No.026

●其他存在（巨噬蠕蟲）→No.024

No.022

「米・戈」（猶格斯真菌）[*1]

Mi-Go / Fungus-beings of Yuggoth

專為僅能在地球採得的稀少礦物從冥王星飛來，擁有高度智慧、跟人類非敵非友的菌類生物。

●冥王星的黴菌

在佛蒙特州的山岳地帶、安地斯高原等場所均建有活動據點的「米・戈」，是遠從亦名**冥王星**的猶格斯飛至地球的智慧生命體。他們來訪地球其實並非最近的事情，最早可以追溯至遙遠的侏羅紀；彼等還曾經與當時主宰地球的統治者**「遠古種族」**開戰，將其一掃逐出北半球。其殖民地附近偶爾可以目擊到「米・戈」長約5英呎的身影，活像隻淡桃紅色螃蟹的外形經常讓人誤以為是甲殼類，事實上它們卻是種更接近菌類的生物。除皮膜狀翅膀以外，胴體還另有數對足肢構造；在頭部短天線狀構造的末端，則是有許多隆起組織的漩渦狀橢圓形體。潘納庫克族[*2]便有則神話描述曾經有種有翅膀的生物從大熊座飛到地球，進到山中開採其他地方採不到的珍稀礦石。

其實不只是南北美地區，就連尼泊爾也都有它們開採的礦場；那裡的「米・戈」外形並非前述那般酷似甲殼類，而是種貌似大型類人猿的生物，當地人均稱呼為雪人（Yeti）[*3]，甚是畏懼之。

「米・戈」擁有驚人的外科醫學、機械工學技術，若能配合協助從事其造訪地球最大而且唯一之目的——開採稀有礦物，它們有時也願意將部分的高科技傳授給地球人。相反地，有意阻撓者的腦髓則是會被取出，移植至採自猶格斯的特殊金屬材質圓筒中，然後將圓筒連接到感覺裝置，帶回猶格斯。

美國科學界煞有介事地盛傳—— 1980年代後期因罹患不治絕症而過世的尖端工學巨匠西蒙・萊特教授其實是腦髓被移植到金屬容器中，至今仍然在世。假設這則傳言是真的，如此困難的手術必定是有「米・戈」的從旁協助無疑。

---

*1「米・戈」：《戰慄傳說》譯為「米高」。

*2 潘納庫克族（Pennacocks）：此處乃採《戰慄傳說》譯名，大英線上百科則作「彭納庫克人」。操阿爾岡昆語的美洲印地安人，其聚落位於今新罕布夏州南部及中部、麻薩諸塞州東北部及緬因州南部。

*3 雪人（Yeti）：傳說生活在喜馬拉雅山雪線一帶的怪物。

「米・戈」（猶格斯真菌）的來到

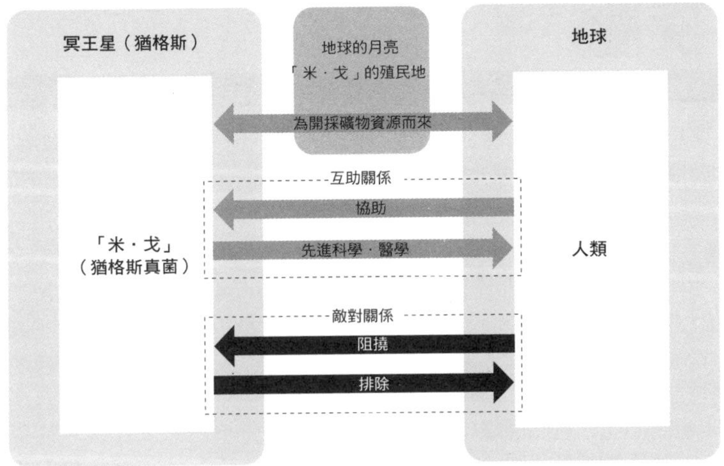

佛蒙特州的「米・戈」（猶格斯真菌）

「米・戈」

外形彷彿甲殼類的「米・戈」。在佛蒙特州和安地斯高原進行開採的便是屬於此類的飛行種菌類生物。

關聯項目

●冥王星→No.077
●「遠古種族」→No.017

No.023

夜魔*

Night Gaunt

樣貌彷彿惡夢般的漆黑蝠翼魔物，負責服侍「偉大深淵大帝」諾登斯並且守護「地球本來的神」的祕密。

●無貌之暗夜魔物

夜魔是種除了在山腰刻有「地球本來的神」面貌的**恩葛拉涅山**以外，在**幻夢境**各地也都有聚落的枯瘦黑色魔物。它那油亮圓滑如橡皮般的肌膚黑似影，還有即便奮力振翅也不聞半點聲響的蝙蝠般翅膀、尖利的頭角和尾巴，彷彿活生生正是基督教教義所描述的惡魔，顏面原本該有五官的位置卻是平坦毫無起伏，徒剩下一片陰影般的空白。

神聖的恩葛拉涅山山腰「地球本來的神」的容貌乃是由彼等所崇拜的「偉大深淵大帝」**諾登斯**所刻，而它們的任務就是要保護此山免受好奇心旺盛的人類侵擾；一旦發現入侵者，它們立即就會悄聲欺近，迅速奪走武器，然後用有橡皮觸感的手腳抱住對方高高地飛上天空。入侵者將要被帶去的地方，就是巨噬蠕蟲棲息的普拿司谷地。夜魔並不自己殺害捕獲者，而是將這些沒禮貌的入侵者丟在普拿司谷地讓巨噬蠕蟲去收拾。

普拿司谷地同時也是**食屍鬼**丟棄食物殘滓的場所，若是有幸運的入侵者知道跟食屍鬼溝通的方法，如果處理得好的話，說不定還能在遭遇巨噬蠕蟲以前先行逃離山谷。其次，由於夜魔與食屍鬼締有某種友好協議，如果知道食屍鬼的暗語的話，讓夜魔聽命於自己也不是沒有可能的事情。

有時候夜魔也會按照諾登斯的意思，故意去妨礙「外神」或「舊日支配者」的各種意圖，因此像是**夏塔克鳥**或不祥的獵人等**奈亞拉托提普**的僕從種族，便對這種漆黑的魔物甚是畏懼。

除此以外，幻夢境的克雷德叢林是太古時代曾以伊普神之名受崇拜的伊波．茲特爾的住處，據說亦有夜魔擔任這位「外神」的家臣服事之。

* 夜魔：《西洋神名事典》譯為「夜鬼」。

守護眾神廳堂的黑色戍衛

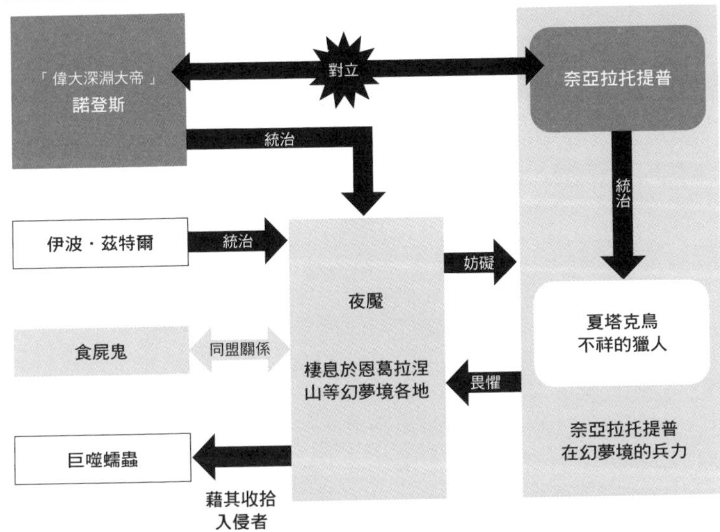

夜魔

夜魔

漆黑的軀體和蝙蝠般的雙翼，夜魔長得簡直就跟人類想像中的惡魔沒有兩樣，但夜魔其實是種頗為溫厚的生物。

只要循著正確的步驟進行交涉，有時甚至可以得到夜魔相助。

關聯項目

- 幻夢境→No.080
- 恩葛拉涅山→No.085
- 奈亞拉托提普→No.005
- 諾登斯→No.013
- 食屍鬼→No.020
- 其他存在（夏塔克鳥）→No.024

No.024

其他存在

Other Ones

潛身於黑夜暗影、地底闃黑以及沉睡之門外的非人存在，從遙遠的過去便一直凝視著人類。

●非人的存在

地球與**幻夢境**有各式各樣異形生物棲息，每個種族都可以分類為從屬於某特定神格的僕從種族以及獨立種族兩類。

早在恐龍出現以前便已進化出高等智慧的蛇人（Serpent-People），是曾經於超古代建構偉大文明並統治地球的獨立種族。後來蛇人隨著環境的變化和恐龍的出現而緩慢衰退，並與在亞特蘭提斯、**黎姆利亞**漸漸儲積實力的人類展開一連串鬥爭，最後終於遭到人類的英雄所消滅。據說少數僅存的蛇人都已經變身成人類的模樣，潛伏在人類社會底層。

能夠操縱風動的殘忍獵人——「飛天水螅」（Flying polyp）是在距今7億5000萬年前從外宇宙飛抵太陽系，定居於包括地球在內的四個行星，並且建有以黑色玄武岩構築成的都市。地球的「飛天水螅」從前與**「伊斯之偉大種族」**精神所附的圓錐狀生物戰敗，因而被驅趕至地底，據說至今依然存活於澳洲西部的地底。

馬臉的夏塔克鳥（Shantak）是僅出沒於幻夢境部分地區的巨大飛行生物。只要是服事「外神」的崇拜者均可將夏塔克鳥當作座騎使用，只不過有時候可能會因為**奈亞拉托提普**的介入而被帶往**阿撒托斯**的混沌寶座。

古革巨人（Gug）居住在夢境的地底，其最大特徵便是縱向裂開的大口和四隻前腳，是支令人望而生厭的巨人族。其實古革巨人原本住在地面，但它們的邪惡儀式觸怒了「地球本來的神」，所以才會被驅逐到地底。

巨噬蠕蟲（Dhol）是曾經將數個星球破壞殆盡、貌似巨大毛蟲的生物。所幸此生物不曾出現在地球，只是在夢境地底的普拿司谷地裡蜷曲爬行。據說巨噬蠕蟲跟**廷達洛斯獵犬**亦有關聯，然則其中詳情不得而知。

克蘇魯神話的生物

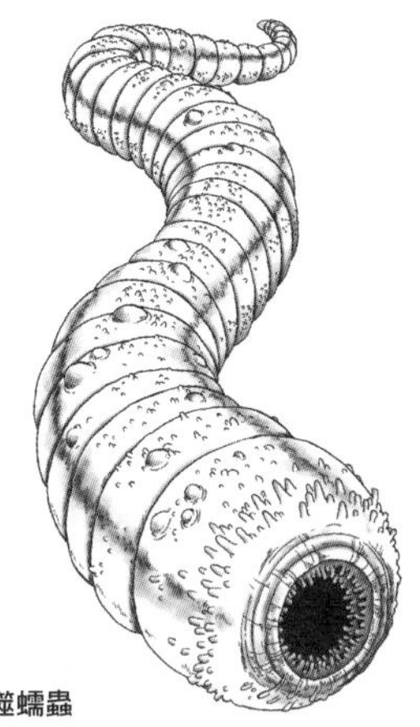

巨噬蠕蟲

全長可達數百公尺，渾身盡是青白色黏液的蚯蚓狀巨大生物。棲息於幻夢境的普拿司谷地和亞狄斯星。

蛇人

由蛇類進化而成的爬蟲人類。曾經於二疊紀建立高度發達的文明。擅長魔法，曾變身成人類模樣統治古代的瓦路西亞王國。

夏塔克鳥

周身鱗片包覆的馬頭巨鳥。棲息於幻夢境，服事奈亞拉托提普。

夜魔乃其天敵。

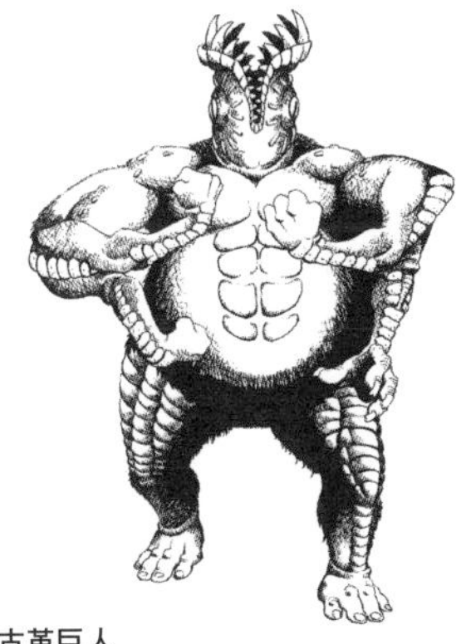

古革巨人

在魔法森林的地底世界建有都市的猙獰巨人。其特徵是縱向裂開的巨口，以及從手肘處分成兩股的手腕。

關聯項目

●黎姆利亞→No.072
●「伊斯之偉大種族」→No.019
●奈亞拉托提普→No.005
●阿撒托斯→No.004
●廷達洛斯獵犬→No.021
●幻夢境→No.080

「克蘇魯神話」的由來

霍華．菲力普．洛夫克萊夫特是「克蘇魯神話」的創始者，此事當然已是定論，再無異議之餘地；然而洛夫克萊夫特卻將自己的作品群稱為「宇宙的恐怖（Cosmic Horror）」，至少在他生前便從未有過使用「克蘇魯神話」此用語的痕跡。

根據對執筆本作品多有浥注的克蘇魯神話研究家竹岡啟先生表示，「克蘇魯神話」此語最早乃是出現在洛夫克萊夫特的盟友克拉克．艾希頓．史密斯於1937年4月13日寄給奧古斯特．德勒斯的書信當中，據稱信中是用“the Cthulhu mythology“來統稱洛夫克萊夫特的作品群。這封信件的存在隱隱然使人感覺到，史密斯和德勒斯等洛夫克萊夫特幫相關人士之間很可能在此之前便已經將「克蘇魯神話」此語當作日常用語使用。德勒斯還曾經向1937年6月號的文藝雜誌《River》投稿一篇題為〈H.．P．洛夫克萊夫特 化外之民〉的洛夫克萊夫特評傳，這篇文章便是第一份使用「克蘇魯神話」此名的刊物。

除此以外，洛夫克萊夫特首篇被譯成日語的作品則是〈牆中鼠〉，與江戶川亂步的作品一起刊載於河出書房發行的《文藝》雜誌1995年7月號。其後亂步還曾經在當時由岩谷書店發行的偵探小說雜誌《寶石》裡的連載〈幻影城通信〉等記事專欄中介紹洛夫克萊夫特，並且予以很高的評價。後來這個連載單元又被彙整成為筑摩文庫出版的《亂步精選恐怖小說》（森英俊／野村宏平 編），在此推薦有興趣的朋友可以一讀。克蘇魯神話的首部日譯作品正是亂步在前述連載單元中曾經特別介紹的〈夜半琴聲〉，是由多村雄二翻譯，同樣刊載於《寶石》雜誌的1955年11月號。

在眾多經過亂步介紹而被洛夫克萊夫特擄獲的讀者當中，還包括了早稻田懸疑俱樂部的創設者仁賀克雄。他曾經在1972年刊行日本首部洛夫克萊夫特作品集《暗黑祕儀》，不過這本書裡卻還沒有「克蘇魯神話」這個名詞。那麼，日本國內首位引進「克蘇魯神話」此用語的究竟是誰呢？

經過筆者的追蹤調查，最後只能追溯到從前以筆名「團精二」大力翻譯介紹海外幻想文學的荒俣宏曾經在1970年代初早川書房《S-F雜誌》介紹未譯作品的單元「SF Scanner」中有過「近來數年悄悄在美國年輕讀者間掀起浪潮的『Cuthulhu神話』」的描述。其後荒俣宏還曾經在同雜誌的1972年9月臨時增刊號，以及荒俣本身也有參與編輯的歲月社《幻想與怪奇》雜誌第4號（1973年11月發行）對「Cuthulhu神話」進行介紹。

第2章
禁忌之書

No.025

《死靈之書》

NECRONOMICON

記載了地球和宇宙真正歷史的禁忌魔法書、終極魔法書，是對宇宙的恐怖慄慄危懼的人類所曾經得到過最最危險的兩面刃。

●《魔聲之書》

《死靈之書》乃阿拉伯瘋狂詩人**阿卜杜·阿爾哈茲萊德**於730年所著的魔法書，內文述及「舊日支配者」和「外神」等異形諸神，以及崇拜這些神祇的各個宗派暨其祕密儀式。此書原名《魔聲之書》，書名是來自於阿拉伯人指稱夜裡昆蟲的鳴叫聲其實是魔物吼聲的阿拉伯語（Kitab Al-Azif）；至於《死靈之書》這個有名的書名，則是君士坦丁堡的席德羅斯·菲力塔斯於950年譯成希臘語版時新取的書名，但由於此書會對閱讀者的精神和行動造成不良的影響，遂遭牧首[*1]米恰爾[*2]下令焚書處分。豈料這本書後來卻仍舊在追求禁忌知識者之間不斷地傳閱、抄寫，1228年又有歐勞司·渥米爾斯將其翻譯成拉丁語，刊行4年後再度遭到教宗格列高列九世[*3]禁書。

以這本拉丁語版《死靈之書》為源頭，後來德國在15世紀有粗體字版問世，17世紀經翻譯而有西班牙語版發行，16世紀在義大利則有希臘語版付梓。現存的《死靈之書》多是17世紀的拉丁語版，分別收藏於哈佛大學魏德納圖書館、**米斯卡塔尼克大學**附屬圖書館、布宜諾斯艾利斯大學圖書館以及巴黎國立圖書館，大英博物館所藏則是15世紀的拉丁語版。所有《死靈之書》均毫無例外皆有部分章節佚失，已無完整收錄30餘章內容的完整版本存在，有不少研究者致力於抄寫分散世界各地的《死靈之書》，希望盡可能拼湊成最接近完整版本的模樣。又據傳阿拉伯語版原著早在13世紀便早已經失傳，但有目擊者在收藏家或神祕學者書架上發現此書的傳聞至今卻仍是不絕於世。另外，從前出仕於伊利莎白女王的17世紀英國魔法師約翰·狄所編著之不完整英譯版如今則是傳到了**敦威治村**的**華特立家族**手上。

---

*1 牧首（Patriarch）：基督教重要教區的主教的稱號。325年的尼西亞會議以後，教會機構按羅馬帝國行政區畫設置，每個行政省設都主教，更大的行政單位教區則設督主教（後改稱牧首）。此處乃採大英線上百科譯名，然而《宗教辭典》卻主要使用「宗主教」譯名，並指「牧首」為東正教的譯稱。

《死靈之書》的收藏・閱覽狀況（部分）

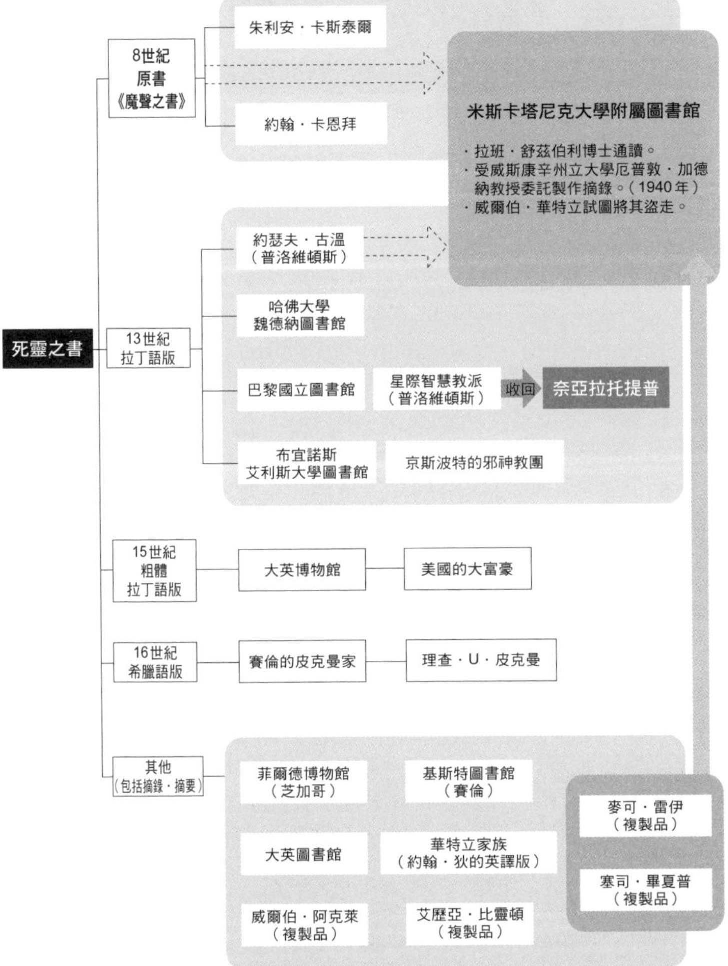

關聯項目

●阿卜杜・阿爾哈茲萊德→No.088
●敦威治村→No.042
●華特立家族→No.097
●米斯卡塔尼克大學→No.040

*2 米恰爾：全名為米恰爾・色路拉里烏斯（Michael Cerularius）。希臘正教會教士，1043年拜占庭皇帝君士坦丁九世任命為牧首。

*3 格列高列九世（Gregory IX）：1170年~1241年。義大利籍教宗（教皇，1227~1241年在位）。他是教會勢力達到頂峰的13世紀的最有力教宗之一。精通教會法和神學，以創立異端裁判所及維護教宗特權而著名。

No.026

《蠕蟲之祕密》(妖蛆之祕密)[*1]

De Vermiis Mysteries

《蠕蟲之祕密》是飽經風霜、自稱為不幸的第九次十字軍東征唯一生還者的鍊金術師所著，也是將禁忌的奈夫倫-卡之名傳諸後世的魔法書。

●知悉薩拉森人[*2]祕密者

《蠕蟲之祕密》的作者，是16世紀中葉隱居於比利時首都布魯塞爾附近某個墓穴廢墟的老鍊金術師路維克・普林。這位自稱是第九次十字軍唯一生還者的出生年份無從得知，唯一可以確定的是當時他已是超乎常理的長壽高齡。

比利時國內獵女巫風潮正盛的1541年，普林也被揪到了布魯塞爾的異端審判所，經過宗教審判名義的殘酷拷問後判處死刑，而這本《蠕蟲之祕密》便是普林在跨進這扇通往黃泉路的審判所大門之前於獄中完成的著作。普林去世1年後德國科隆曾經發行過少量的《蠕蟲之祕密》，有人說這是本封面以鐵製成的黑色大書，也有人說是本對開裝訂的粗體字版。《蠕蟲之祕密》初版甫出版便遭到教會查禁處分，不久後雖有經過審查合格的刪節版刊行，可是資料價值極低。1820年有查理斯・雷格特翻譯的英語版刊行，似乎是從初版版本直接翻譯而來。初版仍有15部現存於世，其中一部目前收藏於**米斯卡塔尼克大學**附屬圖書館。

此書記載普林從敘利亞、**埃及**、亞歷山卓等中東、非洲地區所得到的禁忌知識與各種祕密法術。在記載古埃及傳說的〈薩拉森人的儀式〉一章，除大蛇塞特和奧賽利斯[*3]等眾所周知的諸多神明以外，就連《死者之書》[*4]亦將其存在悉數抹殺的奈夫倫-卡等不為人知的存在，內文也有詳細的記載敘述。書中特別值得一提的，當屬如何召喚人稱「看不見的同伴」、「群星遣來的僕人」，亦即經常聚集在晚年的普林身邊的魔寵[*5]的召喚方法。

[*1]《蠕蟲之祕密》(妖蛆之祕密)：《克蘇魯神話》與《魔導具事典》譯為《妖蟲的祕密》，《戰慄傳說》譯作《邪毒的祕密》。

[*2] 薩拉森人(Saracen)：中世紀基督教用語，指所有信奉伊斯蘭教的民族(阿拉伯人、突厥人等)。

[*3] 塞特(Seth)：埃及神話中一位完美擔負「惡」角的神明。他謀殺了他的哥哥奧賽利斯。奧賽利斯(Osiris)：埃及的地府之神，奴特之子，妹妹伊西斯的丈夫。是埃及的統治者，是他將文明傳授給了人類。

「星之精」（Star Vampire）

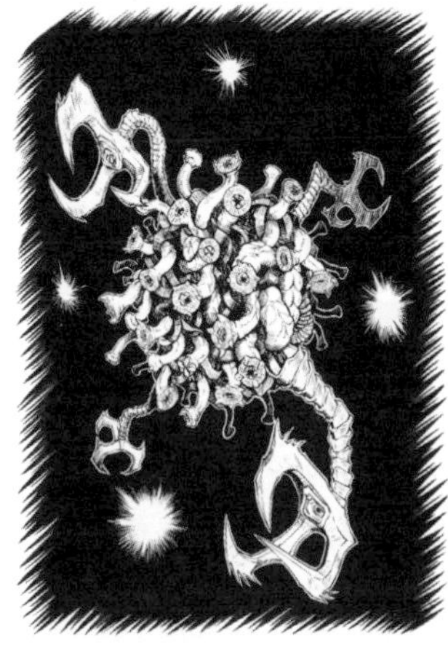

「星之精」
路維克．普林當作僕從使喚的隱形吸血生物，亦稱「星間躡跚者」。《蠕蟲之祕密》載有召喚方法。

◆《妖蛆の祕密》讀音考

當初《De Vermiis Mysteries》本有《虫の神秘》等各種譯法，不過自從荒俣宏在收錄於1972年所刊創土社版《洛夫克萊夫特全集》第1卷的〈獵黑行者〉中採用《妖蛆の祕密》譯語以來，此譯名便受到其它翻譯者廣泛的接受。在對神話作品已經甚是熟稔的現代讀者之間，此譯名讀作「ようしゅのひみつ」乃是通例，但「蛆」這個漢字按照音讀其實應該唸作「ソ」「ショ」才是，仔細想來相當奇怪。

筆者試著去追溯這件事的箇中經緯，最後找到1976年國會刊行會所出版的《ク·リトル·リトル神話集》。此作品集收有由高木國壽翻譯之克拉克．艾希頓．史密斯作品《The Coming of the White Worm》，當時這個題目的日語是譯作「白蛆（びゃくしゅ）の襲来」。筆者翻閱漢字字典，果然發現「白蛆」另有讀作「びゃくしゅ」這個較爲文雅的用法，想必譯者當初是因爲發出來的聲響聽來頗具邪氣，方才採用了這個讀音。後來承繼此譯法而創造出「ようしゅうしゅ」讀音的，正是以翻譯過無數神話作品而聞名的大瀧啓裕；他是在1982年青心社所刊《克蘇魯III》收錄的〈比靈頓的森林〉裡面，首度使用「ようしゅのひみつ」這個假名注音。此後隨著東京創元社《洛夫克萊夫特全集》、青心社《克蘇魯》等由大瀧翻譯的作品集愈趨普及，「ようしゅのひみつ」這個讀音也才在廣大讀者間散播了開來。

關聯項目

●米斯卡塔尼克大學→No.040　　●埃及→No.055

*4《死者之書》（Book of the Dead）：古埃及死後必備的陪葬物品，是部內含咒文、可使死者復活並獲得永恒生命的文件。

*5 魔寵（Familiar）：中世紀歐洲女巫的爪牙、魔法寵物。

No.027

《拉萊耶文本》*

R'lyeh Test

「深潛者」為了替偉大克蘇魯的復活做好準備而潛藏在海底，而《拉萊耶文本》便是記載彼等在地球上的活動據點的中文書。

●價值10萬美金的稀有書籍

現以《拉萊耶文本》之名為世所知的書籍，是一本用人皮裝訂的中文抄本。這本書是**阿卡姆鎮**的老研究家亞莫士．吐圖從某個來自西藏內地的中國人手中以10萬元美金購得；《拉萊耶文本》在所有者亞莫士．吐圖死後，已經由繼承人也就是他的姪子保羅．吐圖捐贈予**米斯卡塔尼克大學**附屬圖書館。

據說《拉萊耶文本》原書是用人類誕生以前的語言寫成，書中除了記載到**偉大的克蘇魯**及其眷屬跟大海有何關聯、它們出沒的8個活動據點以外，還記載了如何召喚**猶格．索托斯**的方法，對**伊塔庫亞**的神話亦有著墨。

執教米斯卡塔尼克大學並定居於阿卡姆鎮的哲學教授**拉班．舒茲伯利博士**曾經對保羅．吐圖捐贈的這本《拉萊耶文本》做過詳細研究，並且在他的論文〈拉萊耶文本之後期原始人神話類型研究〉裡面，指出克蘇魯邪教設有據點的8個場所分別是：以南太平洋加羅林群島波納佩為中心的海域、以麻薩諸塞州**印斯茅斯鎮**外海為中心的海域、以印加帝國**馬丘比丘**古代要塞為中心的秘魯地底湖、以埃爾內格羅綠洲周邊為中心的北非暨地中海一帶、以梅迪辛哈特為中心的北加拿大暨阿拉斯加、以大西洋亞速群島為中心的海域、以墨西哥灣某地為中心的美國南部一帶、亞洲西南部，以及據說在某個已遭掩埋的古代都市附近的克威特沙漠地帶。

除中文版以外，《拉萊耶文本》另有魔法師法蘭西斯．佩拉提翻譯的義大利文版，據說從前登基成為法國皇帝的拿破崙．波拿巴便曾經擁有過這本書，不過其中詳情便不得而知了。

---

*《拉萊耶文本》：《克蘇魯神話》譯為《拉葉書》。

《拉萊耶文本》的收藏・閱覽狀況（部分）

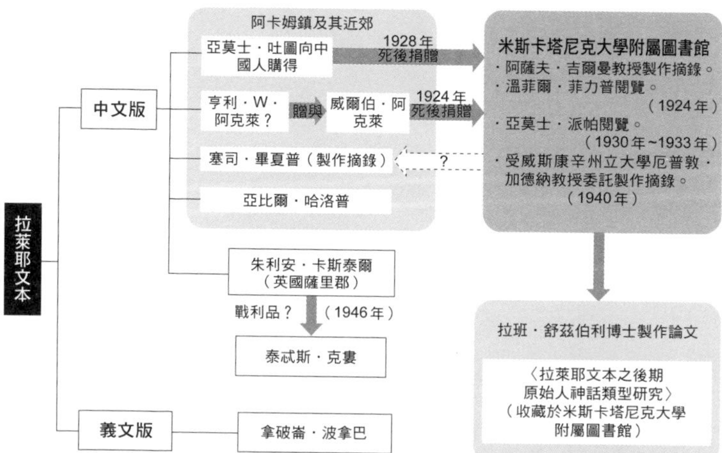

克蘇魯崇拜者的據點

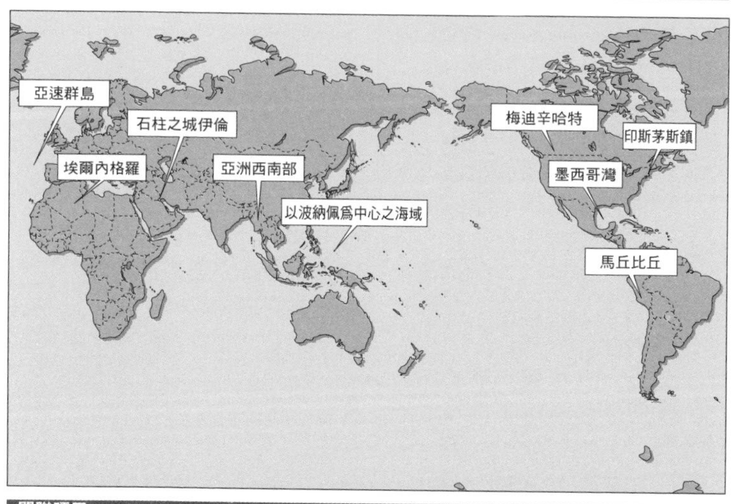

關聯項目

- ●阿卡姆鎮→No.039
- ●米斯卡塔尼克大學→No.040
- ●馬丘比丘→No.048
- ●偉大的克蘇魯→No.003
- ●猶格・索托斯→No.006
- ●印斯茅斯鎮→No.041
- ●拉班・舒茲伯利博士→No.106
- ●伊塔庫亞→No.010

No.028

《奈克特抄本》[*1]

Pnakotic Manuscripts

人類誕生許久以前曾經興盛繁榮的海參狀生物留下了殘缺的記錄斷片，後來在北方的洛馬被轉換成人類的語言，便是《奈克特抄本》。

●人類誕生以前的記錄

蒐羅許多片段記述而成的《奈克特抄本》，原書是在冰河期以前、座落於北方酷寒地帶的洛馬匯編而成。相傳最後一本《奈克特抄本》已經在從前信奉**伊塔庫亞**、全身毛茸茸的食人族——諾普凱族於洛馬遭滅族時被帶到了**幻夢境**，現下收藏在**烏爾塔爾**的神殿；據說烏爾塔爾的賢者巴爾塞便是從這本書裡面，得到了許多有關「地球本來的神」的知識和情報。

《奈克特抄本》裡面有許多記載是從遠比人類誕生更加古老的角度進行描述，據說其起源可以追溯到更新世[*2]的海參狀生物。不知是否因為抄錄謄寫的洛馬人主觀意識使然，書中整體記述內容多與北極圈有關，而這本書也是唯一詳細記載**蘭・提戈斯**是如何在洛馬王國興起的300萬年前從外宇宙飛到地球、遷居至阿拉斯加附近，並受到部分因努伊特[*3]部族奉為「無窮無敵」之神崇拜的書籍。除有關伊塔庫亞和**「伊斯之偉大種族」**的記述以外，這本書還記錄了如何利用催眠後暗示[*4]操縱意志、使用銀鑰匙的儀式、時間溯行藥物的製作方法等。

書名「奈克特」是何涵意不得而知，可能跟澳洲西部「伊斯之偉大種族」的都市**奈克特城**有關也未得知。

在清醒的世界裡面至少有5本《奈克特抄本》存在，其中北美洲大陸就有**米斯卡塔尼克大學**附屬圖書館、**星際智慧教派**從前設為據點的教會這兩個地方都有藏書。雖然我們無從得知這本書當初是如何從幻夢境流傳到了清醒的世界，不過至少可以確定的是，從古文獻等資料裡面可以發現，早在古希臘時代便已經有題名為《PNAKOTICA》的先行書籍存在。

---

*1《克蘇魯神話》譯為《那卡提克手札》，《戰慄傳說》另譯為《那卡克手札》，《魔導具事典》則譯作《納可托手抄本》。

*2 更新世（Pleistocene Epoch）：地球歷史第四紀的兩個世當中較早也是較長的一個世，開始於距今約160萬年前、終止於約1萬年前。

*3 因努伊特（Inuit）：即愛斯基摩人（Eskimo）。

《奈克特抄本》的收藏・閱覽狀況（部分）

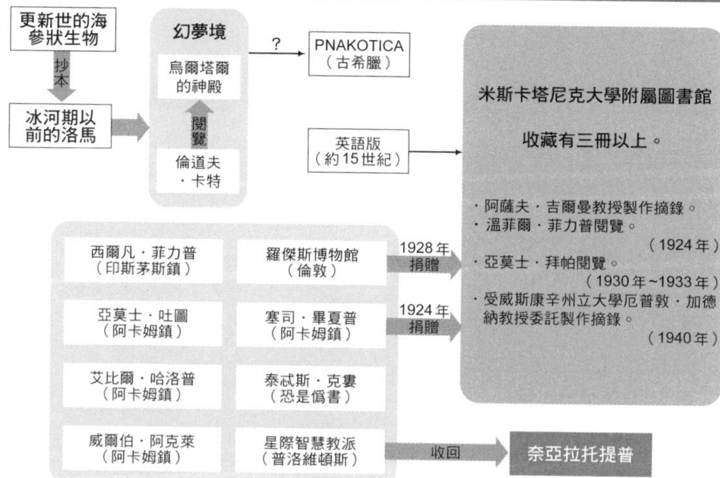

《奈克特抄本》與「奈克特五角形」

《奈克特抄本》

《奈克特抄本》與其說是書籍，倒不如說是資料片段之集合體更爲貼切。其中情報可以追溯至人類誕生以前。

「奈克特五角形」

《奈克特抄本》所載之神祕印記。似乎是在服用時間溯行藥物的時候當作護符使用。

出處：《ENCYCLOPEDIA CTHULHIANA》Chaosium

關聯項目

●米斯卡塔尼克大學→No.040
●伊塔庫亞→No.010
●奈克特城→No.064
●「伊斯之偉大種族」→No.019
●幻夢境→No.080
●星際智慧教派→No.103
●烏爾塔爾→No.083
●其他神明（蘭・提戈斯）→No.015

*4 催眠後暗示（posthypnotic suggestion）：意指催眠狀態中暗示被催眠者，要他在清醒後的某個時間或看到某個訊號時去做某件事情。

No.029

《無名祭祀書》[*1]

Unaussprechlichen Kulten

《無名祭祀書》是位生涯詭怪奇譎、最終死得離奇淒絕的德國怪人，將其畢生研究成果毫無遺漏地網羅其中的黑暗宗教書。

●《黑色書籍》

《無名祭祀書》或稱《黑色書籍》，是19世紀前半葉曾經走遍世界各地遺跡與祕密結社的德國神祕學者**腓特烈・威廉・馮容茲**，將他用畢生精力蒐集得來的神祕知識與傳說悉數匯集而成的禁忌宗教研究書籍。書中除記載到加塔諾托亞信仰和**史崔戈伊卡伐**的黑色獨石、宏都拉斯的**蟾蜍神殿**以外，亦提及古代匹克特人[*2]對戰鬥王布蘭・麥克蒙的信仰，以及五月節[*3]前晚「夏節之夜」的慶祝祭典。

初版乃1839年於德國的杜塞道夫以鐵框與厚皮革裝訂出版，因為內容陰晦遂偶有人以《黑色書籍》異名稱呼之。

此書的刊印數量本來就非常少，再加上出版隔年馮容茲才剛從蒙古旅行返回便離奇死亡在密室裡，喧騰一時，許多害怕的購買者紛紛拋棄此書，使得現存冊數更是少之又少。

在《無名祭祀書》裡面，馮容茲就他在世界各地親眼見聞的遺跡和儀式等進行論證，主張古邈時代的黑暗宗教即便到19世紀依舊存在。

然而，除卻極少數條理分明、合乎情理的內容以外，《無名祭祀書》的所有篇幅幾乎都被曖昧模糊、支離破碎的祕文暗語所占據，因而被視為全無學術價值、形同痴人囈言妄語的書籍。

不過據說通曉某種知識者就能將這些隻言片語像拼圖般重新排列成完整通順的敘述，如此就能企及於隱藏於文章背後的真實知識。

---

*1《無名祭祀書》:《戰慄傳說》譯為《無名邪教》。

*2 匹克特人（Pict）：居住於現在蘇格蘭東部和東北部的古代非塞爾特民族。其族名可能是指他們在身體上塗顏色或可能刺花的習慣。

*3 五月節（May Day）：五月一日，中古時代和現代歐洲的傳統春季節日。

《無名祭祀書》的收藏・閱覽狀況（部分）

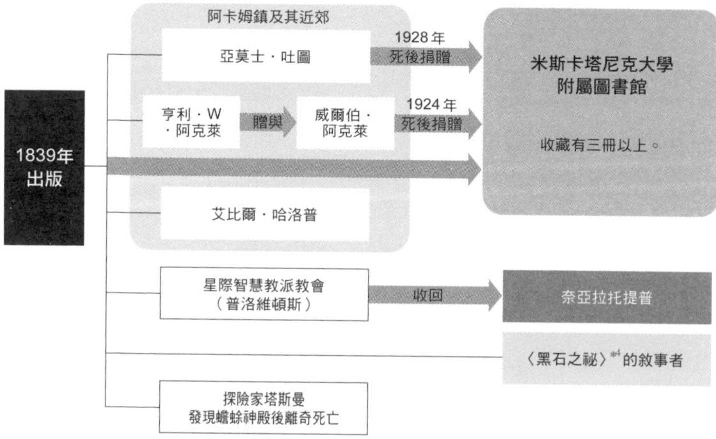

《無名祭祀書》

《無名祭祀書》

《無名祭祀書》或稱《黑色書籍》初版以鐵製金屬、皮革裝釘的四折本書籍。

關聯項目

●腓特烈・威廉・馮容茲→No.094
●蟾蜍神殿→No.049
●史崔戈伊卡伐→No.053

※4〈黑石之祕〉（The Black Ftone）：羅伯・霍華（Roloert Howard）所作，收錄於奇幻基地《克蘇魯神話》。

No.030

《金枝》

The Golden Bough

就原始咒術演變成宗教，宗教最終又遭科學取代的演進過程進行剖析，泛靈論、圖騰崇拜研究領域的古典名著。

●安樂椅上的人類學家

《金枝》的作者詹姆斯・喬治・弗雷澤於1854年出生在蘇格蘭的格拉斯哥，他從當地的格拉斯哥大學畢業以後，便來到後來的英國籍魔法師阿雷斯特・柯羅利[*1]亦曾就讀過的劍橋大學三一學院，專攻社會人類學。

弗雷澤將《金枝》上下卷付梓刊印是在1890年，他還是劍橋大學特別研究員的時候。「金枝」這個名字是來自於約瑟夫・M・特納的風景畫題名，這幅畫所描繪的是素有一則跟槲寄生[*2]有關的殺王傳說流傳的義大利內米湖湖畔。《金枝》雖未直接述及跟**克蘇魯神話**有關的諸多神明或教團，但由於書中內容深入歐洲神話和地方信仰的世界，不少研究家將其視為參考書籍，藏書在架。另一方面，因為這本著作而搏得頗高評價的弗雷澤後於1907年就任利物浦大學的社會人類學教授，1914年獲授爵士勳位。1921年弗雷澤返回母校劍橋大學三一學院就任教授，這件事使他獲得了比受封「爵士」稱號還要更大更高的名譽。其後於1925年獲頒相當於日本文化勳章的功績勳章，並且歷任英國學士院特別研究員、愛丁堡皇家學會名譽評議員、皇家普魯士科學學會名譽會員等極富名望的職位，達到身為學者的最高頂點，豈料弗雷澤卻於第二次歐洲大戰期間1947年5月7日遭德軍空襲，與夫人雙雙被炸死。

《金枝》每每再版均有內容增補，直到從1911年刊行至1915年共12卷的完整版問世，方告完結。

1920年代以後，弗雷澤在田野調查成為學術主流的現代人類學界遭謔稱為「安樂椅上的人類學家」，早已乏人問津。

*1 阿雷斯特・柯羅利（Aleister Crowley）：此處乃採奇幻基地《克蘇魯神話》譯名，另可譯作「亞雷斯特・克羅利」或者「阿萊斯特・克勞力」。

*2 槲寄生（Mistletoe）：塞爾特人的神官—德魯伊視為最神聖的植物，而且只有寄生於橡樹上的槲寄生，才會被尊為神賜與神聖樹木的最神聖植物。

詹姆斯·弗雷澤爵士與《金枝》

詹姆斯·喬治·弗雷澤爵士

身爲社會人類學家，弗雷澤生前便獲得了學術界的最高榮譽，可是他的研究成果在田野調查成爲主流的現在，卻被視爲陳腐迂闊之物。

《金枝》的封面

初期人類學古典名著《金枝》曾經數度被翻譯成日語，由岩波書店和國書刊行會出版刊行。

◆三一學院與使徒會

弗雷澤博士執教的劍橋大學三一學院除後來被開除的柯羅利以外，還有許許多多名人輩出。著有《數學原理》，被奉爲近代邏輯學之祖的伯特蘭·羅素。否定「看不見的上帝之手」，奠定總體經濟學基礎的約翰·梅納德·凱因斯。擁有「印度魔術師」異名的神祕數學家拉曼納揚。著有《邏輯哲學論》，開創分析哲學先河的維也納人路德維希·維根斯坦。只是隨隨便便舉出幾個名字，個個都是對後世學問有決定性影響的重要人物。

羅素和凱因斯因爲對英國國教教會存有反抗心而選擇無神論，後來則是成爲某個傾向神祕學的傳統組織——使徒會的會員。羅素與神智學協會交流密切，而眾所周知凱因斯就是艾薩克·牛頓鍊金術筆記的所有人。柯羅利雖然也想參加使徒會，但是卻遭到拒絕。

關聯項目

●克蘇魯神話→No.001

No.031

《伊波恩之書》*

The Book of Eibon / Liber Ivonis

《伊波恩之書》記載著早已被人類遺忘的傳說，是陰晦悚然的神話、邪惡高深的咒語、儀式、典禮的集大成之作。

●希柏里爾時代的魔法書

《伊波恩之書》是從前在**希柏里爾**大陸北方的穆蘇蘭半島建造黑色片麻岩建築，並且在當地居民間素來頗負名聲與威信、惡名昭彰的魔道士伊波恩，用希柏里爾的言語記述而成的魔法書。

此書流傳至今期間曾經過多次翻譯，如今已有用各種語言記述的抄本、手稿存在，有幾篇不完整的殘簡片段現收藏於**米斯卡塔尼克大學**附屬圖書館。在現存的抄本當中，有些抄本原本就是用猿猴的皮毛裝訂，有些則是後來才被服侍惡魔的聖職者換成了基督教彌撒經書所使用的羊皮。

《伊波恩之書》之出版刊物，則是以9世紀凱俄斯·菲力普斯·費帕的拉丁語版、13世紀阿維洛瓦的魔道士嘉士珀杜諾德的中世法語版最有名。15世紀亦曾有英語版發行，然則多有誤譯，可信度頗低。

也許是因為作者伊波恩的出身使然，《伊波恩之書》最主要的特徵便是對巨大白色蠕蟲邪神魯利姆·夏科洛斯（Rlim-Shaikorth）侵襲希柏里爾，以及伊波恩本身信仰的「舊日支配者」**札特瓜**等希柏里爾大陸相關事項均有相當詳實的記載，至於書中提及其他「外神」和「舊日支配者」的部分亦與**《死靈之書》**多有呼應。不僅如此，書裡甚至記載了不知道是**阿卜杜·阿爾哈茲萊德**本來就不知道還是他有意削除，又或者是在《死靈之書》翻譯過程中被刪減掉的禁忌知識和太古咒文，因此精通禁忌知識的神祕學家均將這本《伊波恩之書》讚為是「陰晦悚然的神話、邪惡高深的咒語、儀式、典禮的集大成之作」，並且指定為與《死靈之書》參照閱讀的最重要的一本書。

*《伊波恩之書》:《戰慄傳說》譯為《哀邦書》。

《伊波恩之書》的收藏．閱覽狀況（部分）

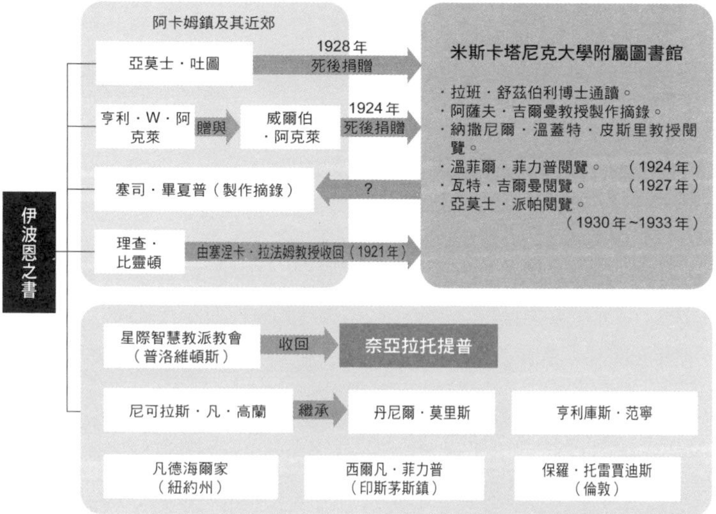

《伊波恩之書》與「伊波恩之印」

《伊波恩之書》

《伊波恩之書》冠名自其作者希柏里爾魔道士名諱，書中許多記載內容與《死靈之書》互補。

「伊波恩之印」

三隻腳組成鉤十字形狀的魔道士伊波恩印。據說當作護符使用，可免受奈亞拉托提普及其爪牙侵犯。

出處：《ENCYCLOPEDIA CTHULHIANA》Chaosium

關聯項目

●希柏里爾→No.070
●米斯卡塔尼克大學→No.040
●札特瓜→No.012
●《死靈之書》→No.025
●阿卜杜．阿爾哈茲萊德→No.088

No.032

《律法之書》

Liber Al vel Legis

將生涯全數耗費在魔法實踐與研究的神祕學怪人、20世紀最後且最偉大的魔法師——阿雷斯特·柯羅利[*1]的聖經。

●「汝當順從自身意志而行」

1875年10月12日出生於英國瓦立克郡雷明頓的阿雷斯特·柯羅利（本名愛德華·亞歷山大·柯羅利）在大眾媒體口中稱為「黑魔法師」「全世界最邪惡的人」，是20世紀英國最偉大的魔法師之一。

從小在一個信奉基督教普利茅斯兄弟會的富裕家庭裡面長大的柯羅利，起初是因為對該教派嚴格的教義感到不滿，所以才開始對神祕學產生了興趣。

後來柯羅利雖然進入了劍橋大學三一學院就讀，卻在校內惹出大大小小各式各樣的麻煩；在畢業前夕遭到退學以後，柯羅利遂加入成立於19世紀末的魔法結社「黃金黎明」，自此才展開了他身為稀世魔法師的第二個人生。

《律法之書》是柯羅利1904年旅居埃及開羅的時候，將自稱愛華斯或稱史托透特的外星智慧體所昭示的「汝當順從自身意志而行。是乃律法全部要義」、「所有男女都是星辰」等共220則神諭記載下來，匯集成冊，所以嚴格說起來並不算是柯羅利的著作，而是他將聽到的聲音翻譯成人類的語言、編輯成的靈界通信文件。

柯羅利的弟子，也就是後來成為魔法結社「東方聖殿騎士團」大師的肯尼斯·葛蘭特曾經指出，**阿卜杜·阿爾哈茲萊德**的**《死靈之書》**跟柯羅利在以《律法之書》為首的許多著作中所提到的諸多神名和祕密儀式有許多都是相同的。

現如今已經證實美國以促使邪神復活為目的的組織「**銀之黃昏鍊金術會**」跟柯羅利所創魔法結社「銀星」之間確實曾經透過信件往來接觸，再再顯示這兩本書的吻合絕非偶然。

---

*1 阿雷斯特·柯羅利（Aleister Crowley）：此處乃採奇幻基地《克蘇魯神話》譯名，另可譯作「亞雷斯特·克羅利」或者「阿萊斯特·克勞力」。

與克蘇魯神話的共通點

死靈之書	律法之書
Al Azif	Al vel Legis
偉大古邈者	夜晚的偉大者
猶格・索托斯	史托透特
科弗尼亞	諾普凱
卡達斯（凍結的荒野）	哈德特（荒野的流浪者）
奈亞拉托提普	「笛音深入我孤獨寂寥之中」的吹笛者
莎布・尼古拉絲	狗與熊的混血神「喀布斯」
死去的克蘇魯在拉萊耶城的巢穴裡，等著作夢	「夜晚的偉大者」侵淫在根源性沉眠之中
阿撒托斯	阿布索特（水銀）無限之中的神明凱歐斯[*2]
無顏者（奈亞拉托提普）	無頭者（不受孕生者）
灰石五芒星	無限之星（中心有個圓的五角星）灰色是代表無限的顏色

阿雷斯特・柯羅利與愛華斯

阿雷斯特・柯羅利

人稱「20世紀最偉大魔法師」、「默示錄之獸」的英國怪人柯羅利。

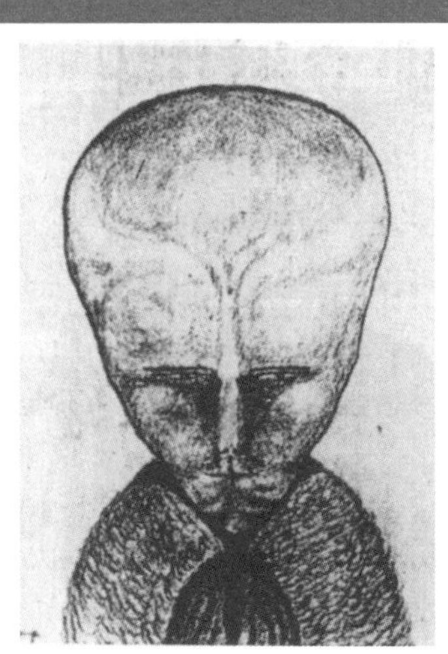

愛華斯

向柯羅利示下神諭的守護天使愛華斯的長相，據說它住在天狼星。

關聯項目

●阿卜杜・阿爾哈茲萊德→No.088
●銀之黃昏鍊金術會→No.104
●《死靈之書》→No.025

*2 凱歐斯（Chaos）：亦即希臘神話裡的混沌。

No.033

《黃衣之王》

The King in Yellow

刻劃出人類精神所無法承受的悚然美感，將讀者步步逼向瘋狂與毀滅的禁忌劇本。

●步向破滅的開端

這本會把讀者逼到發瘋的《黃衣之王》，是以古代都市**卡爾克薩城**為故事舞台的劇本題名，其作者與成書年代均不得而知。原書是由蛇皮裝訂，封面繪有「黃之印」的模樣。

劇中有兩位名叫卡西爾達與卡蜜拉的人物，並對雄牛座*畢宿星團和哈利湖多有讚揚歌頌，然其具體內容卻墮入層層謎霧之中，如今只剩下卡西爾達「黃衣之王將我剝奪。決定夢之去向的力量被奪，從夢裡逃離的力量亦然」等幾句片段的台詞被記錄下來而已。

在這個戲劇裡面扮演著中心要角的，便是亦被引為題名的神祕人物「黃衣之王」。戲劇裡登場的黃衣之王約有常人兩倍身高，戴著蒼白的假面具；他身穿散發異樣光彩的襤褸衣衫，有的時候看起來就像是背後有雙翅膀，有時候背後還會綻放出光環。《黃衣之王》總共兩幕，第一幕內容完全無害。然而，從報幕小童開口報出介紹詞開始的第二幕內容，便急轉直下變得充滿著瘋狂、就連「戰慄」兩字亦不足以形容於萬一，任何人一旦知道其中內容，命運裡剩下的便只有破滅。

從前希爾爵．卡斯塔因讀過《黃衣之王》以後，便患了以為自己是黃衣之王的僕從同時也是美國之王的妄想，留下支離破碎的手記之後死於精神病院。

黃衣之王亦稱「眾帝王歸服之王」，有時還會滿帶諷刺地引用聖經話語對人類講話，其真面目除「難以名狀之物」**哈斯塔**的化身以外不作他想。

1895年前後曾經有黑色薄本八開裝訂的《黃衣之王》英語版刊行過，但包括譯者名等資訊卻是一切不明。

---

* 雄牛座：請參照P.011譯注。

《黃衣之王》與「黃之印」

《黃衣之王》

必然會使閱讀者趨向破滅命運的受詛咒劇本《黃衣之王》。

「黃之印」

《黃衣之王》封面所繪不知是符號亦或文字的奇妙紋章。

出處：《ENCYCLOPEDIA CTHULHIANA》Chaosium

❖錢伯斯兩三事

羅伯特·威廉·錢伯斯（1865~1933）是位活躍於19世紀末至20世紀初的作家。錢伯斯原本就讀於工科學校，後來在巴黎進修美術成爲畫家，然後才又轉職成爲小說家。錢伯斯爲人稱道的是，他雖然身爲流行作家卻不以成功而自傲，總是謙虛待人。

《黃衣之王》是發表於1895年的錢伯斯處女作，如今亦以其最高傑作爲世所知。這本書是部短篇集作品，前半部是故事主題與屢屢逼使讀者發瘋的神祕劇本《黃衣之王》共通的恐怖小說，後半部收錄的則是普通的戀愛小說。

洛夫克萊夫特曾經在一篇名爲〈《死靈之書》的歷史〉的文章裡面提到過《黃衣之王》，所以有些人認爲他是從《黃衣之王》得到靈感、遂而創造出《死靈之書》，不過這種說法並不正確。洛夫克萊夫特首次在作品裡提及《死靈之書》是在1922年，但是他在1926年以前都還沒有讀過《黃衣之王》。

關聯項目

●哈斯塔→No.008　●卡爾克薩城→No.079

No.034

《屍食教典儀》*

Cultes Des Goules

《屍食教典儀》是中世紀末期法國邪教宗派之綜合目錄，也是甘冒食人禁忌、希望實現長生不老的非人教義指導教程。

●食人者

16世紀法國貴族保羅．亨利．迪爾雷德伯爵（另說為弗朗索瓦．歐諾．巴爾弗）所著《屍食教典儀》，是本將法國國內耽溺於降靈術、食人癖、戀屍癖的淫祠邪教目錄化，並詳實記述這些教團之教義與行動的書籍。此書是採取當時最普遍的四開裝訂，應是出版於1702年或1703年。《屍食教典儀》內容極具震撼性，甚至還記載到如何透過食用人肉藉以達致長生不老之祕法，因此馬上遭到天主教教會禁書處分，不過《屍食教典儀》卻還是在暗地裡繼續四處傳播。

部分的法國文學研究者指出，以「薩德侯爵」此名為世所知的多納提安．阿爾馮斯．弗朗索瓦．薩德侯爵，其著作便受到了《屍食教典儀》的影響。其次，在《屍食教典儀》刊行數年後誕生於英國白金漢郡、據說後來甚至成為此書所有者的英國貴族法蘭西斯．達希伍德男爵，還曾經在18世紀中葉設立以性交和黑魔法為中心教義的祕密結社「地獄火俱樂部」，直到1762年他就任財務大臣事跡敗露為止，該社團瘋狂淫亂的宴會已經持續長達10年以上時間。

如今對作者迪爾雷德伯爵的所知不多，不過後來迪爾雷德伯爵家曾經遷居德國拜仁並且改姓「德勒斯」，後來又移民前往新大陸，直到1919年過世的米歇爾．德勒斯這一代都仍然保有爵位；至於1939年在美國威斯康辛州設立了恐怖小說出版社「阿卡姆之家」的鄉土文學家奧古斯特．威廉．德勒斯，正是米歇爾的孫子。

據說《屍食教典儀》原版書目前共有14部仍然存在，其中至少有4部是收藏在**米斯卡塔尼克大學**附屬圖書館。

---

*《屍食教典儀》：《戰慄傳說》、《克蘇魯神話》譯為《食屍教》。

《屍食教典儀》的收藏・閱覽狀況（部分）

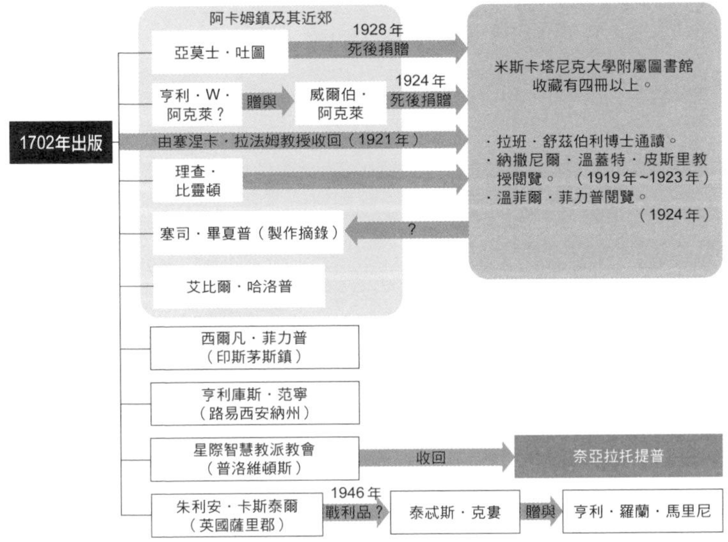

◆洛夫克萊夫特幫的遊戲　其一

保羅・亨利・迪爾雷德伯爵乃是被設定爲羅伯・布雷克所創造的《屍食教典儀》的作者。《屍食教典儀》雖然是部虛構的書籍，這位迪爾雷德伯爵卻是位眞實人物。

H・P・洛夫克萊夫特曾經表示，「他並不是個邪惡的人。儘管迪爾雷德身爲法國保皇黨的貴族，卻因爲大革命而亡命逃往拜仁，並且歸化德國籍、將姓氏改成日耳曼風格的德勒斯。1835年遷居至威斯康辛州。其子孫正是我的朋友奧古斯特・德勒斯」。

至於德勒斯自己也的確曾經在自傳寫到「我的祖先是法裔拜仁人」，不過他對祖先是貴族卻隻字未提。

根據與洛夫克萊夫特交情甚篤的友人說法，這位偉大作家有個壞習慣，經常一本正經地大吹牛皮，以誆騙作弄他人爲樂；因此也有人認爲，這個迪爾雷德伯爵乃屬眞實人物的說法，其實是他最拿手的吹牛伎倆。

關聯項目

●米斯卡塔尼克大學→No.040

No.035

《塞拉伊諾斷章》[*1]

The Celaeno Fragments

盲眼的探險者從偉大的克蘇魯及其崇拜者手下逃得性命以後，在星界的大圖書館所發現的竟是記載如何與諸神對抗的方法的石板。

●「古神」[*2]的記錄

《塞拉伊諾斷章》有別於其他魔法書或禁書，並非書籍或抄本的題名，而是指稱**拉班·舒茲伯利博士**在收藏了許多「舊日支配者」從敵對的「古神」盜來的文獻的**塞拉伊諾**大圖書館裡發現的一批半數破損、從來不曾有活人看過的巨大石板，以及石板所篆刻的「外神」及其敵對者相關祕密知識的統稱。

《塞拉伊諾斷章》的書籍，則是有一部由舒茲伯利博士譯成英語的私人版親筆抄本，後來舒茲伯利博士在1915年神祕失蹤前夕將這本書寄放到**米斯卡塔尼克大學**附屬圖書館。波士頓的核子物理學家阿薩夫·吉爾曼教授和利馬大學的維巴洛·安卓羅斯教授便是在這個時期閱覽了《塞拉伊諾斷章》，並且製作成摘錄。

舒茲伯利博士失蹤的20年後已是1935年，豈料他竟然跟消失時同樣那麼突然地回到了**阿卡姆鎮**，並且立刻前赴米斯卡塔尼克大學取回這本手工製作的書。

這部後來亦曾數度往返於舒茲伯利博士與米斯卡塔尼克大學之間的二開裝訂本，如今已加鎖受到嚴密保管，沒有關係的人很難窺得其中堂奧。

書中所記載的包括能夠驅退「外神」及其眷屬的「古神之印」、從北落師門召喚火神**克圖格亞**的方法，還有非但能讓飲用者不再受時空束縛、遍遊任何時間任何空間，還能獲得敏銳的感官並且停留在幻夢境與清醒夾縫之間的黃金蜂蜜酒；舒茲伯利博士與其同志們便是利用這種神祕的神酒，並輔以表面刻有奇異紋飾、能召喚出服侍**哈斯塔**的有翼魔物——拜亞基的石笛，方才度過了重重危機與難關。

---

*1 塞拉伊諾（Celaeno）：《戰慄傳說》譯為「喜拉諾」。

*2 古神（Elder Gods）：或稱「舊神」，《克蘇魯神話》譯為「老神」，《西洋神名事典》譯作「古老神明」。

《塞拉伊諾斷章》的收藏・閱覽狀況（部分）

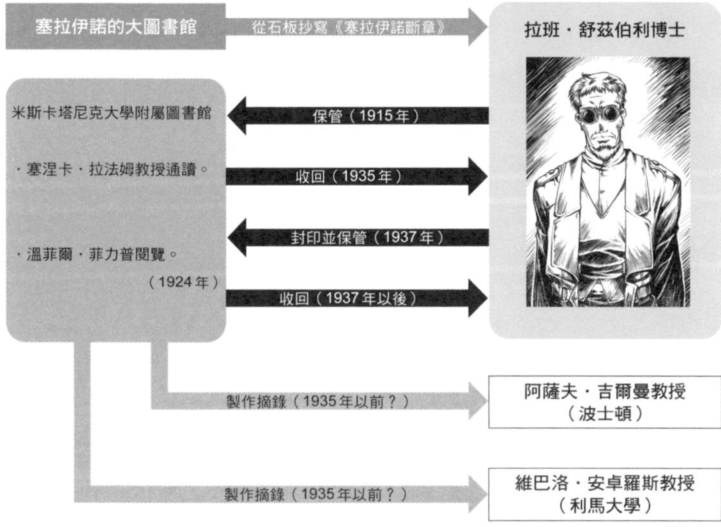

《塞拉伊諾斷章》與「古神之印」

《塞拉伊諾斷章》

在從石板抄寫下來的知識裡面，包括有如何自保免於邪惡諸神危害的方法。

「古神之印」（或稱「舊神之印」）

代表「古神」的五芒星符號。能夠驅退「外神」和「舊日支配者」的僕從爪牙。

出處：《ENCYCLOPEDIA CTHULHIANA》Chaosium

關聯項目

●塞拉伊諾→No.078
●拉班・舒茲伯利博士→No.106
●米斯卡塔尼克大學→No.040
●克圖格亞→No.011
●哈斯塔→No.008
●阿卡姆鎮→No.039

No.036

《水神克塔亞特》[*1]

Cthaat Aquadingen

網羅所有潛伏於大海、湖泊、河流裡的神祕水棲種族相關知識，甚至還會自己冒汗濡濕、令人毛骨悚然的研究書。

●會冒汗的書

《水神克塔亞特》是11~12世紀以拉丁語創作的作品，書中蒐羅的是針對**「深潛者」**等水棲種族所進行的廣泛研究，作者不詳。這本書不但有記載到「深潛者」當中最年長、君臨該族的夫婦海神「父神**達貢**」「母神海德拉」，同時對彼等所崇拜的**偉大的克蘇魯**及其眷屬亦有記載。

目前經過證實的確存在的拉丁語版《水神克塔亞特》共有3本，這本書跟**《拉萊耶文本》**同樣是用人類的皮膚裝訂，據說會在溫度下降的時候微微滲出汗水。

英國曾經在14世紀時發行過此書譯本，目前至少有一本英譯版《水神克塔亞特》跟拉丁語版一起被收藏在大英博物館裡。

19世紀英國海洋博物學家菲力普．亨利．戈斯曾經因為完成全世界首部繪製活生生而非被撈起來的海棲生物，而且還附有飼育方法等各種解說的《水族館》（此書名是戈斯自創的造語，後來正式被英語採納，成為指稱「水族館」的用語），遂而成為國內首屈一指的海洋博物學者，博得盛名，後來卻發表了主張聖經內容與化石之存在兩者均可成立的肚臍假說[*2]奇書《臍》，就此葬送了他藉著學術生涯所建立起來的名聲。

這個使歐洲自然科學界大為困惑的事件，或許是戈斯讀過大英博物館所藏《水神克塔亞特》後受到衝擊，欲從基督教尋找出口，方才有這般舉動也說不定。此外，據說另外兩本拉丁語版目前則是在英國國內的收藏家手中。

---

*1《水神克塔亞特》:《克蘇魯神話》譯為《水中生物》。

*2 肚臍假說（Omphalos hypothesis）: 當時學界有個討論亞當夏娃究竟有無肚臍的論戰。聖經指世界所有事物均是由上帝所創，然則世間卻有太多事物足以證明這些事物的成長，譬如樹木的年輪、河川侵蝕陸地的痕跡、各種地層構造和人類的肚臍，卻都是無法忽視的事實。於是戈斯便提出了世間萬物的狀態，完全是由上帝所創，主張推測地球或宇宙年齡的證據都是不可靠的。

《水神克塔亞特》的收藏・閱覽狀況（部分）

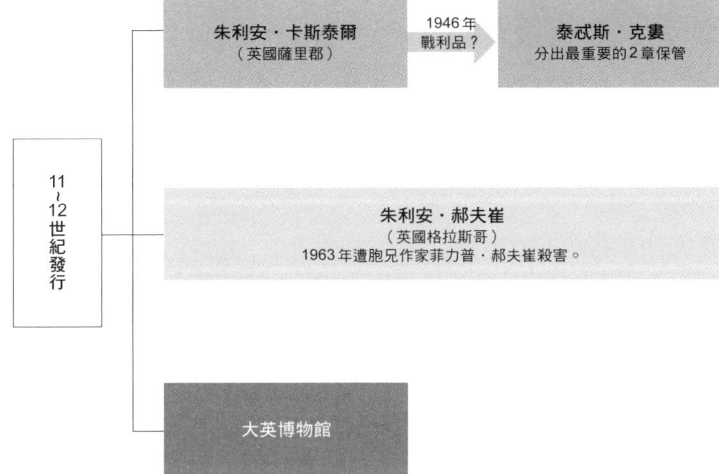

《水神克塔亞特》

《水神克塔亞特》

用人皮裝訂，使人不寒而慄的《水神克塔亞特》。據說這本書會受周遭環境與天候影響而流出汗水。

關聯項目

●「深潛者」→No.016
●偉大的克蘇魯→No.003
●《拉萊耶文本》→No.027
●達貢→No.009

No.037

其他書籍

Other Books

讓閱讀者趨向瘋狂的研究書、使接觸者步入毀滅的故事書。這些各有種種來歷緣由的書籍，如今仍在書架的陰影深處等待著讀者前來翻閱。

●黑暗藏書錄

憑著題名恰恰與**H・P・洛夫克萊夫特**首部作品集《化外之民》不謀而合、在文壇初試啼聲的英國作家柯林・威爾森主張、自從被珍本書商維佛・伏尼契在羅馬的蒙德拉戈涅神學院發現、一個世紀以來一直讓研究者傷透腦筋的《伏尼契手稿》（Voynich Manuscript），其實正是**《死靈之書》**的抄本。

《埃爾特頓陶片》（Eltdown Shards）[*1]據說是由1912年於英國南部發現的某份黏土板篆刻象形文字翻譯而成，書中有提到**「伊斯之偉大種族」**，且部分內容可與**《奈克特抄本》**相互對應，故而有研究指出此書有可能是《奈克特抄本》原書的一部分。

記載古代諸神相關祕密的《赫桑的七祕聖典》（The Seven Cryptical Books of Hsan），則是收藏保存於**幻夢境**的**塞勒菲斯城**；沍山是**冷之高原**的中文地名，相傳用中文書寫的《沍山七祕經典》便是此書之原本。除此以外，似乎還有本題為《慘之七祕聖典》的抄本在鎌倉時代傳入日本。

《多基安之書》（Book of Dzyan）[*2]是在亞特蘭提斯大陸用已經失傳的森薩爾語寫成，布拉瓦茨基夫人編匯的神智學教義經典《祕密教義》便是此書的選粹精要。另有說法指出**阿卜杜・阿爾哈茲萊德**執筆《死靈之書》時亦曾經參考過此書，普洛維頓斯**星際智慧教派**的教會便曾經收藏有一本。

休伯・畢昂迪所著1842年的《黑暗法國史》跟現實法國歷史完全不同。美國神祕學者班乃狄克・威瑟托普表示書中所載，其實是**哈斯塔**參與創造而孕生的異世界的歷史。

---

*1《埃爾特頓陶片》:《戰慄傳說》譯為《亞特當陶片集》。
*2《多基安之書》:《戰慄傳說》譯為《茨揚書》。

通往真理的道路、書籍

《伏尼契手稿》

海倫娜・P・布拉瓦茨基

俄羅斯出身的靈媒。1875年創設神智學協會，致力於將各種要素龐雜並陳的神祕學體系化。

柯林・威爾森

威爾森是位從未就讀大學，而是半工半讀自行進修獲得學識的奇葩研究家，也是後來掀起神祕學風潮的始作俑者。

關聯項目

- 霍華・菲力普・洛夫克萊夫特→No.087
- 「伊斯之偉大種族」→No.019
- 哈斯塔→No.008
- 幻夢境→No.080
- 塞勒菲斯城→No.082
- 冷之高原→No.060
- 阿卜杜・阿爾哈茲萊德→No.088
- 《死靈之書》→No.025
- 星際智慧教派→No.103
- 《奈克特抄本》→No.028

「黑魔法文」問題

奧古斯特·德勒斯乃以其描寫故鄉威斯康辛州的鄉土文學，以及「太陽橋」系列偵探推理小說等眾多小說作品而獲得頗高評價；他爲了要替敬愛的老師洛夫克萊夫特刊行作品集，遂創設了專營恐怖懸疑小說的出版社阿卡姆之家，並且傾注力量欲使「克蘇魯神話」得以普及。然則，坊間卻有流言指出其行動頗是強硬，諸如對試圖執筆創作獨創性神話作品的作家施加壓力等，及至德勒斯死後，有關其功績的許多疑點才紛紛被指摘出來。

在這些疑點當中，跟他引進善惡對立觀念同樣最受爭議韃伐的，便是德勒斯在作品裡經常會以引用洛夫克萊夫特書信的形式，插入捏造的「黑魔法文」的問題。

我的小說是建立在一個原則性的傳承或傳說之上。這個世界曾有過其他種族存在，他們曾經因為使用黑魔法而失去容身之地，遭到放逐。不過他們如今仍然活在外世界，正準備要奪回地球的統治權。

洛夫克萊夫特研究家德克·莫西曾經在德勒斯死後發表一篇名爲「神話創造者洛夫克萊夫特」的研究，指出洛夫克萊夫特的書信裡面並無任何有關黑魔法的文件。除此之外，莫西還表示這段黑魔法文「不像是洛夫克萊夫特會說的話，倒很像是德勒斯才會說的話」。自此以來，德勒斯捏造洛夫克萊夫特書信的說法便甚囂塵上，就連日本的那智史郎、山本弘都曾經提過這個說法，儼然已經成爲定論。

那麼，究竟洛夫克萊夫特的說法是否德勒斯所捏造的呢？

對此也有人抱持否定的看法。大衛·舒爾茨便認爲眞正捏造洛夫克萊夫特說法的罪魁禍首，其實是位叫作哈洛德·法爾內塞的音樂家。

根據舒爾茨的說法，德勒斯曾在編輯洛夫克萊夫特書信集的時候聯絡過洛夫克萊夫特的多位通信筆友，而曾經替洛夫克萊夫特的詩作譜曲的法爾內塞便是其中一人。當初這位音樂家提供資料給德勒斯的時候，曾經憑著自己的記憶重新拼湊出了一封已經不在手邊的信件，而舒爾茨認爲這段黑魔法文正是出自於法爾內塞所重現的這封信件。

德勒斯看到這封信以後甚是困惑，於是便去找洛夫克萊夫特的盟友克拉克·艾希頓·史密斯商量。史密斯本來相當懷疑這封信的眞僞，不過後來卻還是回答德勒斯「洛夫克萊夫特有可能會寫出像法爾內塞信件裡的內容」。如此這般，德勒斯才會在得到史密斯的印證之後，亟力推動欲使洛夫克萊夫特自己爲「克蘇魯神話」定調的旨趣「黑魔法文」能夠普及。

第 3 章
黑暗梭巡盤據的場所

No.038

北美大陸

North America

從摩天高樓林立的大都會到杳無人跡的森林深處，四處都有人類無法測知的存在騷然並處的古老「新大陸」。

●太古恐怖力量盤結之地

早在北美印地安人的祖先蒙古人種於冰河期時代從歐亞大陸遷居至北美大陸很久以前，北美大陸便是「舊日支配者」在地球設有許多領地，極為危險的場所。

每逢暴風雪的夜晚，從美國北部延伸至加拿大的森林地帶就會有**伊塔庫亞**出沒尋找獵物。至於有少數信仰**蛇神伊格**之部族居住的美國中西部地區，亦有地底世界**金-陽星**暗藏於地層之下。

威斯康辛州雷克湖周邊的**恩蓋伊森林**是**奈亞拉托提普**的住處。另外在美國東海岸麻薩諸塞州艾塞克斯郡的部分地區，以萬帕諾亞格人為首的古老印地安部族也曾經在山丘上排列環狀石陣，召喚彼等稱為歐薩多戈瓦的**猶格・索托斯**。在潘納庫克族[*1]描述有翅膀的生物從大熊座飛來的神話流傳的佛蒙特州山岳地帶，則是有專為採掘礦物遠從冥王星飛來的**「米・戈」**出沒。

自從1620年清教徒前輩移民[*2]登陸麻薩諸塞州的科德角以來，北美大陸便成了來自形形色色的國家、各自懷抱著不同想法的人聚集在一起的人種大融爐。這種現象在宗教信仰方面亦然，包括歐洲土著的女巫信仰、墮落的基督教異端宗派、黑奴帶進來的黑暗大陸巫咒法術等等紛紜雜沓，整個北美大陸活像個淫祠邪教的綜合博覽會；這些外來宗教又跟北美原住民固有的祕密儀式和咒術交雜混合，譬如在紐奧良南部森林裡的沼澤地就有批由西印度群島居民和維德角群島的葡萄牙人組成的船員，在這裡舉行將巫毒教稍加更改的儀式，向**偉大的克蘇魯**獻活祭。對「舊日支配者」和「外神」的崇拜信仰，便是如此這般根深蒂固地滲透到了北美大陸的每個角落。

---

*1 潘納庫克族：請參照P.050譯注。

*2 清教徒前輩移民（Pilgrim Fathers）：原意為「巡禮始祖」，即指從英國渡過大西洋前往美國的清教徒。

北美大陸的地圖

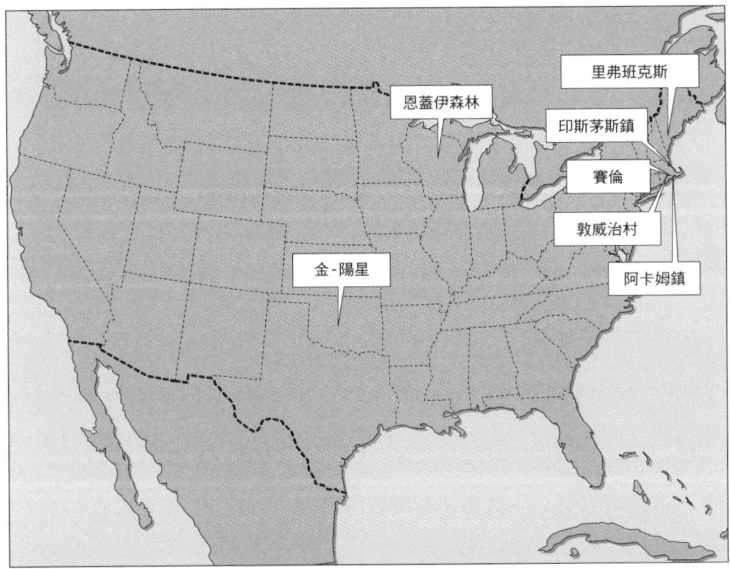

北美大陸相關年表

年代	事件
1620年	五月花號抵達美洲大陸。
1692年	賽倫發生獵女巫騷動。
1775年	獨立戰爭爆發。
1783年	美利堅合眾國從大英帝國獨立。
1846年	美墨戰爭爆發。
1861年	南北戰爭爆發。
1867年	美國以720萬元美金向帝俄購買阿拉斯加。
1890年	霍華．菲力普．洛夫克萊夫特誕生於麻薩諸塞州的普洛維頓斯。
1907年	紐奧良的克蘇魯邪教遭到當局搜索。
1915年	美國參戰第一次世界大戰。
1927年	美國政府揭發印斯茅斯鎮的邪教集團。
1937年	霍華．菲力普．洛夫克萊夫特去世。
1941年	太平洋戰爭爆發。
1945年	於墨西哥州的阿拉莫戈多首次核子試爆成功。
1947年	不明飛行物體墜落新墨西哥州羅斯韋爾郊外，傳聞被美國政府收回。

關聯項目

●金-陽星→No.046
●恩蓋伊森林→No.045
●奈亞拉托提普→No.005
●猶格．索托斯→No.006
●「米．戈」（猶格斯真菌）→No.022
●偉大的克蘇魯→No.003
●其他神明（蛇神伊格）→No.015
●伊塔庫亞→No.010

No.039

阿卡姆鎮[*1]

Arkham

阿卡姆鎮可說是另一座賽倫，保留著濃濃的麻薩諸塞州傳統色彩，古老的幽靈怪譚和女巫傳說至今仍在夜幕交界處喘息的地方都市。

●時間靜止的城鎮

麻薩諸塞州艾塞克斯郡的古老地方都市阿卡姆鎮，如今主要是以常春藤聯盟名校**米斯卡塔尼克大學**的通勤者都市而聞名。黧黑的米斯卡塔尼克河東西向貫穿城鎮中央，北側有波士頓——麻薩諸塞鐵路經過，不到兩個小時便可抵達麻州首府波士頓。替這座城鎮奠基立礎的，是17世紀後半一群厭惡改革派教會近乎強迫的手段，追求信仰自由而從波士頓或**賽倫**遷居而來的民眾，1692年賽倫發生女巫審判大騷動的時候，阿卡姆鎮居民寬仁大度地接納了逃亡者及其家屬，將他們藏匿在閣樓裡。

阿卡姆鎮上有幾個與賽倫相同的地名，暗地裡更有謠諑紛傳，說是從賽倫逃難至此的女巫們夜夜都在米斯卡塔尼克河裡的沙洲上舉行淫穢不堪的宴會。

進入18世紀以後，阿卡姆鎮作為西印度群島貿易活動的據點之一，與鄰近的京斯波特均有相當蓬勃的發展；19世紀以後其主要產業轉移至工業，成為麻薩諸塞州首屈一指的紡織工業重鎮，一時之間榮景蒸蒸。

跟鄰近的**印斯茅斯鎮**和京斯波特相較之下，阿卡姆鎮談不上什麼歷史悠久的城鎮，不過正如「時間靜止的城鎮」這句話所形容的，不論是密集的山形牆複折式屋頂建築、喬治亞式欄杆等數個世紀前的街景，還是夜幕低垂時分老人家講述的種種女巫和幽靈故事，毫無變化、原原本本地遺留在阿卡姆鎮。因為這個緣故，研究新英格蘭地區歷史和風俗的學者自是不在話下，嚮往美國北部傳統文化、滿腔懷古情懷而造訪此地甚至長期定居的藝術家、作家亦不在少數。

阿卡姆鎮的主要報社包括1806年創刊頗具傳統的《阿卡姆憲報》，以及話題比較輕鬆、大眾取向的《阿卡姆新聞報》。

[*1] 阿卡姆鎮：《戰慄傳說》、《克蘇魯神話》譯為「阿克罕鎮」。

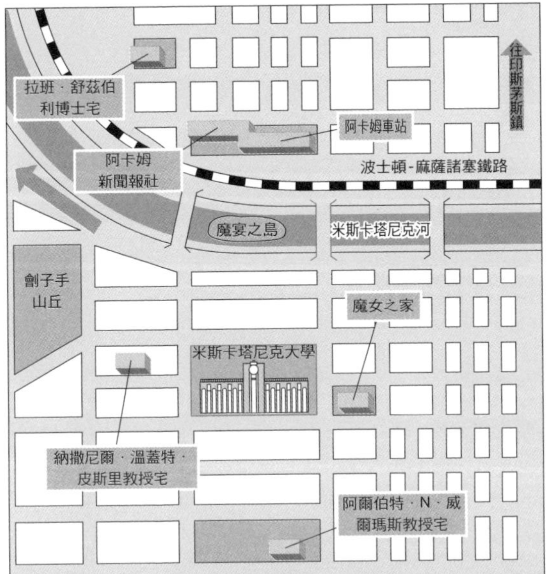

阿卡姆鎮街道地圖

被米斯卡塔尼克河分成南北兩區的阿卡姆鎮。阿卡姆鎮是米斯卡塔尼克大學的通勤者都市，到處都可以發現有名研究者的住宅。

阿卡姆鎮年譜

年代	事件
1692年	始有居民遷入阿卡姆鎮開拓。
1699年	成為麻薩諸塞州艾塞克斯郡的獨立市。
1882年	隕石墜落在後來被稱為「焦土」的郊外
1905年	傷寒熱*2流行造成大量死亡，加以瘋狂殺人者出沒。
1915年9月	米斯卡塔尼克大學的拉班·舒茲伯利博士失蹤。
1921年3月	安布魯斯·杜華德繼承比靈頓宅邸
1922年12月	在京斯波特發現的失憶症患者，被收容於阿卡姆鎮的聖母醫院。
1928年5月	瓦特·吉爾曼死於女巫之家。
1928年8月	曾經侵入米斯卡塔尼克大學附屬圖書館的敦威治村民威爾伯·華特立死亡。
1928年10月	波士頓的倫道夫·卡特於阿卡姆鎮郊外失蹤。
1928年	詩人艾德華·皮克曼·德比與雅森娜絲·魏特結婚。
1930年~1931年	米斯卡塔尼克大學地質學系派遣學術探險隊前往南極大陸。
1931年3月	女巫之家遭強風破壞。
1935年	米斯卡塔尼克大學的納撒尼爾·溫蓋特·皮斯里前教授前往澳洲支援調查遺跡。

關聯項目

●米斯卡塔尼克大學→No.040
●印斯茅斯鎮→No.041
●賽倫→No.044

*2 傷寒熱（Typhoid fever）：傷寒沙門氏菌的一個特定血清型所引起的急性傳染病。病原體以口攝取污染的食物和水而進入人體，在腸壁吸收，在淋巴組織內繁殖；在24~72小時內最先進入血流中，導致敗血症和全身感染。

No.040

米斯卡塔尼克大學

Miskatonic University

與麻省理工齊名的東海岸名校大學，其附屬圖書館堪稱是特定領域研究家的聖地耶路撒冷。

●藏匿禁忌知識的象牙塔

校園設在麻薩諸塞州**阿卡姆鎮**市中心的米斯卡塔尼克大學，是跟麻省理工、哥倫比亞大學、芝加哥大學齊名的美國東岸常春藤名校。

米斯卡塔尼克大學創立於1765年；其前身是該鎮名士傑瑞米亞・歐涅留下龐大遺產和900冊藏書逝世時，依其遺言所創立的米斯卡塔尼克學院。

米斯卡塔尼克學院起初是因為鄰近波士頓的地利之便和豐富的藏書，方才使得知名研究者逐漸聚集，進而發展成為正式的研究機構，及至南北戰爭結束以後終於昇格成為大學，改名為米斯卡塔尼克大學。

拜阿卡姆鎮新英格蘭古老傳統色彩濃厚的地方特色所賜，米斯卡塔尼克大學不但在民俗學、人類學領域有許多亮眼的研究成果，還曾經於1930年前往南極探勘、1934年前往澳洲西部沙漠探勘，在地質學和考古學領域亦有相當豐富的成果。

儘管米斯卡塔尼克大學擁有許許多多極珍貴的智慧財產，諸如收藏有當地著名的「女巫之家」文物的博物館等，然則其中最最重要的資產始終還是當初創設此大學的出發點——附屬圖書館。

米斯卡塔尼克大學附屬圖書館乃於1878年大量使用當地出產的花崗岩改建成共三層樓的哥德式建築，館內收藏有40萬冊以上的貴重文獻資料，絕對堪稱是米斯卡塔尼克大學校園最具象徵意義的設施。在該圖書館的藏書當中，尤以據說全世界僅存5部的拉丁語版**《死靈之書》**與諸多魔法書，更是專攻特定領域的研究者垂涎不已的目標，偷竊夾帶者層出不窮，所以包括前述《死靈之書》在內的部分書籍現在已經收進了不開放自由閱覽的特別閱覽室。

米斯卡塔尼克大學的教授群

阿爾伯特・N・威爾瑪斯教授

文學系主任。因受亨利・溫特渥茲・阿克萊影響而深入克蘇魯神話。冷然笑看世事，在校內素有博學得近乎恐怖的評價。後來創設了對抗邪神的組織「威爾瑪斯基金會」。

威廉・岱爾教授

地質學教授。帶領隊伍從事1930年南極探勘、1935年澳洲西部沙漠探勘等活動，大大提高了米斯卡塔尼克大學地質學系的聲望。

納撒尼爾・溫蓋特・皮斯里教授

心理學教授。曾經有過與「伊斯之偉大種族」交換精神的異常體驗，其後為研究自身記憶中的殘缺空白，遂辭去米斯卡塔尼克大學經濟學系教職，改而從事心理學研究。

羅拉・克莉絲汀・納德爾曼

人類學教授。米斯卡塔尼克大學最年輕的博士，備受校內外矚目。前往加拿大西北部的大森林探險時，在森林裡遭遇到了伊塔庫亞的異象。

塞涅卡・拉法姆教授

人類學教授。對禁忌知識有很深的造詣，曾經及早發現盤桓在比靈頓森林揮散不去的威脅，並與溫菲爾・菲力普共同阻止了「外神」的降臨。

米斯卡塔尼克大學的校園

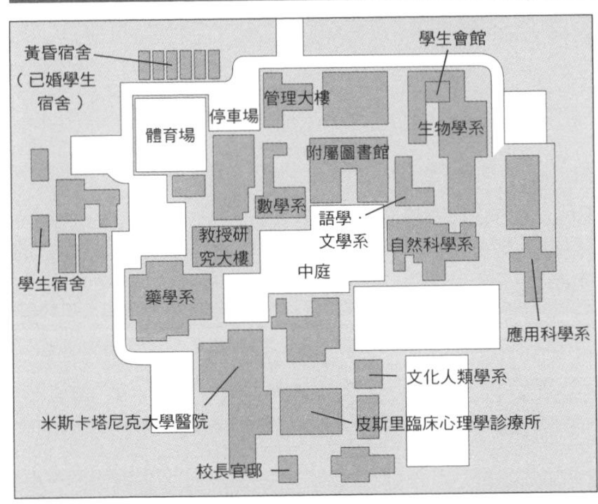

米斯卡塔尼克大學校園

米斯卡塔尼克大學的校園。此圖是根據1987年畢業典禮所發放的資料而繪製，部分細節跟其他文獻所載地圖有些許出入。

關聯項目

- 阿卡姆鎮→No.039
- 《死靈之書》→No.025

No.041

印斯茅斯鎮

Innsmouth

克蘇魯信徒居住的城市，受承繼「深潛者」血統者統治支配。一片頹廢與墮落的蕭索景象中，邪惡的影子正逐漸籠罩這個步步趨於消滅的港都。

●來自大海的威脅

麻薩諸塞州艾塞克斯郡的印斯茅斯鎮是座位於馬奴塞特河口的沒落港都。此地並無鐵路經過，來往於**阿卡姆鎮**與紐貝里波特之間的公車是前往印斯茅斯鎮唯一的公共交通手段。

這座1643年建設的城市在獨立戰爭爆發以前造船業相當興盛，進入19世紀以後則是成為對中國印度的東洋貿易港口，甚是繁榮興旺。

讓印斯茅斯鎮發展成繁榮港口的契機，就是該城的重要貿易商之一、專跑東印度群島和太平洋航線的歐畢德・馬許船長在信奉崇拜**「深潛者」**的西印度群島，與某島嶼的居民發生了接觸。

歐畢德用廉價的玻璃加工物向當地居民以物易物，換回來了大量的黃金製品，然後在印斯茅斯鎮開設運用馬奴塞特河作為工廠動力的鍊金廠，不久之後，印斯茅斯鎮便成了該地區的輕工業中心要地。

但是在這片欣欣榮景的背後，印斯茅斯鎮在1840年創設了**達貢**的神祕教團，並且開始在印斯茅斯鎮外海的魔鬼礁直接和住在海底都市伊哈斯里的「深潛者」進行交易，終於在1846年發生了一樁決定性的重大事件。當年的某個夜裡，「深潛者」竟然大舉登陸印斯茅斯鎮，屠殺反對派居民，一夜之間就把整個城鎮變成了以**馬許家族**和馬許船長麾下的高級船員們——魏特家、吉爾曼家、艾略特家和菲力普家這五個家族為頂點的邪神信仰據點。

1927年政府接獲某位名叫威廉斯的青年報告後，對籠罩著這座城鎮的黑影深深感到憂慮，遂於翌年派遣海軍和FBI進行共同作戰，展開大規模搜查。當時非但共有數百隻「深潛者」遭到殺害，同時還有大批信徒遭到逮捕，就連魔鬼礁也受到潛水艇魚雷攻擊破壞殆盡。

不過，好不容易逃離此次劫難的信徒們卻又在經過一段時間以後重返印斯茅斯鎮，並且多次試圖使教團復活。

印斯茅斯鎮的街景

彷彿黏在海岸邊似的叢聚密集、眼看就要腐朽崩塌的印斯茅斯鎮的家家戶戶。過往的繁華榮景，如今早已不得復見，再無半點痕跡。

印斯茅斯鎮周邊地圖

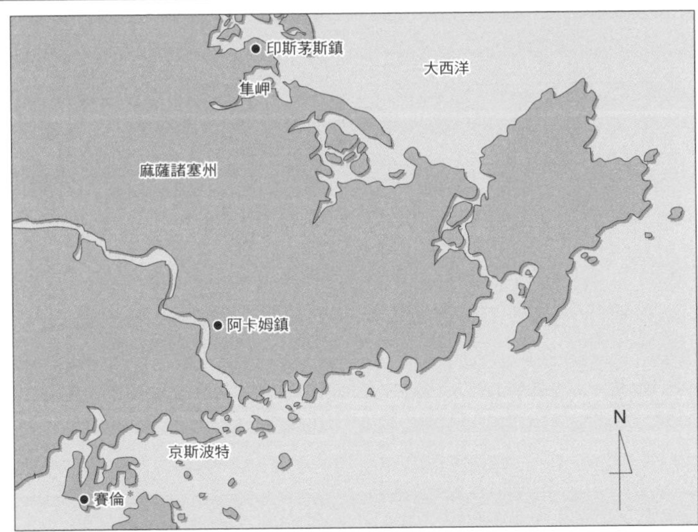

關聯項目

●阿卡姆鎮→No.039
●「深潛者」→No.016
●達貢→No.009
●馬許家族→No.096

No.042

敦威治村

Dunwich

被層層的墮落與頹廢包圍、日趨滅亡的古老寒村。來自賽倫的殘存恐怖力量，卻在這裡引發了多起不祥而淒慘的怪異事件。

●與外宇宙的連接點

沿著在麻薩諸塞州北部圓頂狀山丘之間蜿延蛇行的米斯卡塔尼克河、面西而行，就會發現一塊被夾在山頂有座巨石圓陣的圓山陡坡跟河水中間的荒涼土地，來到一個四周盡是荒廢朽蠹的摺線形屋頂建築物櫛比鱗次的老舊小村落。據說直到18世紀為止，印地安人都還在這裡舉行著邪惡儀式和祕密集會，而來自地底深處的轟然巨響亦應驗了他們粗野而瘋狂的祈禱，使得群峰丘壑為之震動。

除了1692年女巫審判當時從賽倫竄逃而來的**華特立家族**、畢夏普家族等極少數的名門世族以外，附近一帶居民大半都經過了無數次的近親結婚，墮落頹廢至極；偶有不尋常的案件發生，總是惹得《亞茲貝里快報》等地方報紙版面沸沸揚揚。其中尤以同屬艾塞克斯郡的**印斯茅斯鎮**遭政府機關搜捕的1928年，更是敦威治村記憶中淒慘案件發生頻率最集中的一年。

首先是丹・哈洛普犯下的谷叡山村連續殺人事件。8月上旬則是發生了肉體成長異常迅速、連**阿卡姆鎮**亦有名聲的知名神祕學家威爾伯・華特立企圖潛入**米斯卡塔尼克大學**附屬圖書館，結果被守門犬咬死的事件。9月9日以後又發生每晚有隱形的巨大怪物出沒，搗毀輾過民房家屋，使得敦威治村民人人惶惶無措的事件。敦威治村周邊地區詭異事件可謂是層出不窮，在1928年以後亦未曾間斷，譬如村民之間對稱呼為魔法師、治療師頗為忌憚，而且跟威爾伯也有過來往的塞蒂默斯・畢夏普，便是在1929年突然間憑空失去蹤影。或許在這些同時間多起併發的奇異事件中間，其實有種肉眼無法察覺的密切關係存在也未可知。

敦威治村的位置

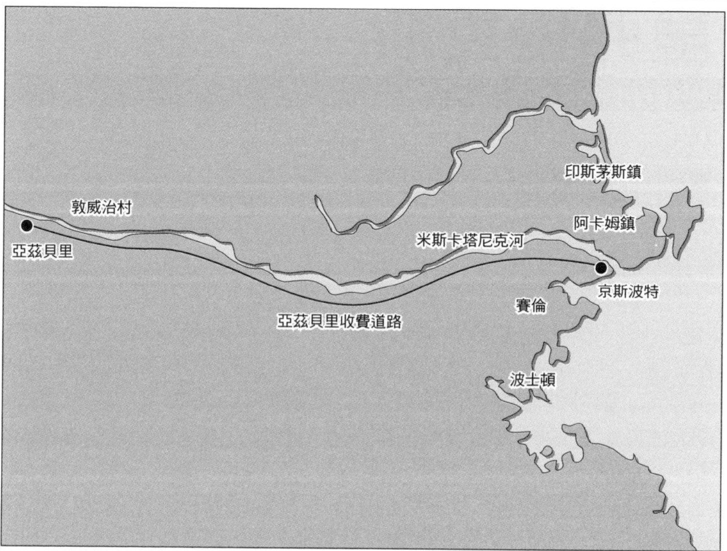

哨兵山的祭壇

哨兵山的祭壇

據說老華特立跟孫子曾經在這個哨兵山的巨大祭壇舉行過奇怪的儀式。「敦威治村怪譚」事件便是從這裡開始，從這裡結束。

關聯項目

●阿卡姆鎮→No.039
●華特立家族→No.097
●賽倫→No.044
●印斯茅斯鎮→No.041
●米斯卡塔尼克大學→No.040

No.043

里弗班克斯

Riverbanks

緬因州偏僻地方的古老鄉鎮。在時間停滯靜止的寂靜陰影中，〈黑之斷章〉帶來的靜謐瘋狂即將悄然襲來。

●盤據緬因州的陰影

里弗班克斯座落於美國東北部初開拓時仍留有濃濃歐洲氣息的緬因州一隅，是個被層層綠意包圍環繞、街景謐靜而陳舊的鄉下城鎮，其位置就在以大規模失蹤事件而聞名的耶路撒冷鎮南方不遠處。鎮外的環狀石陣跟法國的卡爾納克石林相當類似，經過碳年代測定法檢驗，結果發現該遺跡的歷史至少可以追溯到距今2萬年以前。

知識街盡頭的鎮立圖書館有間「特別閱覽室」，在館內錯縱複雜有如迷宮的最深處，有個角落收藏了大量珍貴的魔法書和神祕學研究相關書籍。根據負責這間閱覽室的圖書管理員辛蒂·德拉波表示，這裡的神祕學相關藏書量其實並不亞於**米斯卡塔尼克大學**附屬圖書館或者哈佛大學的魏德納圖書館。流言盛傳，現存**《死靈之書》**所遺漏的有關復活、還魂祕密儀式的章節，也就是研究者間通稱為〈第十四書〉或〈黑之斷章〉的文件就藏在里弗班克斯的某個地方，而這份文件和圖書館正是里弗班克斯之所以被視為神祕學重要據點的理由之一。除此以外，1993年曾經有位來自**阿卡姆鎮**名叫麥可·馬克西米連的黑人神父在鎮郊的廢棄教會有過極富活力、別樹一格的講道傳教，吸引眾多信徒瘋狂熱烈的信仰。

這裡的鎮民雖然樸素而誠實，卻也相當封閉，這在不喜歡變化的鄉下地方可說是相當常見的傾向，但是過去發生的種種事件卻在這個鄉鎮留下了陰影。1943年返鄉士兵所引起的悲慘殺人事件至今在老鎮民心中仍舊是記憶猶新。近年來研究者遭到殘殺和失蹤的事件更是層出不窮。1995年的時候又發生縱火事件，導致米斯卡塔尼克大學出身的醫師赫伯特·威斯特從前當作研究室使用的建築物半畝地獄遭到燒毀。

半畝地獄

米斯卡塔尼克大學醫學系出身的赫伯特．威斯特博士當作研究所使用的建築物。1943年慘烈的殺人事件便是發生在這棟建築物的後面。

里弗班克斯的位置

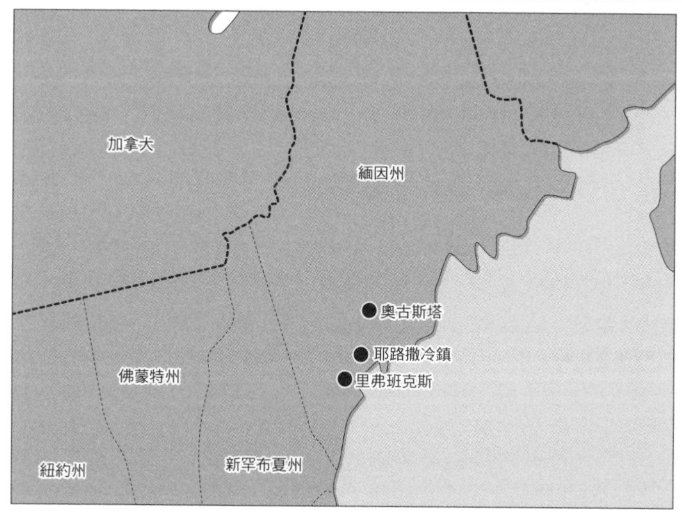

關聯項目

●米斯卡塔尼克大學→No.040
●阿卡姆鎮→No.039
●《死靈之書》→No.025

No.044

賽倫*

Salem

17世紀淒慘的女巫審判事件的發生地，造成大量無辜犧牲者的城鎮，真正邪惡之徒卻逃過了審判、星散各地。

●絞刑台之城

賽倫位於麻薩諸塞州東北部，是初建於1626年，繼而發展成港灣都市的地方都市，這裡的基斯特圖書館收藏有**《死靈之書》**和《波納佩經典》（Ponape Scripture）。

賽倫有很多重要史跡，包括以《紅字》等作品而著名的美國國民派作家納撒尼爾．霍桑出生的房屋，另外致力於復興培育日本美術並將其介紹到海外因而頗具名氣的恩尼斯．法蘭西斯科．芬諾洛薩同樣也是在此地出生的。

與此同時，賽倫卻也是以1692年的女巫審判而聞名於世的地方。相傳有超過200名的居民以女巫嫌疑遭到逮捕，在這場包括獄死者死亡總數多達25人的審判當中，大作家霍桑的祖先，也就是惡名昭彰的約翰．霍桑法官未能秉持其審判官的公正身分，反而還像檢察官似地糾察問罪，毫不留情地對蒙受不白之冤者做出有罪的判決。

當時有不少很可能被視為嫌犯的居民及其家人紛紛逃離這場由科頓．馬瑟牧師所煽動起的宗教狂熱，並且遷居到**阿卡姆鎮**或**敦威治村**等地，其中亦不乏女巫**齊薩亞．梅森**、**約瑟夫．古溫**和艾德蒙．卡特等確實曾經染指魔法妖術者。1926年失蹤的波士頓畫家**理查．厄普敦．皮克曼**的祖先也是從賽倫女巫審判狂潮逃得性命的其中一人。皮克曼家族還曾經長期收藏有16世紀刊行的希臘語版《死靈之書》。其次，遷徙移居到敦威治村的**華特立家族**則是擁有《死靈之書》的抄譯版。

除此以外，當時有位名叫愛比嘉．普林的女巫在女巫審判的紛亂情勢中離奇死亡，豈料她竟然在死亡超過200年後，也就是20世紀初的賽倫復活，並企圖解放「舊日支配者」紐格莎，不過卻遭神祕學者麥可．雷伊阻止。

* 賽倫：《克蘇魯神話》譯為「沙倫」。以曾經發生過大規模獵女巫行動而聞名。

科頓・馬瑟

科頓・馬瑟

科頓・馬瑟是波士頓某教會的牧師，也是宣稱自己在這場女巫審判當中執法公正的聖職者。他著有一部題為《關於妖術與惡魔附身值得注意之神慮》的書籍，力主麻薩諸塞州女巫和妖術之危險性，應該將其撲滅。

賽倫的地圖

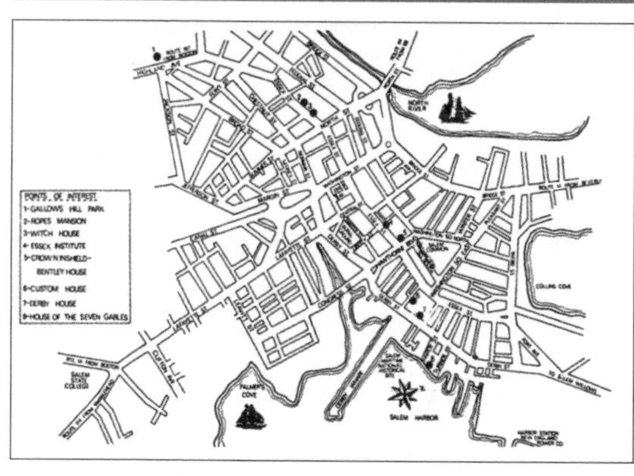

賽倫的地圖

賽倫街道地圖，許多地名都與阿卡姆鎮相同。

想必是女巫審判的逃難者來到此地後，直接將地名挪用至阿卡姆鎮，方才會有這番光景。

關聯項目

●《死靈之書》→No.025
●阿卡姆鎮→No.039
●敦威治村→No.042
●齊薩亞・梅森→No.098
●約瑟夫・古溫→No.099
●華特立家族→No.097
●理查・厄普頓・皮克曼→No.101

No.045

恩蓋伊森林*

Wood of N'gai

傳說中「夜吼者」居住的威斯康辛州黑暗森林，最後整片森林卻是被來自北落師門的火炎之神全部燒毀。

●混沌蜷伏的森林

傳說在威斯康辛州北部中央雷克湖周圍的茂密森林深處，有種半人半獸的恐怖生物棲息於此。這則傳說所提到的神祕神物已然超過了其他未開化地區的北美印地安傳說，自從17世紀來此傳教的庇瑞加神父在祈禱書裡面留下一段聲稱目擊到巨大生物足跡的莫名其妙文字並離奇失蹤以來，現實世界無法理解的事件便層出不窮地發生。18世紀中，美國中西部惡名昭彰的伐木業者大鮑伯·希勒看上了雷克湖周圍的松木，於是便派遣作業員前往採伐，豈料卻造成總計18名作業員失蹤，不得已才決定收手。

1940年在威斯康辛州北部有名飛行員在試飛任務中目擊到雷克湖面有一頭巨大生物，儘管當地報社在報導這則事件的時候，是拿它來跟1930年代偶有目擊證言、令大眾議論紛紛的尼斯湖水怪作比較，不過卻也有極少數人把這則形同八卦的報導當真，威斯康辛州立大學的厄普頓·葛納教授便是其中之一。葛納教授原本就對雷克湖的傳說非常關心，並於同年7月單獨住進雷克湖附近的小木屋，開始進行田野調查。葛納教授前三個月的調查相當順利，還在樹林中央發現刻著某種沒有顏面五官生物的石板，可是某日教授卻突如其然地斷了聯絡，音訊全無。擔心教授安危的州立大學賴爾德·杜根等人從小木屋裡遺留的資料得知那個地方叫作恩蓋伊森林，是「夜吼者」**奈亞拉托提普**在地上的住處；後來他們按照被囚禁的葛納教授傳來的訊息指示，成功召喚出與奈亞拉托提普敵對的「舊日支配者」**克圖格亞**，將恩蓋伊森林燒成了灰燼。

＊ 恩蓋伊（N'gai）:《戰慄傳說》、《克蘇魯神話》譯為「恩欬星」。

恩蓋伊森林

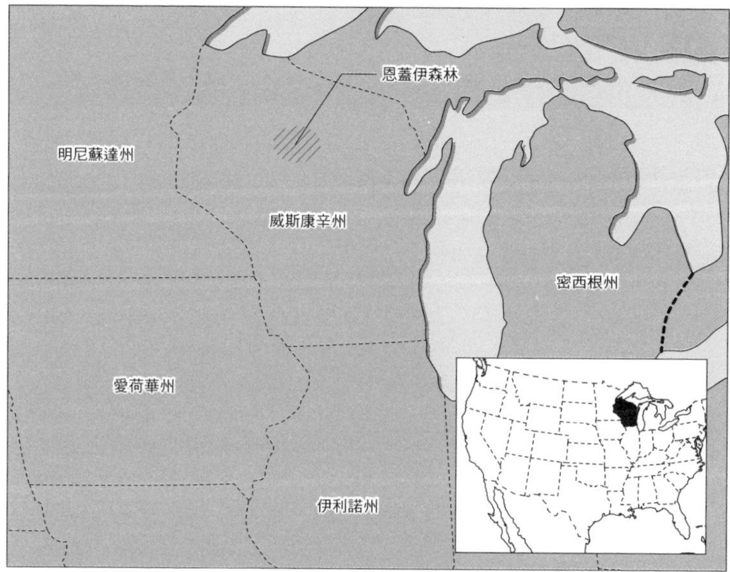

在尼斯湖面游泳的怪物照片

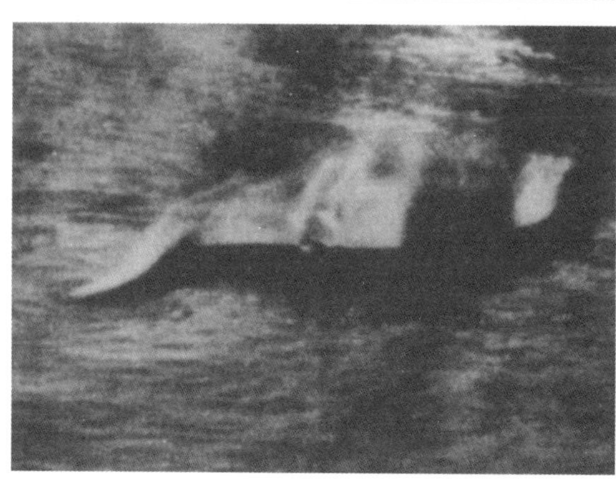

尼斯湖水怪

1933年於蘇格蘭尼斯湖捕捉到怪物正在游泳的模樣。

目擊雷克湖怪物的飛行員們說不定也曾經在報紙上看過這則報導。

關聯項目

●奈亞拉托提普→No.005
●克圖格亞→No.011

No.046

金-陽星

K'n-yan

青白色熠熠極光映照穹頂的地底世界。在閃耀著赤紅色光芒的囿思星底下更深處，黑暗世界恩蓋伊*兀自張開著深不見底的漆黑大口。

●奧克拉荷馬州地底的世界

金-陽星是個座落於美國中西部地底的廣大地底世界，從奧克拉荷馬州卡多郡賓格鎮附近的古代墳丘，或是佛蒙特州**「米・戈」**（**猶格斯真菌**）棲息的山區等地，北美洲不少地方都有入口可以到達。至於金-陽星的居民則是一支在遙遠的太古時代，跟著他們稱為「庫魯」的**偉大的克蘇魯**一起從外宇宙來到地球的種族。除克蘇魯以外，他們也崇拜**蛇神伊格**與**莎布・尼古拉絲**，還會舉行活祭獻神的血腥儀式。

其實他們並非一直都居住在地底世界，早在地球表面的世界大半都沉入水底以前，他們也曾經在南極的**瘋狂山脈**等地擁有過高度文明。

金-陽星有兩個分別放射出藍色與紅色光芒的領域。從前藍色世界大都市札思的居民曾經征服並奴役住在紅色世界囿思星的其他種族，如今幾乎所有居民均集中在札思。地底世界的居民們大半都已經忘記有地面世界的存在，如果有迷途的地上人誤闖此地，金-陽星一律不准他們回到地面，以免金-陽星的存在洩漏出去，不過這些貴客卻能滿足壽命長達數千年的金-陽星居民求知的好奇心，只要別企圖脫逃都會受到非常隆重的厚待。出沒在賓格鎮墳丘附近的男女幽靈，其實就是西班牙人龐費洛・薩瑪科納和前女友土拉・約伯兩次逃亡，所以才被變成沒有思想的奴隸「尹比」作為懲罰。

據說在閃耀著赤紅色光芒的囿思星世界底下的更深處，還有個名為恩蓋伊的黑暗世界，那裡的不定形黑色生物崇拜信奉**札特瓜**。這個黑暗世界正是札特瓜飛抵地球以後的第一個住處，不過在**希柏里爾**滅亡以後，這位神明似乎又再度回到了恩蓋伊來。

* 恩蓋伊：金-陽星的恩蓋伊（N' kai）與威斯康辛州的恩蓋伊（N' gai）森林是兩個不同的地方。

地底世界金-陽星

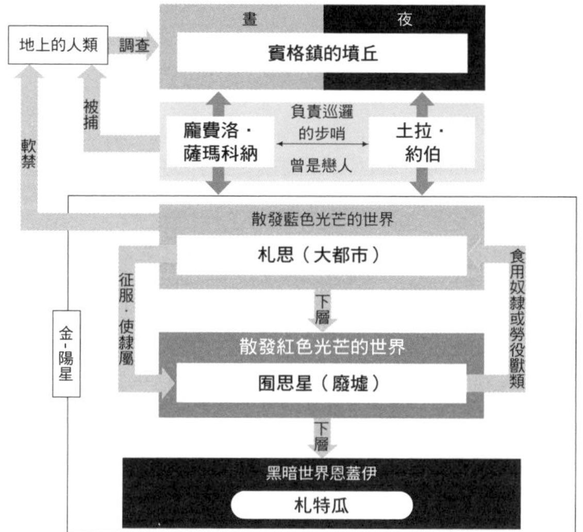

北美大陸的墳墓

亦稱北美金字塔的美洲印地安民族墳墓。在這類墳丘當中，或許真有幾座可以連接到地底世界也說不定。

關聯項目

●「米・戈」（猶格斯真菌）→No.022
●其他神明（蛇神伊格）→No.015
●偉大的克蘇魯→No.003
●莎布・尼古拉絲→No.007
●瘋狂山脈→No.065
●札特瓜→No.012
●希柏里爾→No.070

No.047

中南美

Latin America

四處盡是險峻山岳與蕃蕪密林之地。座落此地的遺跡已然看遍了數百數千年的歲月，據說至今仍有邪神崇拜者在這裡獻祭禮拜。

●失落大陸的殖民都市

中美洲的阿茲特克文明、馬雅文明和南美的印加文明並非「古代文明」，它們的歷史其實非常的新。

阿茲特克帝國乃繼特奧蒂瓦坎文明之後，於14世紀至16世紀間興起於墨西哥的中央平原；從4世紀起便繁榮直至16世紀的馬雅文明則是在南方不遠的猶加敦半島建有大都市。此二者都建設了金字塔狀的石造神殿，而且都曾經向以太陽神為首的諸多神明獻上活祭品的心臟。此地區素有崇拜應該是由**偉大的克蘇魯**抑或**伊格**演變而成的羽蛇神信仰，阿茲特克把這位神明喚作奎札柯特[*1]，馬雅則是稱為庫庫爾坎[*2]。其實早在阿茲特克和馬雅之前，約莫西元前1000年的時候中美洲便已經有建造巨石人頭像的奧爾梅克文明，再往前推還有古代種族的遺跡——**蟾蜍神殿**的廢墟沉睡在宏都拉斯的茂密叢林深處。

13世紀興起於南美洲安地斯高原與現在秘魯附近的印加文明，同樣也是個崇拜太陽神的巨石文明。《失落的姆大陸》的作者詹姆斯．卻屈伍德主張現今亞馬遜雨林密佈地區在數萬年前是個巨大的內海，**姆**大陸在內海周邊建設有許多殖民都市，是中南美洲巨石文明的苗床。

拉班．舒茲伯利博士在著作裡面指出南美洲克丘亞艾亞爾族[*3]的戰爭之神跟偉大克蘇魯的相似處，並表示曾經有**「深潛者」**和墮落的聖職者在秘魯的港都和深山裡推廣傳揚對偉大克蘇魯的崇拜信仰。其次，西印度群島的海地島有種以殭屍咒術而聞名的巫毒教流傳至今，其中就有為數不少的邪神崇拜者混雜在這個土著宗教的信徒當中，混水摸水，向遠比巫毒教神明古老許多的邪惡力量獻禱獻活祭。

---

*1 奎札柯特（Quetzalcoatl）：文明與秩序之神，是與泰茲凱特力波卡對立的「羽蛇」。同時也是太陽神、風神。

*2 庫庫爾坎（Kukulcan）：一隻長著翅膀的蛇。它既是風神，也是教導人類曆法知識的文明之神，受到大多數馬雅人所信奉。

*3 克丘亞艾亞爾族：請參照P.012譯注。

中南美洲的地圖

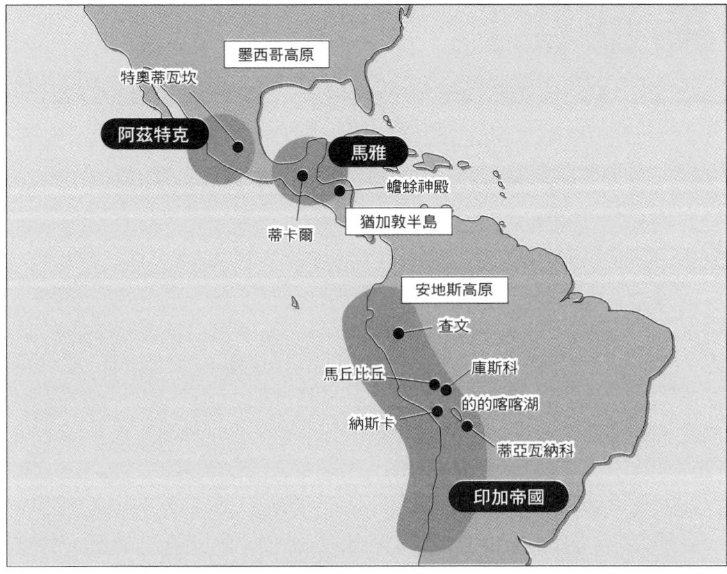

中南美洲相關年譜

年代	事項
數十萬年前	姆文明在南美洲建設殖民地。
西元前2世紀	特奧蒂瓦坎文明崛起於墨西哥高原。
約6世紀	馬雅文明興起。
約15世紀	印加帝國勢力愈發擴大。
1492年	克里斯多佛．哥倫布「發現」新大陸。
1519年	西班牙人荷南．科爾特斯登陸猶加敦半島。阿茲特克帝國滅亡。
1531年	西班牙人法蘭西斯科．皮薩羅侵略印加帝國。印加帝國滅亡
1793年	西班牙人璜．岡薩雷斯在宏都拉斯發現蟾蜍神殿。
1804年	海地脫離法國統治獨立。全世界第一個黑人共和國誕生。
19世紀前半	腓特烈．威廉．馮容茲造訪蟾蜍神殿。
1911年	發現馬丘比丘的遺跡。
1925年	海地的巫毒教儀式隨著拉萊耶城浮出海面而愈趨激烈。
1940年代	克蘇魯信仰在秘魯傳播開來。與此同時，海地則有巫毒教魔法師協助納粹。
1945年	第二次世界大戰後納粹殘黨逃往南美洲，與銀之黃昏錬金術會的殘黨聯手。
1959年	卡斯楚和切．格瓦拉率領的革命軍推翻古巴的巴蒂斯塔政權。

關聯項目

●偉大的克蘇魯→No.003
●其他神明（蛇神伊格）→No.015
●蟾蜍神殿→No.049
●姆→No.071
●「深潛者」→No.016
●拉班．舒茲伯利博士→No.106

No.048

馬丘比丘

Machu Picchu

16世紀遭到消滅的印加帝國規模最大的空中要塞都市。這座曾經激起考古學家無限夢想的遺跡，其實是克蘇魯邪教的其中一個根據地。

●另一個馬丘比丘

馬丘比丘在當地原住民語言裡面的原意是「偉大的頂峰」，這座印加王國時期要塞都市遺跡座落於秘魯內陸緊臨烏魯班巴溪谷、標高超過2000公尺的高山餘脈，其重要性與庫斯科不相上下。

在1911年耶魯大學歷史學教授希蘭．賓厄姆偶然在探索印加時期古代道路時發現——馬丘比丘從法蘭西斯科．皮薩羅入侵算起來整整有3個世紀完全不為白人所知，據說就連前赴調查的學者們都對馬丘比丘的保存良好感嘆不已。後來賓厄姆博士還曾經就任康乃狄克州副州長、進而晉昇成為參議員，從此便不難想見這個發現在當時世人眼裡是何等重要的「偉業」。然而遺憾的是，賓厄姆終究還是未能在生前得知在這座15世紀的要塞不遠處，其實還有個堪稱為另一座馬丘比丘的古代遺跡存在。

這個遺跡的發現者是**米斯卡塔尼克大學**的**拉班．舒茲伯利博士**，他還在自著的《**拉萊耶文本**之後期原始人神話類型研究》裡面提及了這個發現。

此遺跡位於比爾卡諾塔山脈地底，從開在峽谷岩壁的石階拾級而下，潛入地底深處，就會走到一個巨大的地底岩洞，這裡有座應該能夠容納數千人的神殿，祭祀有遠比印加帝國崇拜的帕查卡馬克[*1]和提西．維拉科嘉等神明更古老的超自然存在。岩洞中心有一口巨大的鹹水湖，湖水可以從湖底的開口流經通往太平洋的漫長通道，與洪堡洋流[*2]匯流，順著這道洋流繼續前進，最後就會抵達沉沒在太平洋海底的**拉萊耶城**。

---

*1 帕查卡馬克（Pachacamac）：秘魯海岸地區人們所信奉的創世之神。它名字的原意是「大地的創造者」。

*2 洪堡洋流（Humboldt Current）：即秘魯洋流（Peru Current）。東南太平洋的寒流，水流較慢而淺。是北太平洋的加利福尼亞洋流類似的東部邊緣洋流。

馬丘比丘周邊的克蘇魯邪教

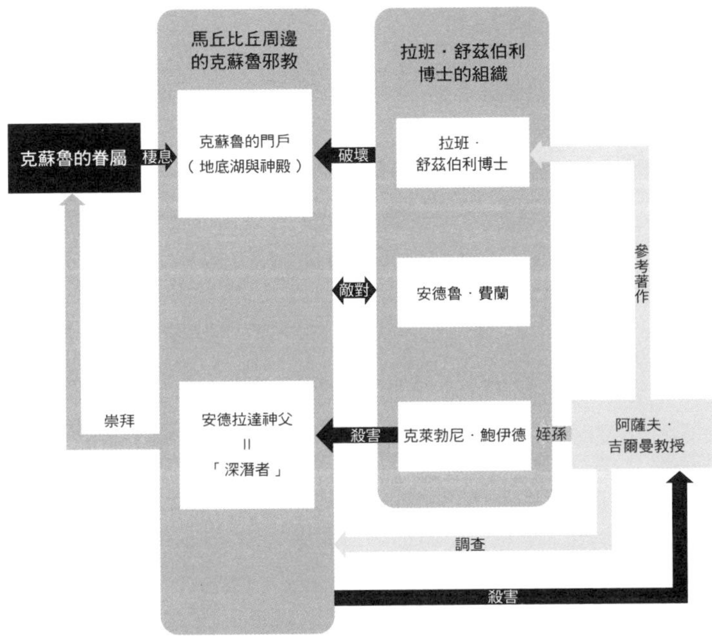

發生在秘魯的克蘇魯信仰相關事件

年代	事項
1937年？	船員費南德斯在馬丘比丘附近目擊到通往克蘇魯地底神殿的門戶。
1938年6月	舒茲伯利博士對費南德斯進行偵訊調查。
—	費南德斯被發現陳屍於印斯茅斯鎮。
—	舒茲伯利博士破壞神殿門戶，將超過200人的克蘇魯信徒悉數殺死。
1940年~	克萊勃尼・鮑伊德繼承伯祖父阿薩夫・吉爾曼遺志，調查隱藏在印加帝國遺跡裡面的克蘇魯邪教據點。
—	克萊勃尼・鮑伊德獲得利馬大學維巴・安卓羅斯教授協助，開始調查克蘇魯的祭司安德拉達。
—	克萊勃尼・鮑伊德證實安德拉達已經被殺害，遭「深潛者」所取代。鮑伊德殺死假安德拉達，並且用炸藥破壞克蘇魯的神殿。

關聯項目

●米斯卡塔尼克大學→No.040
●拉班・舒茲伯利博士→No.106
●《拉萊耶文本》→No.027
●拉萊耶城→No.067

No.049

蟾蜍神殿

Temple of the Toad

「神殿之神即是神殿之寶」。曾經有男子為求寶物而深入叢林，涉足冒犯禁忌聖域，結果遭到太古恐怖力量襲擊。

●鬱鬱密林裡的古代神殿

中美洲的宏都拉斯，馬雅文明曾經繁華一時的地方。蟾蜍神殿彷彿遭到淹沒似地佇立在這塊被加勒比海環抱的鬱鬱密林之中，這座神殿是從前比原住民族更早來到此地居住的古代種族祭祀異樣神祇的聖域。

有關蟾蜍神殿最早的文字記載，應是出自於曾經在1793年前後造訪過宏都拉斯的西班牙裔旅行家璜・岡薩雷斯無虞。岡薩雷斯在探險途中發現了一座建築樣式顯然有別於原住民族遺跡與當地建築的神殿，並且以存疑的筆調記錄下鄰近居民所謂神殿地底隱藏著某種不尋常東西的傳說。

1839年杜塞道夫出版的**腓特烈・威廉・馮容茲**所著**《無名祭祀書》**裡面，對這座神殿有些若非親眼見識則不可能會有如此精準確實的記述，從這點來判斷，馮容茲曾經踏入蟾蜍神殿似乎已是無庸置疑的事情。

進入20世紀以後，曾經有個在人類學與考古學界評價頗差、看起來像是個騙徒的人物名叫塔斯曼，在探索宏都拉斯茂密雨林的時候發現了疑似蟾蜍神殿的遺跡；塔斯曼按照後來才得到手的《無名祭祀書》書中記述，進入遺跡調查，結果發現一具很可能是傳說中大神官的木乃伊，木乃伊的脖子上還掛著一個刻著蟾蜍模樣的紅色寶玉。根據馮容茲的記載，神殿的紅色寶玉就是可以開啟藏在蟾蜍神殿深處真正寶物的鎖匙。

塔斯曼意氣風發地帶著這塊寶玉返國，豈料在美國等著他的，竟然是數千年前建造該神殿的未知古代種族的信仰對象——生有巨大觸手與蹄子、貌似怪物的神明。原來蟾蜍神殿的寶物指的正是這個神明，而塔斯曼打開的鎖則是恰恰解開了封印。

馬雅文明的金字塔

特奧蒂瓦坎的奎札柯特神殿。中南美洲的金字塔有別於埃及金字塔，其定位並非墓塚而是神廟。

蟾蜍神殿的位置

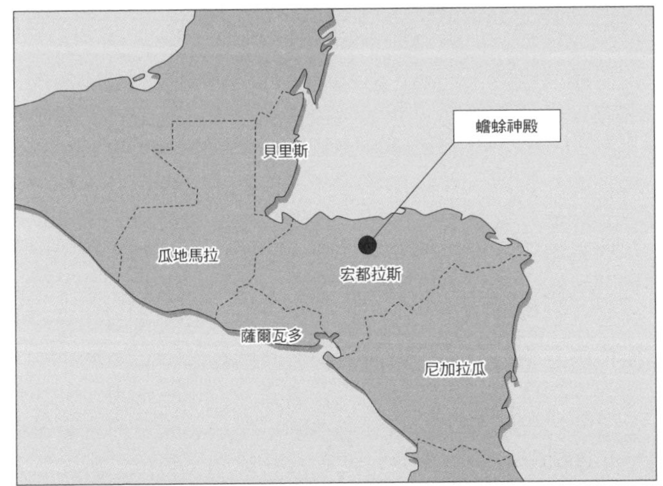

關聯項目

●《無名祭祀書》→No.029　●腓特烈・威廉・馮容茲→No.094

No.050

歐洲

Europe

高加索山脈以北、烏拉山脈以西的地區。這片孕育出人類的理性與文化的舊大陸，流傳各種光怪陸離的傳說、魑魅魍魎橫行跋扈之地。

●歐洲舊大陸

冰河期結束以後歐洲大部分地區都被深邃的森林覆蓋住，承繼**希柏里爾**記憶的塞爾特人則是居住在歐洲的中央地帶。

從政教雙方面統率塞爾特人的德魯伊*崇拜信仰身分相當於**莎布・尼古拉絲**的大地母神，並且在各地留下了世稱史前巨石柱或桌形石的巨石遺跡。這些遺跡集中於歐洲西部，向來都被認為是建於西元前2000年前後、相較之下算是比較新的產物，不過近年卻發現大約在西元前4600年到前4800年以前，歐洲中部就曾經有比**埃及**金字塔更加古老的石造神殿文化存在過。

約莫4世紀的時候日耳曼民族開始大舉遷移，塞爾特人和他們的信仰便漸漸遭到壓縮，驅趕至西方。及至五賢君之一的圖雷真時代，羅馬帝國已經掌握東起黑海地中海沿岸地區、西至大西洋入口的廣大版圖，這些古古神祇信仰則有如涓涓細流般地流傳在歐洲北方或是外西凡尼亞等深邃森林之中，最後終於被吸收融入至直到313年才得到米蘭敕令官方認可、不到1個世紀便成為羅馬國教的基督教，並且以零星分布於法國和伊比利半島的黑色聖母等信仰形式，在歷史中留下痕跡。除此以外，相傳儒略・凱撒時代羅馬帝國的英雄馬克・安東尼還曾經在阿爾卑斯山裡面與邪神搏鬥，並成功打敗邪神，將其吃進肚子裡去。

在不列顛群島周邊地區則是以頑強抵抗羅馬帝國的愛爾蘭、威爾斯地區為中心，則是流傳著服從塞爾特諸神敵對者——邪神巴羅爾的深海棲息者，也就是**「深潛者」**的相關傳說，甚至還有人表示這些傳說與潛伏於沼澤濕地的哥布林、人魚傳說有某種關聯性。除此之外，據說康瓦耳地區還有從前黑暗王朝倒台時逃離埃及的**貓神巴斯特**的神官曾經隱居在此。

---

* 德魯伊（Druid）：另譯「督伊德」，古代塞爾特民族的神官，乃西洋蓄有白色鬍鬚身穿長袍的魔法師形象的原型。

歐洲地圖

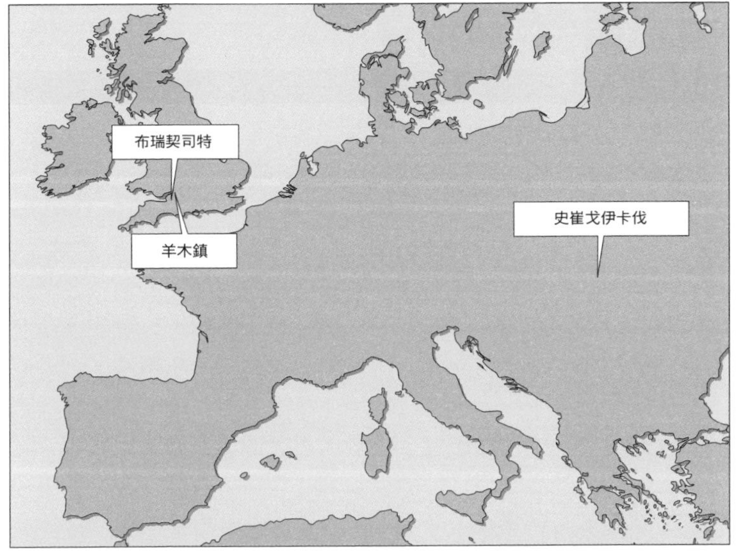

布瑞契司特與羊木鎮

倫希・坎貝爾跟著有「泰忒斯・克婁」系列作的布萊恩・魯姆利同樣都是克蘇魯神話作家第二世代的代表人物。從前坎貝爾模仿H・P・洛夫克萊夫特作品、寫成一篇以阿卡姆鎮作為故事舞台的作品，然後寄給阿卡姆之家的奧古斯特・德勒斯。儘管德勒斯對坎貝爾的文才頗為讚賞，他還是向坎貝爾提出近乎逆耳的助言。

「你不可以擅自使用洛夫克萊夫特創造的地方，而是應該要設定自己獨創的舞台，如此就會有你自己的獨創神話誕生。」

於是坎貝爾採納德勒斯的建議，設定出虛構的英國鄉下小鎮布瑞契司特，描述潛伏在布瑞契司特的「舊日支配者」恐怖力量。

後來坎貝爾擺脫克蘇魯神話，開始發表自創的恐怖小說作品，終於成為名符其實的英國恐怖小說代表作家。如今他也很坦承地表示，他創作恐怖小說的書寫方法其實是向洛夫克萊夫特學來的。

關聯項目

●莎布・尼古拉絲No.007
●希柏里爾→No.070
●「深潛者」→No.016
●埃及→No.055
●其他神明（貓神巴斯特）→No.015

No.051

布瑞契司特

Brichester

在地方都市安穩樸實的假象底下，「舊日支配者」漆黑的身影已經籠罩了這座禁忌的城鎮，周邊地區流言蜚語紛紛擾擾之地更是所在多有。

●「舊日支配者」橫行的城鎮

布瑞契司特位於英國東南部充滿恬靜田園風光的格洛斯特郡塞馮河谷附近，是當地少數的近代化城鎮，同時也是英國僅次於牛津劍橋的頂尖學術機關——布瑞契司特大學的所在地。

儘管乍看之下只是個悠閑的地方都市，但布瑞契司特其實跟美國的**賽倫**、**阿卡姆鎮**同樣，是個仍然保留著濃濃女巫傳統色彩的古老城鎮。其實在這片恬靜風景的背後經常有許多奇怪的事件發生，附近還有**羊木鎮**、塞馮津等許多流傳著可怖流言的城鎮散布在周邊。

從郊外的「女巫巢穴」可以進入塞馮河谷的地底迷宮，這裡會有在布瑞契司特和附近一個叫作坎賽的城鎮受到發狂民眾崇拜的「舊日支配者」伊荷特徘徊出沒。目前對這個有著腐爛麵團般青白色橢圓形胴體、橢圓形果凍狀眼睛和好幾隻蹄足的「舊日支配者」所知不多，但據說被稱為「伊荷特之雛」的伊荷特後代有時候會變成人類的模樣混進城裡民眾之間。

另外在布瑞契司特北部的幽靈湖還有種活像巨型海膽、橢圓形身體生有無數尖刺的「舊日支配者」葛拉奇（Glaaki）棲息在此。葛拉奇可以從幽靈湖利用睡夢將犧牲者引誘過來，用身上的棘刺殺死對方，然後製作出類似巫毒教殭屍的僕從。19世紀初崇拜葛拉奇的教團所編纂的《葛拉奇的啟示》對葛拉奇有相當詳細的描述。

其次，布瑞契司特郊外的岩山「惡魔階梯」裡面有個**「米・戈」（猶格斯真菌）**的基地，頂端有座可以連接到**冥王星**的石塔。

布瑞契司特的歷史

年代	事項
西元43年	不列顛群島全域均在羅馬統治之下。當時便已經有莎布．尼古拉絲的祭祀場存在。
17世紀	夏蓋蟲族利用空間移動在羊木鎮森林實體化。葛拉奇定居在殞石撞擊布瑞契司特北部所形成的湖泊。
19世紀	《葛拉奇的啟示》流出外界甚至有盜版出現，但還是被複數組織全數回收。
1920年代	祕密教團的核心人物艾德華．泰勒等人遭布瑞契司特大學放逐，並且在得到《葛拉奇的啟示》以後前往布瑞契司特郊外的岩山「惡魔階梯」，被發現都已經發瘋。
1930年代	布瑞契司特大學教授前往丘陵地帶調查奇怪聲響現象，在閱覽《死靈之書》、取得《葛拉奇的啟示》並製作異次元通信機以後失蹤。
1950年代	布瑞契司特大學的學生發現異次元通信機，機器卻在運轉中遭到發狂的學生破壞。大學派遣研究團隊進行調查、回收《葛拉奇的啟示》。
1960年代	布瑞契司特北部湖泊傳出奇怪聲響。信奉葛拉奇的葛拉奇僕從在暗地裡活動。在羊木鎮用月亮透鏡舉行儀式。

布瑞契司特的「舊日支配者」

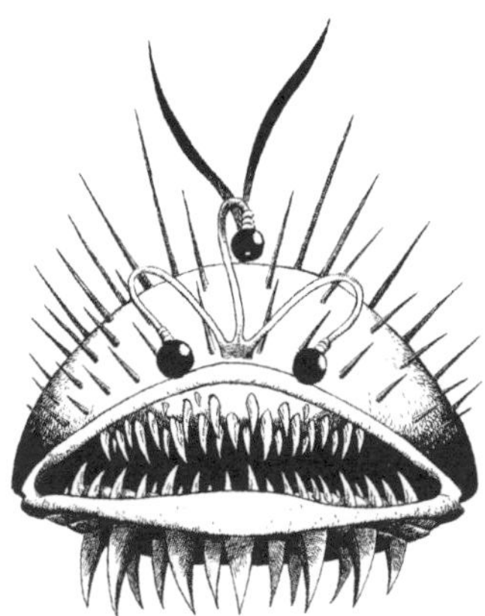

葛拉奇

潛伏於塞馮湖底的「舊日支配者」。能夠透過睡夢呼喚信徒，將其變成半屍半人的僕從使喚。

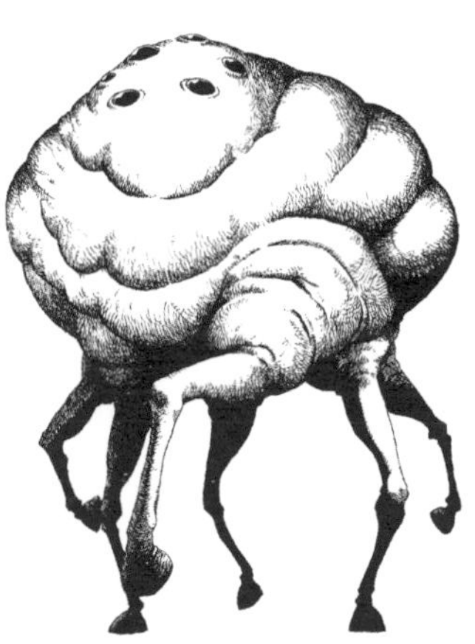

伊荷特

徘徊在塞馮河谷地底網狀隧道裡面的「舊日支配者」，會帶著外形酷似小型昆蟲的雛獸活動。

關聯項目

●賽倫→No.044
●阿卡姆鎮→No.039
●羊木鎮→No.052
●「米．戈」（猶格斯真菌）→No.022
●冥王星→No.077

No.052
羊木鎮
Goatswood

羊木鎮是已毀滅行星的居民建造邪神神殿的地方。來自深宇宙的殘虐妖蟲，無時無刻不在找尋新的犧牲者。

●非比尋常的城鎮

英國格洛斯特郡**布瑞契司特**近郊的城鎮羊木鎮是目前地球上所知道極少數仍舊盛行原始的**莎布·尼古拉絲**信仰的地方。

羊木鎮居民都是面向樹立於該鎮廣場中央的金屬材質高塔，朝著裝設在塔頂、名曰月亮透鏡的鏡子膜拜，如此崇拜從山丘底下召喚出來的莎布·尼古拉絲的其中一個化身——「月亮透鏡看守者」。

羊木鎮附近森林有片空地，這裡聳立著一座跟廣場所建不同類型的金屬圓錐塔，有群於17世紀從夏蓋星*來到地球的「夏蓋蟲族」（Insects from Shaggai）棲息在此。

夏蓋蟲族的體型跟地球的鴿子差不多，其他特徵包括無眼瞼的巨眼、三個口器、前端蜷曲成團的彎曲觸鬚、共有十隻腳，還有半圓形的翅膀。當初夏蓋星因為重大變異而即將滅亡的時候，它們便逃進了用灰色金屬建造的**阿撒托斯**的寺院裡，並連同整間寺院進行空間轉移逃往其他星體。前述圓錐塔，其實就是阿撒托斯的寺院的頂點部分。

它們因為地球大氣層內含的某種成份而無法再移動到其他世界，不得已只能停留在地球。偏偏好巧不巧，從它們崇拜阿撒托斯便也不難理解，這些擁有高度文明與科技的夏蓋蟲族，性情卻是非常的殘酷。

夏蓋蟲族在來到地球以前曾經待過一個叫作塞克洛托爾的行星，當時它們在那裡將一種外形類似樹木的生物「塞克洛托爾星怪」奴隸化，作為勞力和兵力使用。

---

* 夏蓋星（Shaggai）:《戰慄傳說》譯為「煞該星」。

夏蓋蟲族（Insects from Shaggai）

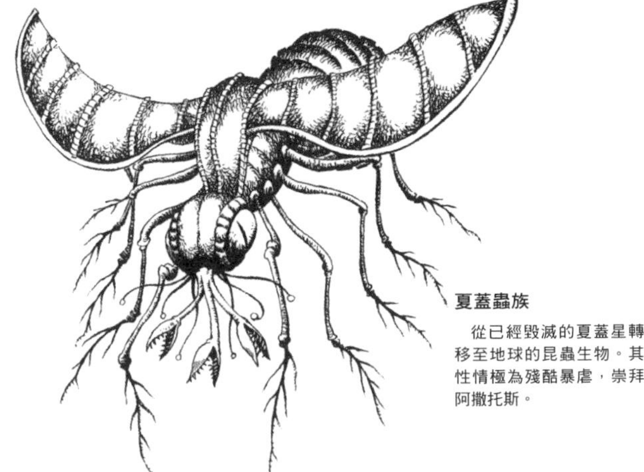

夏蓋蟲族

從已經毀滅的夏蓋星轉移至地球的昆蟲生物。其性情極為殘酷暴虐，崇拜阿撒托斯。

布瑞契司特與羊木鎮的位置

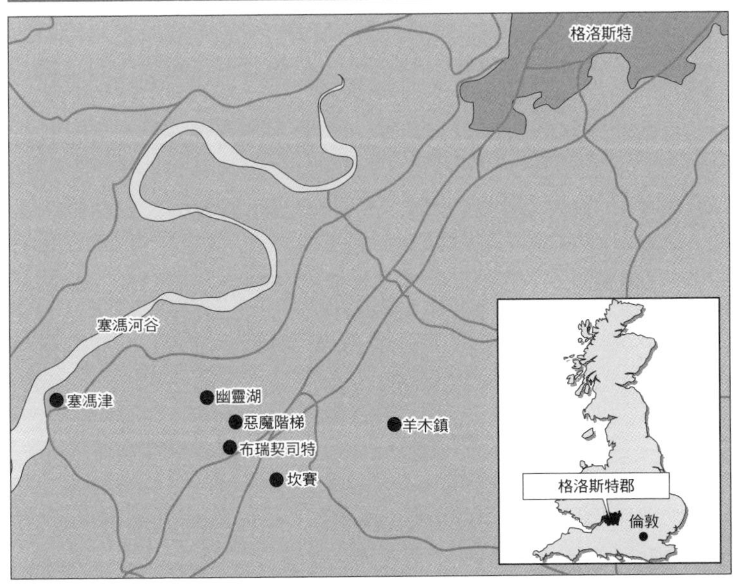

關聯項目

●布瑞契司特→No.051
●莎布・尼古拉絲→No.007
●阿撒托斯→No.004

No.053

史崔戈伊卡伐

Stregoicavar

邪惡的太古種族在此重複進行著淫邪不祥的儀式、受到詛咒的村落。村外的黑色石碑，眼看就要喚醒從前淫邪儀式的記憶。

●「黑石之祕」

史崔戈伊卡伐是匈牙利山區某個地圖並未記載的村落，**腓特烈・威廉・馮容茲**在**《無名祭祀書》**裡面提到的「黑石」，也就是一座約高5公尺的八角形黑色石柱，就建在此村附近。相傳這座石碑是史前時代巨大城堡頂端的尖塔，石碑表面刻著可能是文字的符號，可是尚未被解讀出來。

史崔戈伊卡伐此名在當地語言裡有「女巫城」的涵意，這是因為在16世紀鄂圖曼土耳其帝國入侵東歐以前，村子裡有支斯拉夫人和神祕原始民族的混血種族的所作所為遂有此名。這座舊名蘇瑟坦的村落原本住的是邪教信徒，他們會攻擊附近村落擄掠婦孺當成活祭品獻給他們供奉的神明。

相傳西利姆・巴哈杜率領的土耳其軍隊攻進此地，知道村民的作為以後，便因為其行徑太過邪惡而將居民悉數殺死，並且前往「黑石」附近的洞窟跟躲在洞裡長得像癩蛤蟆的怪物作戰。

史崔戈伊卡伐現在的居民是馬札兒人[*1]的後代，他們是在土耳其軍隊剷除邪教離開以後才進入了這個被拋棄的村莊，從前那個受詛咒的原住民族血統早已不復存在。如今史崔戈伊卡伐人口流失的問題愈來愈嚴重，而且歐洲的環保團體還煞有介事地傳言有舊共產圈國家把核廢料遺棄在村外洞窟裡。每年6月23日聖約翰節的前一晚，「黑石」附近就會像海市蜃樓似地浮現從前這裡舉行邪教儀式的景像，目擊到這個景像致使精神異常的受害者也不在少數。早夭的天才詩人**賈斯汀・季奧佛瑞**[*2]從前旅遊匈牙利的時候曾經造訪過這個受詛咒的村落，其幻想詩〈獨石的人們〉[*3]就是他目睹「黑石」得到強烈靈感以後的結晶。

[*1] 馬札兒人（Magyar）：操芬蘭-烏戈爾語系匈牙利語的民族，亦即匈牙利人。

[*2] 賈斯汀・季奧佛瑞：此處採用《克蘇魯神話》譯名，《戰慄傳說》則譯作「賈斯丁・傑福瑞」。

[*3]〈獨石的人們〉：此處採用《克蘇魯神話》譯名，《戰慄傳說》譯作〈巨石族〉。

黑石

矗立丘頂睥睨四下的黑石。有人認為這座黑石其實是埋在山裡的古代城寨頂端的尖塔。

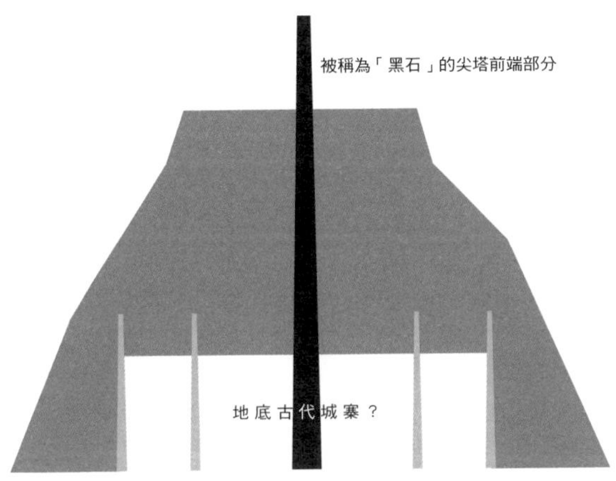

史崔戈伊卡伐的位置

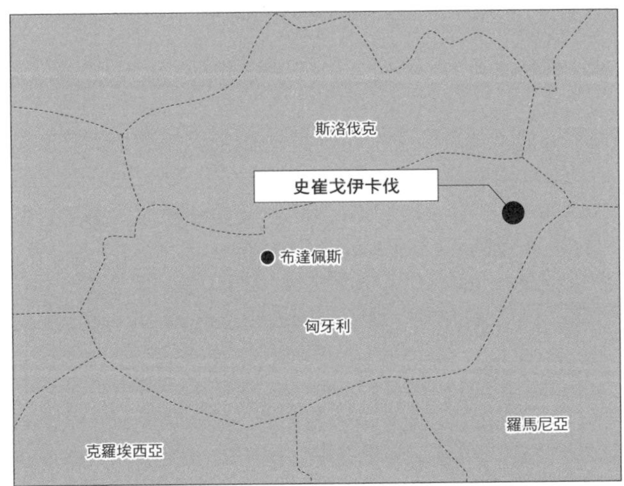

關聯項目

●腓特烈・威廉・馮容茲→No.094
●賈斯汀・季奧佛瑞→No.093
●《無名祭祀書》→No.029

No.054

非洲大陸

Africa

人類與文明的發祥地，布滿沙漠與密林的大地。在這個歐洲人稱為黑暗大陸的非洲大陸暗地裡，無貌神明正在蠢蠢欲動。

●光明與黑暗並陳的土地

西元前5世紀的希臘歷史學家曾說過「**埃及**是尼羅河的恩賜」。埃及文明在西元前4000年前後誕生於北非沙漠地帶定期氾濫帶來肥沃土地的尼羅河流域。自西元前3000年前後統一王朝誕生後，埃及由單獨一位法老統治的神權國家，直到被羅馬帝國吞併為止總共2900年，經歷27個王朝興衰更迭。古埃及有太陽神拉、守護歷代法老的霍露斯、統治死者國度的犬頭神亞奴比斯等各式各樣的信仰，其中最古老的當屬復活之神**奈亞拉托提普**。從新王國時期[*1]到第三中間時期[*2]的古埃及聖經時代，曾經有段神官奈夫倫-卡篡奪王位的黑暗王朝，當時禁止除奈亞拉托提普和**貓神巴斯特**等邪神以外的所有信仰，苛政之暴虐無以復加。埃及興起叛亂將奈夫倫-卡放逐，所有有關該王朝的記錄徹底遭到抹殺。

在非洲中部的剛果盆地，除代代傳說怪物魔克拉・姆邊貝會與彩虹同時出現的俾格米人[*3]以外，還有大猩猩和大型類人猿居住在熱帶雨林裡面，在雨林深處更隱藏有白色類人猿居住的灰色都市、有尾人種居住的峽谷等無數祕境。

「黑暗大陸」非洲仍舊保留有許多被視為野蠻的風俗習慣；據說在從各國相繼脫離19世紀以來割據稱雄的歐洲宗主國紛紛獨立的「非洲年」，也就是從1960年開始的剛果動亂當中，被喚作辛巴[*4]的剛果獨立派士兵先是得到部族咒術師製作的就算被子彈擊中也不會死亡的護身符，還從紅色鐵幕那裡得到最新的武器，他們非但恣意殘殺遭遇到的所有白人，而且還大啖其血肉內臟。

---

*1 新王國時期（New Kingdom）：起於西元前16世紀至前11世紀。

*2 第三中間時期（Third Intermediate Period）：或稱「末期王朝時代」，始於西元前1069年前後，是古埃及史的時代區分。

*3 俾格米人（Pygmy）：人類學中指男性平均身高不足150公分的人種，稍高的稱為類俾格莫伊人（Pygmoid）。

*4 辛巴（Simba）：斯瓦希里語（Swahili languages）「獅子」的意思。

非洲大陸地圖

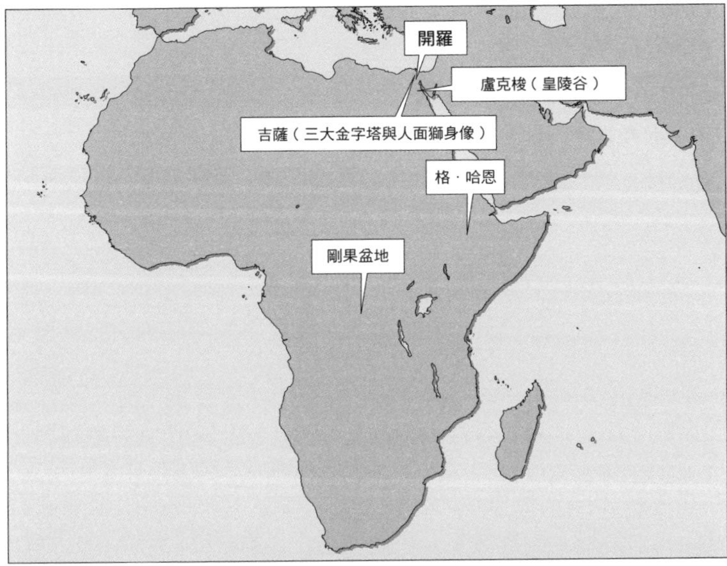

非洲大陸相關年表

年代	事項
前30世紀	米尼斯王統一上下埃及。
前31年	羅馬軍擊潰克麗奧佩脫拉*5的埃及軍隊。收埃及為屬地。
1488年	發現好望角。
1652年	荷屬東印度公司首開殖民非洲之濫觴。
1799年	拿破崙・波拿巴遠征埃及。
1878年	亨利・莫頓・史坦利前往剛果河流域探險。
1884年	歐洲列強召開柏林西非會議*6瓜分非洲。
1885年	比利時國王利奧波德二世將剛果自由邦納為私人領地。
1899年	布爾戰爭*7爆發。
1919年	卡萊爾的非洲探險隊失去行蹤。
1938年	南非的科摩羅群島發現「活化石」腔棘魚。
1940年代	德國在剛果盆地深處建造祕密研究所
1960年	「非洲年」。非洲大陸各殖民國相繼脫離宗主國獨立。剛果開始動亂。
1975年	安哥拉內戰開始。
1994年	南非共和國廢除人種隔離政策。

關聯項目

●埃及→No.055 ●奈亞拉托提普→No.005 ●其他神明(巴斯特)→No.015

*5 克麗奧佩脫拉(Cleopatra):托勒密王朝(西元前332~32年)皇族,是埃及最後一位握有實權的統治者。亦即著名的埃及豔后。

*6 柏林西非會議(Berlin West Africa Conference):乃由德國首相俾斯麥於1848年主持,有別於1878年的「柏林會議」(Congress of Berlin)。

*7 布爾戰爭(Boer Wars):英國與南非布爾人建立的共和國之間的戰爭。史上共有兩次布爾戰爭,第一次發生在1880至1881年,第二次發生在1899至1902年。

No.055

埃及

Egypt

遭《死者之書》*抹殺封印的古埃及黑暗王國。從前以神官身分簒奪王位的奈夫倫-卡現已進入長達7000年的長眠，至今仍在夢寐之中。

●黑色法老王

從前在聖經時代的古埃及，曾經有過一段法老王位遭到統領邪教團體的神官奈夫倫-卡簒奪、公然食用人類屍肉的血腥黑暗時代。

「黑色法老王」奈夫倫-卡尊**奈亞拉托提普**為主神，除信奉**巴斯特**、亞奴比斯、蘇貝克的邪教以外，廢止其他所有信仰。

相傳邪教的神官們建立了好幾座神殿，並且向他們信奉的神祇貢獻活祭品換取魔法的力量。奈夫倫-卡的統治政權太過血腥，終於引發了大規模叛亂；埃及人不只是將邪惡的法老和邪教集團逐出埃及，而且還將《死者之書》裡面所有跟「黑色法老王」有關的記載全數抹殺，因此除**《死靈之書》**和**《蠕蟲之祕密》**等文獻以外，很難透過其他方法得知跟當時有關的知識。

奈夫倫-卡原本打算乘船帶著屬下神官們航向西方的島嶼，不料卻在開羅附近遭遇追兵，被逼進了祕密地下墓室。相傳當時有部分貓神巴斯特的神官逃到西方的島嶼，歷史家認為他們的逃亡目的地就是英國。

奈夫倫-卡在漆黑的墓室裡面進行最後的儀式，成功召喚出奈亞拉托提普在地上的化身，他用自願獻身擔任活祭品的100個人跟奈亞拉托提普換得預言能力，並且在墓室牆壁畫下了埃及未來的歷史。據說奈夫倫-卡就躺在地底墓室最深處的紅色房間的大理石棺裡面進入沉眠，直到7000年後才會跟屬下同時醒轉。

其次，相傳《蠕蟲之祕密》的作者路維克．普林還曾經在這間紅色房間裡面遭遇到負責守護墓室的邪教神官的後代子孫。

普洛維頓斯出身的考古學家伊諾克．鮑文教授曾經在1843年挖掘調查奈夫倫-卡的地下墓室，並從墓室裡帶回了光輝之四邊形體，且創設名為**星際智慧教派**教會的宗教團體。

---

*《死者之書》：請參照P.060譯注。

奈夫倫-卡的教團

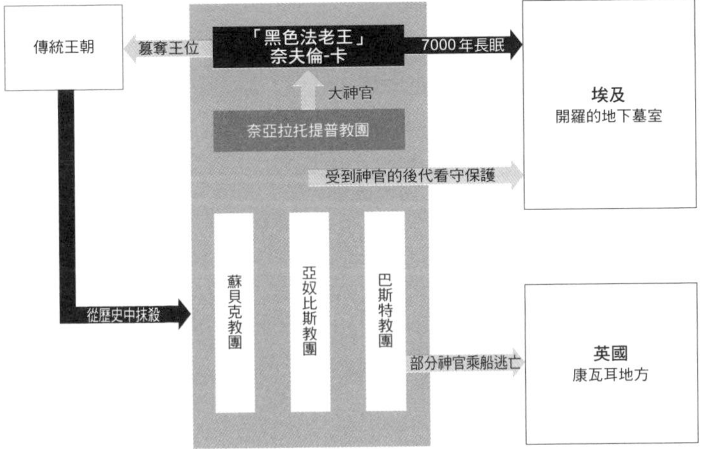

吉薩的金字塔和獅身人面像

列為世界七大奇景之一的吉薩三大金字塔與獅身人面像。不過也有人認為獅身人面像早在埃及建設金字塔很久以前便已經存在。

關聯項目

●奈亞拉托提普→No.005
●《死靈之書》→No.025
●星際智慧教派→No.103
●《蠕蟲之祕密》（妖蛆之祕密）→No.026
●其他神明（巴斯特）→No.015

No.056

格・哈恩*

G'harne

非洲黑暗大陸的大地昏暗深處，邪惡的魔物正蠕動著駭人的可怕軀體、商討如何消滅地面的世界。

●未知的地底都市

地底都市格・哈恩的存在得以為世所知，乃肇因於探險家溫卓普從北非帶回來的黏土板。這塊黏土板刻著乍看之下像是馬雅文字、由許多點集合成的奇妙象形文字，公諸於世的當時曾經被學界和媒體懷疑是捏造的贗品，使得這位命運乖舛的探險家因而以形同發狂而死的悲慘方式與世長辭。

溫卓普的不甘得到艾默瑞・溫蒂史密斯爵士承繼其志，將溫卓普的翻譯和學術研究成果在1919年整理成書自費出版，此即印刷量不足千冊、16開裝訂的《格・哈恩斷章》（G'harne Fragnents）。另有他說指出這本研究書籍並非出版於1919年而是1931年，目前大英博物館便收藏有一本。至於溫卓普帶回來的黏土板，目前研判應是**「遠古種族」**所作的記錄，內容包括天文知識譬如從前運行在太陽周圍被命名為賽歐夫星或猶格斯的**冥王星**以及**哈斯塔**居住的黑星，還有格・哈恩等地球古代遺跡的相關概要與位置。

在不知被埋在非洲何處沙漠底下的格・哈恩的昏暗環境裡，有種外形可憎貌似烏賊名叫克托尼亞（Chthonian）的怪物四處爬竄。這種如毛蟲般在地穴中伸展著帶有黏液的粗長軀體的克托尼亞擁有超過千年的綿長壽命，以及保護自己後代的強烈保護本能。這種怪物還可以數隻聚集起來引起大規模的地震。邪惡的修德・梅爾（Shudde M'ell）是所有克托尼亞中體型最龐大、最長壽的個體，並因而得以成為「舊日支配者」。其次，相傳著作《格・哈恩斷章》的艾默瑞爵士後來還在造訪非洲之際遭修德・梅爾及其屬下綁架，等到返回文明世界的時候卻已經陷入半瘋狂狀態。

---

* 格・哈恩（G'harne）：《克蘇魯神話》譯為「嘉尼」。而《格・哈恩斷章》譯為《嘉尼遺稿》。

地底都市格・哈恩的位置

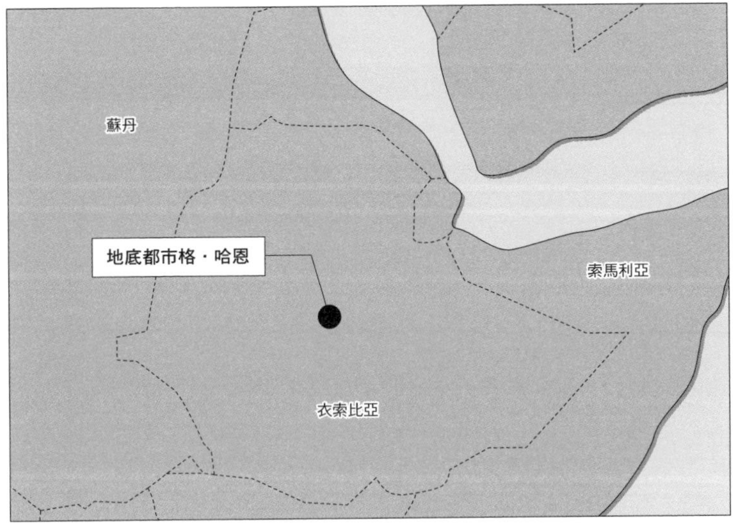

克托尼亞（Chthonian）

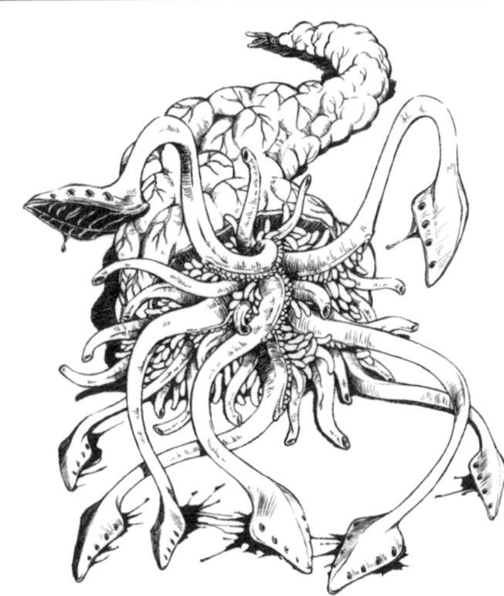

克托尼亞

巢居於格・哈恩，酷似巨大烏賊的怪物克托尼亞。其魁首修德・梅爾更是當中最巨大的個體。

關聯項目

●「遠古種族」→No.017　●冥王星→No.077　●哈斯塔→No.008

No.057

月靈山脈

Mountains of the Moon

在堪稱非洲黑暗大陸之象徵的茂密雨林地帶、不見天日的剛果盆地深處，服侍古老邪神的姆巴，隨時等著有勇無謀的冒險家闖入。

●黑暗大陸奇異事件

非洲大陸中部4380公里綿長大河剛果河蜿蜒蛇行的熱帶雨林地帶剛果盆地，在地圖上經常因麥卡托投影法[*1]造成錯覺，讓人誤以為剛果盆地的範圍要比實際來得狹小，然而「煙槍森林」和「惡魔的尿池」等無人涉足的大地如今卻仍在不見天日的深邃雨林層層包覆之下，是非洲黑暗大陸最大、最後的綠色魔境。

在亨利·史坦利和亞倫·闊特曼、基特·甘迺迪等冒險家大展身手的比屬剛果（今剛果民主共和國）與烏干達接壤的國境附近，有座從前希臘地理學家托勒密[*2]稱為「月靈山脈」的魯文佐里山脈。從剛果攀越「月靈山脈」，走進冰河侵蝕切割而成的山谷，就深入了連原住民都避之唯恐不及的地區；其中心地帶有個會不斷變幻成金字塔、方尖碑或球體等形狀、同時還會發出紅色金屬光芒的「旋轉流」，旁邊還有一排扭曲成詭異角度的樹木。這些樹木其實全部都是最早可追溯至亞特蘭提斯時代的眾多探險家有勇無謀地踏進這個魔境，被「旋轉流」的守護者姆巴變成化木人的下場——就算在身體變成木頭以前將肢體前端截斷，也無法阻止末端變成有如觸手般的狀態。另外在19世紀中葉，曾經有部分的巴剛果人[*3]信奉一位叫作阿杜的新神明，並且對比利時興起叛亂。一般認為這位貌似巨大樹木的阿杜是**奈亞拉托提普**上千個化身的其中之一，但是這跟月靈山脈的「旋轉流」有何關聯便不得而知了。

---

*1 麥卡托投影法（Mercator projection）：1569年由麥卡托（Gerardus Mercator）發明的地圖投影法。從地心向環繞地球並與赤道相切的一個圓筒上投影，這樣經線是等距和平行的垂直線，緯線是平行的水平直線。距赤道越遠，緯線間的距離就越大。常用於製作航海圖，但世界地圖之製作則鮮少採用此法。

*2 托勒密（Claudius Ptolemaeus）：古代天文學家、地理學家和數學家，認為地球是宇宙的中心（托勒密體系）。

*3 巴剛果人（Bakongo）：即剛果人（Kongo）。在語言和文化上互相聯繫的操班圖語的民族集團，居住地區沿大西洋岸。

月靈山脈的位置

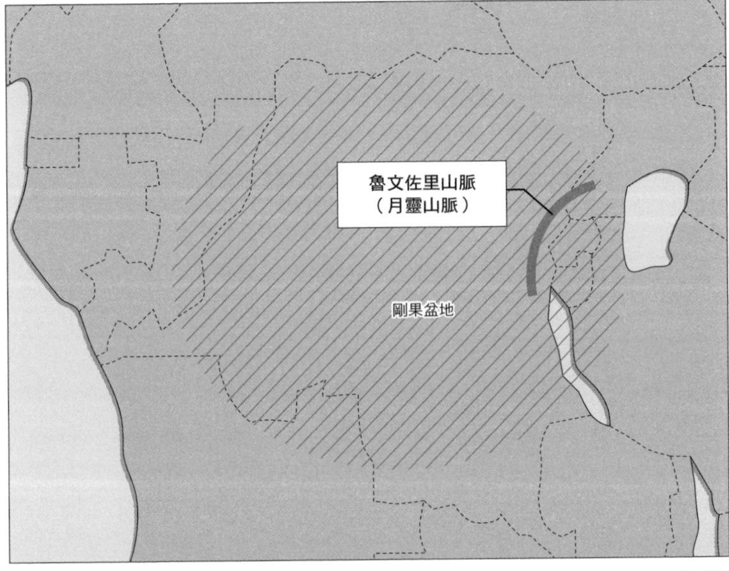

化木人

化木人

化木人是冒犯禁忌，不慎踏進月靈山脈深處山谷的探險家、商人們的下場。

關聯項目

●奈亞拉托提普→No.005

No.058

亞洲．中東

Asia, Middle East

在沉默神祕氛圍籠罩下的亞洲以及素來就跟重視傳統的歐洲多有接觸的中東地區，亦有源自太古的禁忌知識流傳往來於此地。

●深邃美麗的亞細亞

距今1萬5000年以前，在人類文明以黃河長江流域為中心繁榮興盛的東亞地區，早在中國字出現以前便已經知道有鬼歹老海（克蘇魯）的存在，「鬼」這個字就是從**偉大的克蘇魯**頭部演變而來的象形字。克蘇魯自古便受到根據地設在江河湖泊的盜賊們崇拜，清朝末期暗中活動、當時稱作「幫」的祕密結社便繼承了這個信仰。在紐奧良被逮捕的克蘇魯信徒卡斯楚曾經留下了與中國山岳地帶裡面長生不老的教團領袖有關的證言，暗示此教團領袖跟傳授神智學教義給海倫娜．帕特洛夫娜．布拉瓦茨斯的喜馬拉雅山導師有某種關聯。其次，喜馬拉雅山裡面還有**「米．戈」（猶格斯真菌）**變成類人猿模樣躲在這裡，當地人均稱呼為雪人[*1]。

除此之外，上海有崇拜**奈亞拉托提普**的「腫脹之女」教團、緬甸內地森恩高原有古代都市**阿佬札兒**、馬來半島有**「伊斯之偉大種族」**的最後一座都市。另外，據說詹姆斯．卻屈伍德是從某位印度僧侶處發現了記錄**姆**大陸沉沒海底事件的黏土板。

●一千零一夜

太古時代的阿拉伯世界曾經有信奉偉大克蘇魯的爬蟲人類在此建造無名都市，後來奉伊斯蘭教義為圭臬的阿拉伯諸部族組成聯盟發展成為大帝國，阿拉伯亦成為東洋西洋文明相互衝擊的國際貿易中心。在聚集於此地的祕密宗教和傳說當中，除「舊日支配者」和「外神」相關神話傳說以外，還包括了——跟中亞**冷之高原**有關、跟被**埃及**史全面抹煞的奈夫倫-卡黑暗王朝有關的記錄——這些禁忌的知識後來都被匯整成為**《死靈之書》**和**《蠕蟲之祕密》**等書籍形式。

---

*1 雪人（Yeti）：傳說生活在喜馬拉雅山雪線一帶的怪物。

*2 多倫（To-lun）：亦作Doulun。中國內蒙古自治區的縣，位於錫林郭勒盟南部。

中東・亞洲地圖

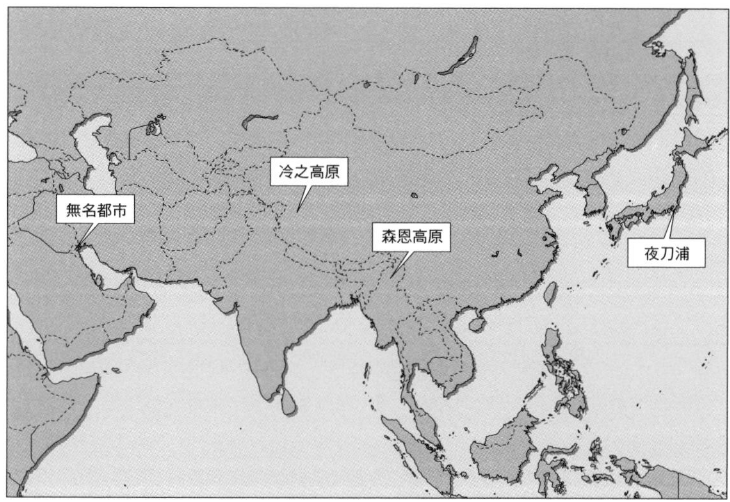

亞洲・中東相關年表

年代	事項
約前4年	拿撒勒的耶穌誕生於伯利恆。
630年	伊斯蘭教徒控制聖地麥加。
730年	阿拉伯狂人阿卜杜・阿爾哈茲萊德著作《魔聲之書》。
751年	唐朝與伊斯蘭阿拔斯王朝兩大世界帝國於塔拉斯河畔發生激戰。
1220年	成吉思汗攻滅花剌子模王朝。
1259年	忽必烈汗在多倫[*2]建造上都。
1641年	日本完成鎖國體制。
1851年	大清帝國國內發生太平天國武裝蜂湧起義。背後有邪神崇拜者的影子。
1857年	印度發生反抗東印度公司的大規模動亂。蒙兀兒帝國敗北因而解體。
19世紀末	阿佬札兒的古代都市遭到破壞。
1936年	皇道派軍人在東京興起政變。背後有邪神崇拜者的影子。
1945年	在廣島長崎投下原子彈。太平洋戰爭結束。
1948年	猶太人國家以色列建國。
1950年	北韓軍隊進攻南韓。冷戰在亞洲同樣也是愈演愈烈。
1975年	西貢淪陷，在東南亞產生大量難民。「丘丘人」亦淪為難民。

關聯項目

- ●偉大的克蘇魯→No.003
- ●「米・戈」→No.022
- ●奈亞拉托提普→No.005
- ●阿佬札兒→No.061
- ●「伊斯之偉大種族」→No.019
- ●姆→No.071
- ●冷之高原→No.060
- ●埃及→No.055
- ●《死靈之書》→No.025
- ●《蠕蟲之祕密》→No.026

No.059

無名都市

Nameless City

阿拉伯所有部族均忌避不已的傳說都市。在人類誕生以前曾經繁榮過的可憎爬蟲人類惡靈，至今仍盤據棲息在都市深處。

●不知名的地底都市

相傳在古代人以意為「虛空」的「Roba El Khaliyey」稱呼，現代阿拉伯人則是喚作赤紅沙漠的阿拉伯南部杳無人跡的沙漠中央，早在古埃及首都孟斐斯城初建基礎、巴比倫城的磚瓦甫入磚很久以前，便已經有座連名字亦無從得知的地底都市埋沒在沙漠裡。

這座從前沉沒在海底的都市是**偉大的克蘇魯**及其眷屬的信徒——匍匐移動的爬蟲人類居住長達千萬年之久的古代文明都市。

這座都市曾經在地殼大變動浮出海面，成為阿拉伯的一部分以後發展成繁華壯麗的沿海都市，後來卻隨著沙漠的侵蝕而漸趨衰退，最後終於被滾滾黃沙和歲月掩沒，成為遭到世人遺忘的地方。其次，無名都市附近還有個太古人類所建設的石柱之城伊倫，這兩個都市經常會被混淆。

透過夜幕低垂時輕聲傳誦在星空下營火旁的傳奇故事，阿拉伯諸部族始得以模模糊糊地知道無名都市的存在，同時卻也不知為何均將其視為禁忌的對象。著有禁書**《死靈之書》**的阿拉伯狂人**阿卜杜．阿爾哈茲萊德**聲稱曾經在夢裡造訪過無名都市，還說他手上的神奇油燈就是來自於這座無名的都市。無名都市曾經是克蘇魯信仰的中心重鎮之一，如今卻已成為其敵對者**哈斯塔**的屬地，蒙受其守護而前赴**塞拉伊諾**者的肉體，便是由拜亞基保存在這座無名都市裡面。根據與**拉班．舒茲伯利博士**一起造訪此地的奈蘭德．柯倫的筆記記載，傳說中738年慘死於大馬士革大道上的阿爾哈茲萊德其實是被帶到了無名都市，他被關在刻著阿拉伯語警告銘文的青銅大門裡面的房間，飽受殘酷刑求拷問然後才慘死喪命。

無名都市的位置

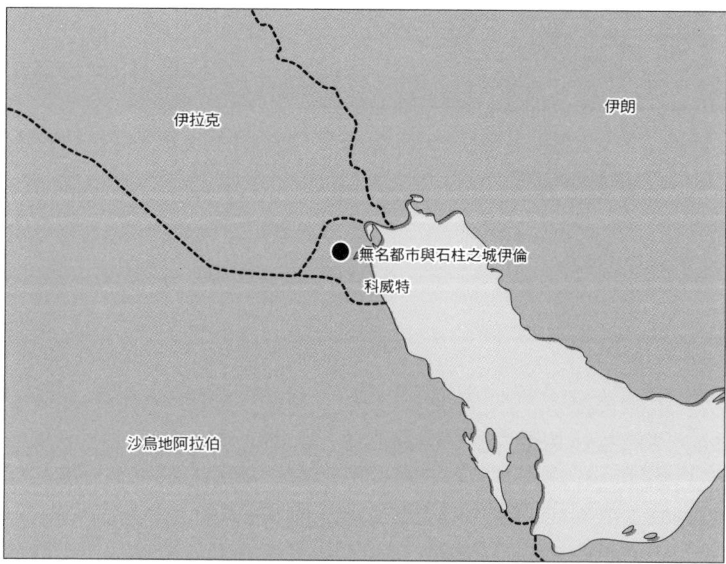

無名都市

無名都市

無名都市內部到處都是錯綜複雜的低矮迴廊。兩邊牆壁還畫有從前統治該都市的匍匐移動的蜥蜴人類的模樣。

關聯項目

●偉大的克蘇魯→No.003
●《死靈之書》→No.025
●阿卜杜・阿爾哈茲萊德→No.088
●塞拉伊諾→No.078
●拉班・舒茲伯利博士→No.106
●哈斯塔→No.008

No.060

冷之高原*

Plateau of Leng

儘管《死靈之書》等諸多書籍都有提及，然而所有記述卻又相互矛盾的與世隔絕不祥之地。

●隱藏的高原

正如其別稱「隱藏的冷之高原」字面所示，冷之高原是個正確位置尚無定論的場所，這片神祕土地的相關傳說和記錄又極為錯綜複雜，往往使得研究者們因而陷入混亂。

根據蒐羅了「舊日支配者」和「外神」禁忌祕密宗教的**阿卜杜·阿爾哈茲萊德**作品**《死靈之書》**記載，邪惡的食屍教派猖獗橫行的無明冷之高原是位在中亞某個無法接近的場所，目前也已經發現了幾幅可以證明這個說法的地圖和文獻。

另一方面，攀越過**幻夢境**北方灰色山脈有片不毛之地，同樣也叫作冷之高原。在這座曝露於寒冰荒野嚴寒風雨下的冷之高原台地頂端，則是建有一座就連在幻夢境也僅止於傳說的矮胖無窗石造修道院。

這座史前時代的修道院裡面只有一位面戴紅紋黃絹面具的大神官居住在此，他就是站在這圓頂狀禮拜堂詭異的彩色祭壇前，吹奏刻著恐怖圖案的象牙笛，向**奈亞拉托提普**和其他野蠻蕃神獻上冒瀆的祈禱。

神殿南側有個叫作沙爾科曼的都市，這裡住著一種腳上有蹄、全身長滿軟毛、背後有條粗短尾巴的亞人種。它們全部都被從月亮背面前來侵略此都市的月獸(Moon-Beast)當作奴隸使喚。它們會戴著附有小小短角的假髮偽裝成人類，乘著黑色槳帆船前往幻夢境各地進行貿易，並將所得收益貢納給月獸。

除此以外，亦有報告指出在緬甸內地和南極大陸也都有冷之高原存在，不過也有人認為這些存在於不同地方的「冷之高原」，其實都是被某種特殊的時空連續體連結在一起的相同場所。

---

* 冷之高原：《克蘇魯神話》譯為「冷原」。

侵蝕多次元的冷之高原

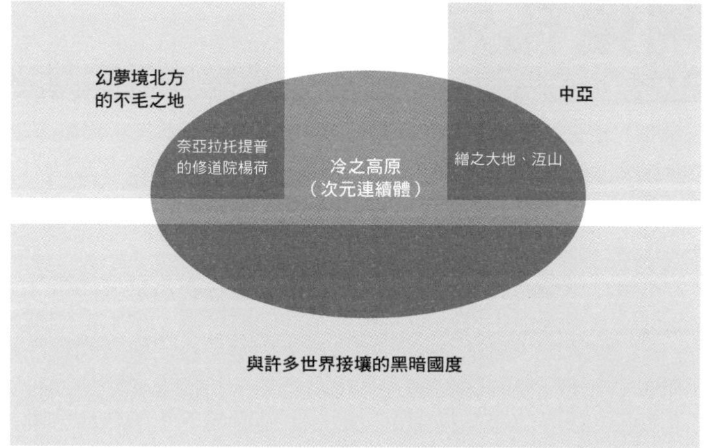

月獸(Moon-Beast)

月獸

統治幻夢境北方冷之高原的月獸。

它們居住在月球背面的都市，並將沙爾科曼的居民俘為奴隸。

關聯項目

●《死靈之書》→No.025
●幻夢境→No.080
●奈亞拉托提普→No.005
●阿卜杜・阿爾哈茲萊德→No.088

No.061

阿佬札兒

Alaozar

在緬甸內地失落的森恩高原，素有邪神與崇拜者潛伏在古代都市之中。如今「古神」*[1]的盛怒早已化作強光，將所有邪惡全部葬送。

●「古神」的舊都

阿佬札兒是連古代中國傳說都曾提及並且視為禁忌的未知領域，它位於東南亞中央緬甸人跡杳至的山區深處、早已遭到遺忘許久的森恩高原「恐怖之湖」正中央，是座用綠岩建造的石造都市遺跡。阿佬札兒的建築物大半相當低矮，彷彿地衣類植物般緊貼著地面，較高的建築物寥寥可數。城牆圍繞的都市佔據了湖裡面的島嶼「星之島」的大部分面積，城牆外側則是稀稀落落幾株樹木，暗綠色的樹幹頂著摻了點點嫣紅的綠葉樹叢，即便沒有風動卻依然兀自地嚌嚌嘈嘈作響。

早在人類誕生許久以前，這座島嶼曾經是遠從獵戶座參宿七*[2]和參宿四*[3]來到地球的超自然存在「古神」在地球上的住處，跟它們敵對的雙胞胎「舊日支配者」羅伊格爾與札爾就被封印在這個森恩高原的地底洞窟裡面。「古神」離開地球、古代都市成為廢墟以後，這裡便成了相傳由隸屬於「舊日支配者」**夏烏戈納爾・法格恩**的亞人類米里・尼格利和當地人所繁衍出來的矮人種族——「丘丘人」（Tcho-Tcho）的棲身之地。「丘丘人」為使彼等崇拜的雙胞胎「舊日支配者」復活，遂在「恐怖之湖」附近挖掘深穴，並綁架著名中國學者符藍迫其協助從事陰謀。後來博士巧妙騙過高齡7000歲的「丘丘人」長老以坡，從獵戶座召喚「古神」的戰士們降臨在森恩高原，戰士們毫不容情的攻勢非但使得「恐怖之湖」乾涸，同時還對阿佬札兒、住在這裡的「丘丘人」、甚至「舊日支配者」造成了破壞性的打擊。

「丘丘人」散居於亞洲各地，曾經在太平洋戰爭期間受到日本軍隊迫害、越戰時期受到共產主義勢力迫害，倖存者都已經成為難民逃往美國去了。

---

*1 古神：或稱「舊神」，請參照P.010譯注。

*2 參宿七（Rigel）：亦稱獵戶座β（Beta Orionis）。不論是實際上或表觀上，它都是全天最亮的恆星之一。它是獵戶座中的一顆藍白色超巨星。

*3 參宿四（Betelgeuse）：《克蘇魯神話》譯作「比特鳩斯」，此處採大英線上百科譯法。是獵戶座當中最亮的恆星。

阿佬札兒的壞滅

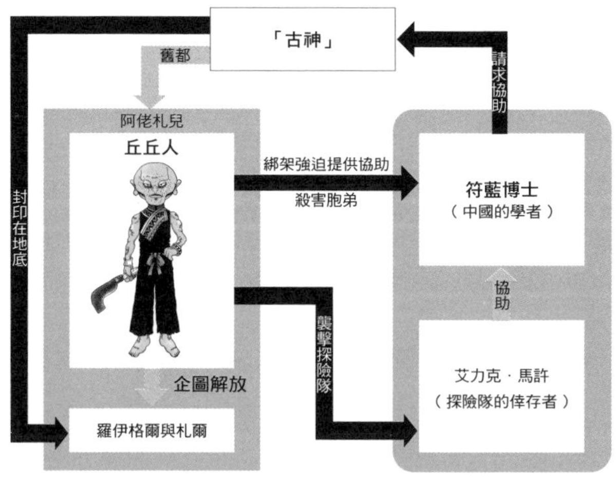

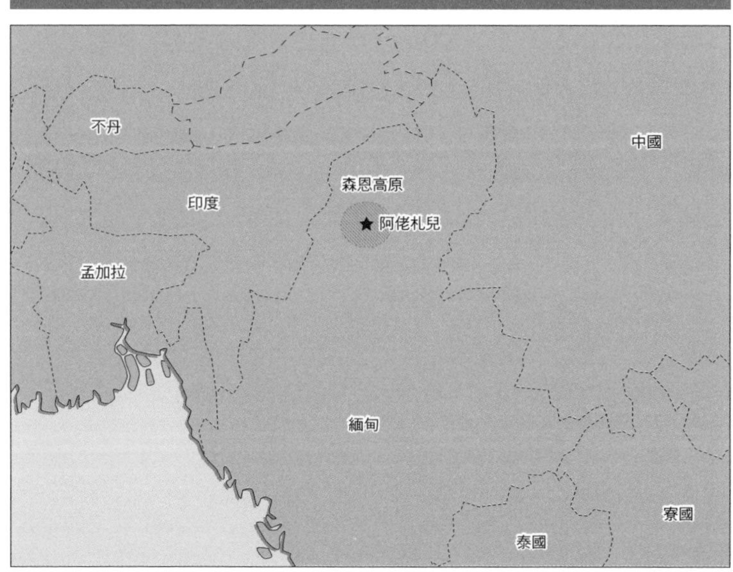

關聯項目

●其他神明（夏烏戈納爾・法格恩）
→No.015

No.062

夜刀浦

Yato-Ura

由斑斑悲慘歷史事件點綴而成，昏暗的千葉縣地方都市。糾纏著耆老世族的諸多恩怨因緣，甚至還可以牽連至深渺的幽幽海底。

●夜刀神的土地

夜刀浦是座位於千葉縣海底郡的地方都市。相傳此地乃是因為素有將強大的禍祟神——人頭蛇身的夜刀神奉為土地神祭祀的風俗習慣遂得此名。此外夜刀浦的歷史也相當悠久，有記錄指出此地早在室町時代便曾經展開領地爭奪戰，最後由馬加賴姬與小崎重昭兩人在「舊日支配者」的協助下勝出，成為掌控夜刀浦的新世族。後來夜刀浦卻在與官軍一戰以後失去力量，並且衰退成為小小的地方都市，就此從史冊中消失蹤影。戰爭期間飯綱製藥公司曾經在這裡建設巨大軍事施設，展開詭異的實驗。海邊則是有家老一族之末裔——倶爾家在這裡經營罐頭工廠。倶爾家的族長代代都是投身於工廠機械而死亡，事實上卻往往有人目擊到有五官與死者一模一樣的巨大生物出現在海中。夜刀浦的海岸不但曾經多次遭到大海嘯襲擊，同時還受到複雜海流影響，往往使得全世界的浮屍都漂到這裡來。倶爾家傳到倶爾俊之這代便告斷嗣，罐頭工廠亦不復在。目前在飯綱製藥公司佔地內設有一所飯綱大學，該校乃以醫學部與藥學部最為聞名；大學裡面共有新舊兩棟圖書館，其中尤以舊圖書館堪稱為稀有書之寶庫，是狂熱份子垂涎的目標，偶爾甚至還會有非人者入侵，因此這座圖書館還設有攜帶特殊武器的守衛。另有報告指出八斗浦地區有不少地方和洞穴遭到非法投棄戴奧辛，這些洞穴與地底水脈相通，使得大地飽受污染。夜刀浦市本身的形狀非常特殊，甚至還有說法因此將其指為咒術都市。

此外，夜刀浦市向來就是著名落語家*輩出之地，與此同時這些落語家卻大多選擇隱匿其出生地，三遊亭圓朝、談洲樓芭樂和初代烏亭閻馬等人皆是如此，更有甚者，這些人最後全部都是離奇死亡。除此以外，亦有流言指出夜刀浦當地許多居民會在達到固定年齡以後回到海裡，恐怕跟被視為是**「深潛者」**在日本的殖民地的地方都市赤牟有某種關聯。

---

* 落語家：落語是日本的傳統藝能，與相聲頗有類似之處。

海底郡與夜刀浦

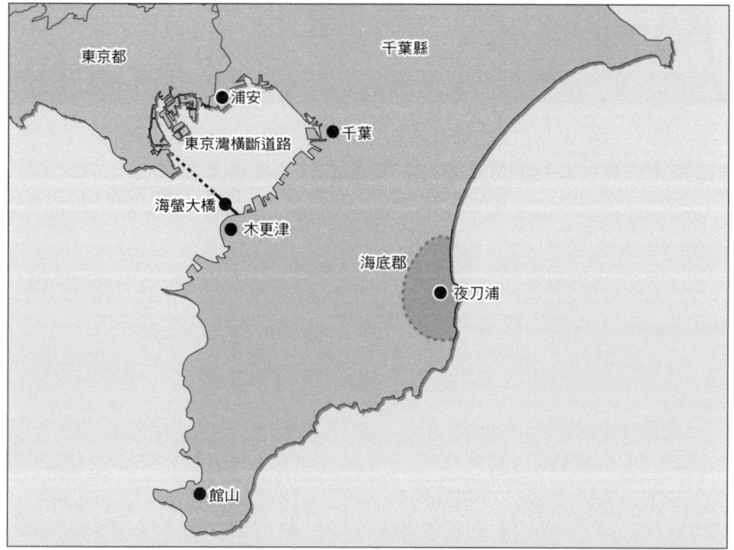

❖ 夜刀浦與《祕神》

在本書從阿卡姆鎮、印斯茅斯鎮、敦威治村等鬼影幢幢的城鎮開始一路介紹過來的克蘇魯神話相關地名當中，亦不乏位於日本列島的場所，作品選集《祕神》設定為共通舞台的地方都市夜刀浦便屬此類。1999年刊行的《祕神》是日本首部由日本人創作的神話作品選集，出版當時許多克蘇魯神話書迷們都覺得「日本終於也能出這樣的書了」，很是歡喜。《祕神》的編者朝松健先生是將克蘇魯神話介紹到日本的先驅功臣之一，曾經在國會刊行會擔任編輯期間推出許許多多的相關書籍。

筆者在執筆此書過程中，更有幸獲得現以小說家身分進行活動的朝松健先生多方建言。

可惜的是，從此以後便再沒有以夜刀浦作為故事舞台的作品出現，與先行的阿卡姆鎮等場所相較之下，難免有印象薄弱之缺憾。期待今後有將舞台設定在夜刀浦的作品繼續問世，好讓夜刀浦成為名符其實的「日本的阿卡姆鎮」。

關聯項目

●「深潛者」→No.016

No.063

南極．大洋洲

South Pole, Oceania

太古時代飛抵地球的諸多先住種族展開一連串地球霸權爭奪戰的紛爭地帶，它們曾經住過的大都市至今都還遺留在這裡。

●地球先住種族的紛爭地帶

位於南半球的南極圈和大洋洲，是人類誕生以前地球的先住種族為爭奪地盤而展開極激烈衝突、幾經興亡的地方。

10億年前**「遠古種族」**飛抵南極大陸，並且驅使**修格斯**在海底建造大都市。

「飛天水螅」則是飛到相當於今日澳洲大陸的地方，建造無窗的黑色玄武岩都市，其後卻於距今4億年前遭**「伊斯之偉大種族」**附身的圓錐狀生物驅趕到海底洞窟裡面；5000萬年以後，當時佔領**姆**大陸的**偉大的克蘇魯**眷族與其他先住種族爆發戰爭，最後形成割據統治的局面：南極歸「遠古種族」，澳洲歸「伊斯之偉大種族」，姆大陸則是屬於克蘇魯的眷屬管轄。距今5000萬年前發生地殼變動，「伊斯之偉大種族」遂捨棄圓錐狀生物的軀體前往未來，「遠古種族」的都市亦受地殼變動影響因而滅亡。澳洲原住民毛利人的巨人「布戴」傳說，講述的便是他們對「飛天水螅」的記憶。

●南極探險的時代

直到19世紀以後，人類才開始對幾乎全被厚實冰床覆蓋的冰雪大地南極大陸展開正式調查。當時共有挪威的羅爾德．阿蒙森和英國的羅伯特．法爾肯．史考特以及日本的白瀨矗中尉三支隊伍，於1910年同時展開抵達南極極點第一人的爭奪戰。結果阿蒙森的隊伍率先於1911年12月14日抵達南極極點，而史考特的隊伍亦於翌年1912年1月18日抵達南極極點，不料卻在回程途中全數遇難。

其後各國亦曾多次派遣探險隊前赴南極大陸，米斯卡塔尼克大學地質學系威廉．岱爾教授便曾於1930年率領探險隊抵達**瘋狂山脈**發現「遠古種族」的都市遺跡。

澳洲地圖

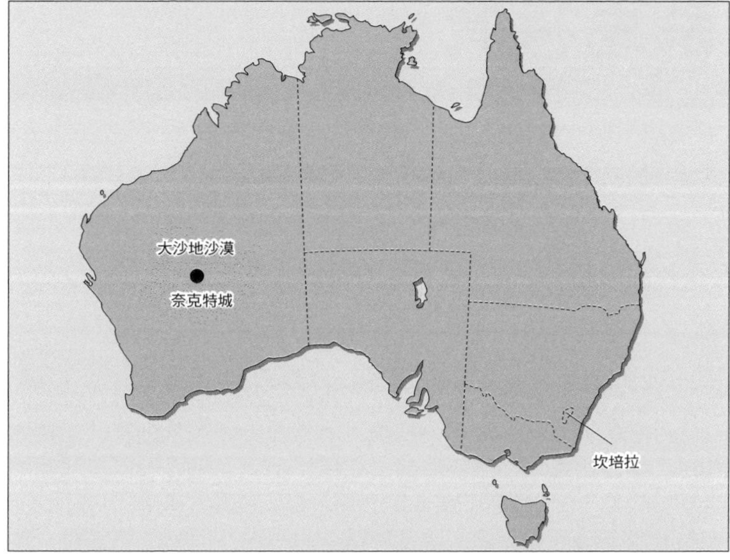

南極．大洋洲相關年表

年代	事項
4萬年前	毛利人（原住民）定居澳洲。
1606年	歐洲人登陸澳洲大陸。
1770年	科克船長登陸澳洲植物學灣*，聲稱澳洲為英國皇室領地。
1788年	首支英國囚犯移民船隊抵達澳洲，建設殖民地。
1821年	美國籍海豹獵人率先登陸南極大陸。
1840年	大英帝國將紐西蘭殖民地化。
1901年	澳大利亞聯邦成立。
1911年	羅爾德．阿蒙森探險隊率先抵達南極極點。
1925年	紐西蘭外海發現海底火山活動造成島嶼隆起。
1930年	米斯卡塔尼克大學地質學系派遣南極探險隊伍。
1946年	美國海軍展開「高跳行動」探勘南極。
1947年	各國為爭奪南極大陸領土權，爭相在南極建設基地。
1954年	於太平洋進行氫彈實驗，陸續目擊到巨大生物。
1956年	美國海軍展開「深凍行動」探勘南極。日本建設昭和基地。
1959年	明定南極大陸須用於和平用途的「南極條約」通過。

關聯項目

●「遠古種族」→No.017
●修格斯→No.018
●姆→No.071
●其他存在（「飛天水螅」）→No.024
●「伊斯之偉大種族」→No.019
●偉大的克蘇魯→No.003
●瘋狂山脈→No.065

* 植物學灣（Botany Bay）：澳大利亞新南威爾斯洲小海灣。1770年科克船長在此首次登上澳大利亞大陸，因在當地發現許多新植物而得名。

No.064

奈克特城

Pnakotus

在澳洲西部的沙漠裡面，這裡有能夠超越宇宙終結、在不斷延續下去的亙久時間裡存活下去的「伊斯之偉大種族」的古代都市沉眠於此。

●超時間的記錄

1932年礦冶工程師羅伯特・馬肯齊於澳洲西部大沙地沙漠進行調查時，在南緯22度3分東經125度1分的地方，發現30個到40個深深刻著曲線與文字的巨大石塊散布在附近。這些被澳洲原住民們牽合附會說是與老巨人布戴沉眠於地底深處傳說有關的巨石遺跡，其實是4億8000萬年前將精神轉移至圓錐狀生物體內的**「伊斯之偉大種族」**所建造的科學都市奈克特城露出地面的部分。於是乎，曾經在1908年遭到「偉大種族」交換精神長達5年的**米斯卡塔尼克大學**前政治經濟學教授納撒尼爾・溫蓋特・皮斯里，遂在米斯卡塔尼克大學地質學系的協助之下組成探險隊前往奈克特城；同行的探險隊成員包括皮斯里教授的次子，亦即在同所大學執教心理學的溫蓋特・皮斯里教授，以及曾經在1930年率領探險隊前往**瘋狂山脈**的威廉・岱爾教授等人。

自從「偉大種族」將精神轉移至未來的甲蟲類體內、奈克特城遭**「飛天水螅」**攻滅化成廢墟以後，至今已經過了5000萬年時間。該遺跡地底仍遺留有彼等偉大種族建造的中央資料室收藏從各個時空蒐集得來的知識所編寫成的書籍，皮斯里教授甚至還在探索遺跡的時候發現自己的親手記錄。除此之外，據說1919年在肯亞失蹤的美國大富翁羅傑・卡萊爾所率領之非洲探險隊的其中一名生還者羅伯特・休斯頓博士還曾經在奈克特城創設了**奈亞拉托提普**崇拜者宗教團體「蝙蝠之父」。

馬來半島亦發現有「偉大種族」的都市存在。其次，根據跟皮斯里教授同樣擁有交換精神經驗的米斯卡塔尼克大學職員亞莫士・派帕的報告指出，在**哈斯塔**居住的雄牛座黑色星球似乎也有圓錐狀生物的都市存在，但是它們往來於地球之間的方法就不得而知了。

奈克特城的時間之環

4億年前	「伊斯之偉大種族」將「飛天水螅」趕到地底，建設奈克特城。
	米斯卡塔尼克大學經濟學系納撒尼爾·溫蓋特·皮斯里教授遭「伊斯之偉大種族」交換精神、轉移至奈克特城。
1908年	皮斯里教授在米斯卡塔尼克的經濟學課堂上昏倒。
1913年	皮斯里教授回過神來。
1934年	礦冶工程師羅伯特·馬肯齊在澳洲西部沙漠發現奈克特城的部分遺跡。
1934年5月31日	皮斯里教授在米斯卡塔尼克大學地質學系的協助之下組成調查團隊，前往澳洲發掘奈克特城。
1935年7月17日	皮斯里教授在奈克特城深處發現從前與「伊斯之偉大種族」交換精神當時自己留下來的工作痕跡。

大沙地沙漠的遺跡

澳洲西部沙漠中央有刻著各種圖樣的岩石成排屹立，這些石頭其實是「偉大種族」的遺跡曝露在地面以上的部分。

關聯項目

●「伊斯之偉大種族」→No.019
●米斯卡塔尼克大學→No.040
●哈斯塔→No.008
●其他存在（「飛天水螅」）→No.024
●奈亞拉托提普→No.005
●瘋狂山脈→No.065

No.065

瘋狂山脈

Mountains of Madness

瘋狂山脈是多名隊員遇難犧牲的米斯卡塔尼克大學南極探險隊在冰雪大陸所發現的充滿瘋狂氛圍的山脈。

●黑色山嶺

米斯卡塔尼克大學地質學系曾經在得到納撒尼爾·德比·皮克曼財團資金贊助之後，於1930年毅然出發前往充滿神祕氛圍的冰天雪地南極大陸從事學術探勘。米斯卡塔尼克大學前後總共派遣過三次探險隊，其中遭遇極為不幸的第一次調查隊是跟日本的研究機關簽約，於1月中旬從馬尼拉出發，除僅有一名隊員生還以外，包括隊長查特威克教授和南豪義紀博士的所有隊員全都神祕失蹤，以極為慘澹的結局收場。9月2日從波士頓出航的第三次調查隊是以隊長米斯卡塔尼克大學地質學系的威廉·岱爾教授為首，再加上發明新式鑽頭的法蘭克·H·帕博第教授、生物學系的雷克教授、物理學系的阿特伍德教授等4名頂尖學者，另外還有16名助手參加。調查隊於11月9日抵達羅斯島[*1]後，便於該島設置貯藏物資的營地，展開南極大陸的學術調查。隔年1931年的1月22日，雷克教授率領西北部調查隊在南緯76度15分東經113度10分的地方發現一座最高峰標高可達3萬5000英呎、主要是由寒武紀[*2]的板岩所構成的黝黑山脈。當時調查隊利用鑽探調查找到一個洞穴，並且從中發現推測是在50萬年前冰河期來襲時滅絕的生物化石。其實這個「化石」是陷入假死狀態長期睡眠的**「遠古種族」**，豈料「它們」卻在解剖過程中醒轉並陷入恐慌、死命抵抗反擊導致雷克小隊全滅。學者認為這座使人不禁聯想到尼古拉斯·羅耶里奇[*3]的奇怪繪畫、後來被命名為「瘋狂山脈」的山脈或許就是**《死靈之書》**裡面提到的黑色**卡達斯**山，標高2萬英呎的台地上還有一座由許多巨石建築物按照幾何學整整齊齊排列而成的老第三紀[*4]巨大都市。

---

*1 羅斯島（Ross Island）：羅斯海中的火成島。位於南極洲維多利亞地岸外，羅斯冰棚的北緣。

*2 寒武紀（Cambrian Period）：古生代最老的一個時間畫分單位，延續範圍距今5.4億~5.05億年。

*3 尼古拉斯·羅耶里奇（Nicholas Roerich）：俄國佳吉列夫俄羅斯芭蕾舞的舞台設計師，以雄偉的歷史布景聞名，亦是神祕主義者、考古學家和風景畫家。

南極探險隊的命運

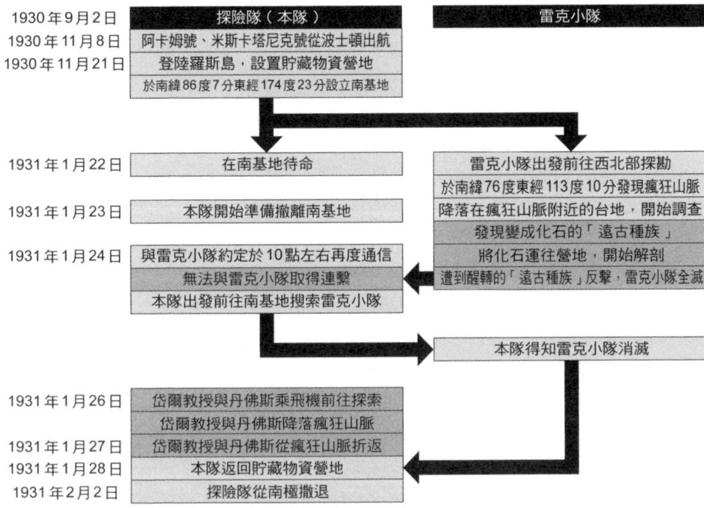

尼古拉斯・羅耶里奇

據說瘋狂山脈的黑色山嶺風景，跟認為「傳說中的香巴拉是位於緬甸內陸」的俄羅斯東洋學者尼古拉斯・羅耶里奇的繪畫有幾分相似。

出處：尼古拉斯・羅耶里奇《Guga Chohan》

關聯項目

●米斯卡塔尼克大學→No.040

●「遠古種族」→No.017

●《死靈之書》→No.025

●卡達斯→No.081

*4 老第三紀（Paleogene Period）：為新生代地層二分法中較老的一紀。開始時期與新生代的開始時期重合持續了大約4270萬年，隨後的是新第三紀。

No.066

南太平洋

The South Pacific

南太平洋海域，最大的邪惡沉眠於此，一切事端亦肇始於此。宣告末日來臨的喇叭聲響起之時，遭到遺忘的大陸就會出現。

●邪惡潛伏的海域

除了擁有別稱「詛咒之遺跡」的南馬都爾海上遺跡的加羅林郡島波納佩島以外，其他像是以摩艾石像而聞名的**復活島**、毛依三石塔遺跡所在地湯加塔布島、還有科克群島和馬奎薩斯郡島等南太平洋島嶼，曾經多次發現許多明顯擁有共通特徵或樣式的巨石遺跡和神像，因此這些島嶼在遙遠的太古時代應該是被涵蓋在整個南太平洋地區的範圍內，屬於相同的文化圈。挪威探險家托爾·海爾達爾認為此地區特有的基調樣式跟南美洲安地斯高原的文化頗有相通之處，主張南太平洋的島民乃是從南美洲乘船渡海而來，還在1947年親自乘著命名為康-提基號的木筏由秘魯的喀勞島航行至東玻里尼西亞，航程共8000公里、耗時101天。

不過早在海爾達爾進行這項實驗的15年前，也就是1931年，美國的詹姆斯·卻屈伍德早就在其著作《失落的**姆**大陸》裡面提出更大膽的假設，主張這些屬於共同文明圈的島嶼其實是數萬年前沉入海底的巨大大陸——姆大陸的一部分。

探險家阿博納·伊齊基爾·霍格1734年於波納佩發現《波納佩聖典》(Ponape Scipture)，書中記載有當地崇拜的**偉大的克蘇魯**和**「深潛者」**相關記錄，如今已經成為佐證卻屈伍德說法的一項重要史料。

另外，1878年5月11日由紐西蘭航向智利的貨船波江星號曾經在途中遭遇到因為火山活動而隆起、疑似屬於部分姆大陸的島嶼，並且從巨石建築物帶回一具木乃伊和書卷。

這些遺物被收藏在全美國木乃伊館藏量最富豐的波士頓卡伯特考古學博物館，並於1931年公開展示。

南太平洋地圖

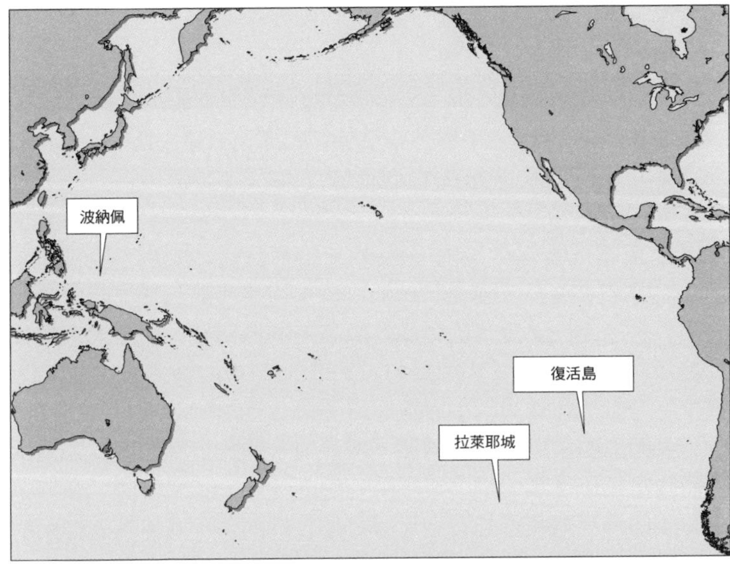

南太平洋相關年譜

年代	事項
約4世紀	人類開始從馬奎薩斯群島遷徙至復活島。
約16世紀	復活島爆發全面內戰。
1520年	費迪南．麥哲倫穿越海峽抵達大海，將其命名為太平洋。
1535年	西班牙人弗里．湯瑪斯．貝蘭加主教發現加拉帕戈斯群島。
1722年	荷蘭海軍上將雅各．羅傑維恩發現復活島。
1768年	科克船長受雇於英國皇家協會，首次出航。
1779年	科克船長與原住民發生糾紛，死於夏威夷。
1835年	札爾斯．達爾文乘小獵犬號登陸加拉帕戈斯群島。
1925年	拉萊耶城浮出海面。
1946年	美國於馬紹爾群島展開核爆實驗。
1847年	托爾．海爾達爾乘康-提基號從秘魯出航。
1947年	美國海軍展開波納佩行動。對拉萊耶城施以核子攻擊。
1953年	海爾達爾於加拉帕戈斯群島發現古代美洲印地安人的遺物。
1954年	美國於比基尼環礁進行氫彈試爆，第五福龍丸遭炸毀。
1968年	開始調查波納佩島的南馬都爾遺跡。

關聯項目

●復活島→No.068
●偉大的克蘇魯→No.003
●「深潛者」→No.016
●姆→No.071

No.067

拉萊耶城

R'lyeh

聳立島嶼中央的巨大建築物裡面，彷彿死亡般沉沉睡去的偉大克蘇魯及眷屬正迫不及待地等待復活之日到來。

●龐然大物沉睡潛伏的海底都市

南緯47度8分、西經126度43分。從紐西蘭到智利西岸中間的南太平洋中央、座落於復活島東北方的海域裡，從前太古時代因地殼變動沉入海底、用綠色巨石營造而成的海底都市拉萊耶城，如今仍然在深海底下靜靜等待著再次浮出海面。

表面已經被黑中帶綠的泥土覆蓋掩蔽住的拉萊耶城，乃是由無視於歐幾里得幾何學、近乎瘋狂的曲線和形狀所構成。島嶼中央有座彷彿巨型陵墓的石造建築物聳立於山頂，底下躺著**偉大的克蘇魯**和眷屬們的龐然身軀，發出像是夢囈般的單調聲音墜入沉沉睡夢。

有史以來不知有多少克蘇魯的信徒用盡各種方法，試圖要讓這座拉萊耶城浮出海面。1925年3月受到海底火山的影響，使得包括克蘇魯沉睡處在內的拉萊耶城部分地區自沉入海底以來首次浮出太平洋。不過另有其他說法指出，這場天地變異其實是由某個信奉「外神」與「舊日支配者」，名為**銀之黃昏鍊金術會**的祕密教團所引起的。拉萊耶城浮出海面的時候，世界各地的藝術家等感受性較為強烈者均受到克蘇魯影響，暫時陷入瘋狂，甚至還有人留下相當奇怪的作品。

其次，克蘇魯信徒還會使用語句中夾雜著許多模糊不清的摩擦音——就人類口部構造來說發音有點困難的「拉萊耶語」，這個語言其實是早在人類誕生以前克蘇魯從外宇宙帶到地球來的古老語言。拉萊耶語的禱詞當中最有名的便是「Ph' nglui mglw' nafh Cthulhu R' lyeh Wgah' nagl fhtagn」，經過翻譯就是意為「死去的克蘇魯在拉萊耶城的巢穴裡，等著作夢」的聖句。

海底的拉萊耶城

沉沒在深海底下的拉萊耶城。偉大的克蘇魯及其眷屬沉睡的巨大石造建築物，就在這座無視於幾何學規則的扭曲都市裡面。

拉萊耶城的地圖

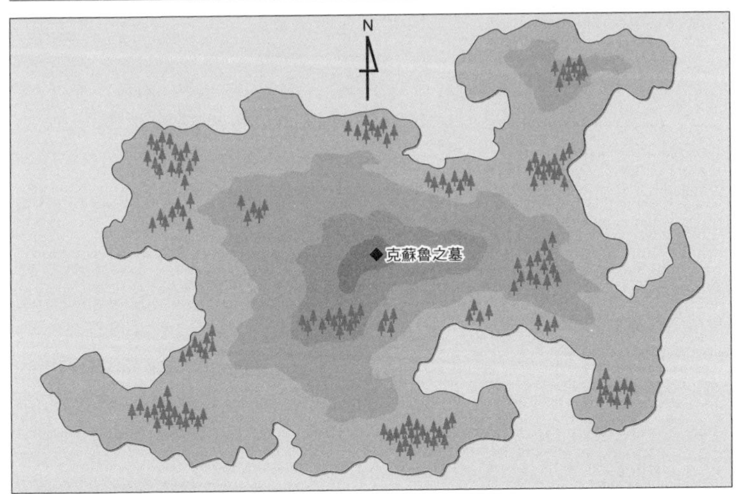

關聯項目

●偉大的克蘇魯→No.003

●銀之黃昏鍊金術會→No.104

No.068

復活島

Easter Island

當地語言稱為「拉帕努伊」（大島）的太平洋火山島，島上的巨石像只是靜靜地凝望著水平線彼方。

●阿胡摩艾之島

南緯27度、西經109度的太平洋海面有個形狀接近等邊三角形的大島，名叫復活島。這座正式名稱叫作帕斯瓜島，屬於智利的火山島跟加羅林群島波納佩島等島嶼同樣，是從前統治地球的「舊日支配者」留下了明顯足跡的眾多祕境之一。

在復活島正對海面的山腰地帶有許多名為阿胡摩艾[*1]的人面巨石像林立。阿胡摩艾是此島得以成為世界遺產之主要原因，同時也是現在復活島最重要的觀光資源，其實這些巨石像是從前**「深潛者」**在這座島嶼設立太平洋據點時，為了要用來觀察它們所崇拜的**偉大的克蘇魯**沉眠的海底都市**拉萊耶城**浮出海面之情況所設置的監視裝置。

復活島全域均有阿胡摩艾分布，其中在建有多達53尊神像的拉諾拉拉庫火山地底還有個克蘇魯信徒奉為聖地的「獨石聖域」，該聖地中央的獨石頂端則是放置著一尊克蘇魯石像。

這尊克蘇魯石像具備類似通訊裝置的功能，當地面的阿胡摩艾偵測到拉萊耶城浮出海面的時候，石像就會將消息通報給諸神的強壯使者**奈亞拉托提普**知道。

從前「深潛者」居住的洞窟是由脆弱的溶岩所構成，幾乎已經全數崩塌，自從它們離開復活島以後，看守觀測拉萊耶城的工作便改由人類的克蘇魯信徒接手。

其次，長期以來復活島和「深潛者」的關係向來都是不為人知，直到1925年有位名叫梅斯里吉的教授率領美國大學考古調查隊發現了顯示此地有魚人信仰的雕像和黏土陶壺，這層關係方才得到學術研究的證實。

[*1] 阿胡摩艾（Ahu Moai）：「阿胡」（Ahu）在當地語言裡面有聖域、祭壇的意思。

阿胡摩艾

屹立於復活島阿基維地區、凝視著海平面的7尊摩艾像。拉萊耶城便是沉沒在這些石像的視線前方。

復活島的地圖

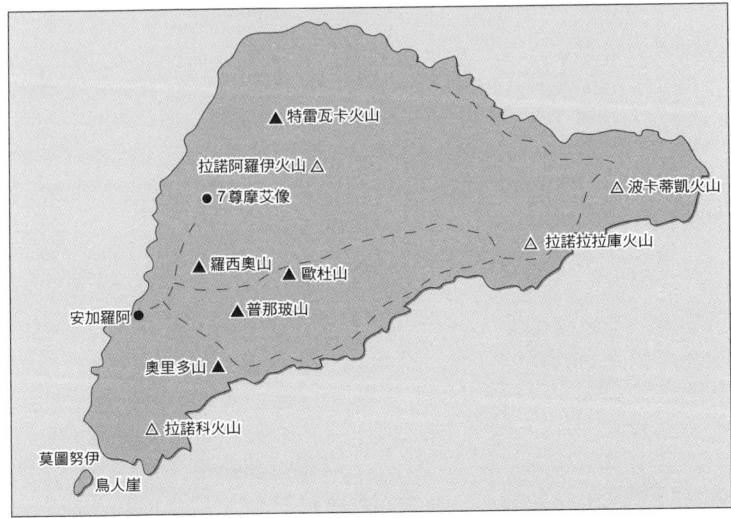

關聯項目

●「深潛者」→No.016
●拉萊耶城→No.067
●偉大的克蘇魯→No.003
●奈亞拉托提普→No.005

No.069

失落的大陸

Lost Continents

悠悠歲月洪流之中，巨大大陸的壯麗文明亦不過是過眼雲煙，從濤濤白浪裡面出現的，終究還是要消逝在濤濤白浪之中。

●幽幽深海

世界各地都有洪水或火山爆發等天地變異使得陸地沉入海洋的傳說，譬如《舊約聖經》〈創世記〉的諾亞方舟傳說、環太平洋地區的兄妹始祖洪水神話等都是。

史上最有名的「失落的大陸」當屬柏拉圖在《柯里西亞斯》、《提瑪友斯》裡面提到沉沒在大西洋海底的亞特蘭提斯大陸。因為奠定西洋哲學之基礎而聞名於世的柏拉圖生於西元前400年前後的希臘，他是根據西元前6世紀的政治家梭倫*從埃及祭司口中聽來的傳說，將亞特蘭提斯大陸的地理、歷史和文化記錄了下來。直到美國的伊格內修斯・唐納利於1882年發表研究書籍《亞特蘭提斯》以後，這則亞特蘭提斯傳說方才在一夜之間受到了全世界矚目。一般認為這股亞特蘭提斯風潮其實是受到海因里希・謝里曼於1870年發現特洛伊的衝擊影響，事實上也確有說法指出謝里曼本身握有跟亞特蘭提斯有關的重大線索，他的孫子保羅・謝里曼後來還曾經在1912年的美國報紙上公布發現亞特蘭提斯的消息，隨後卻立刻斷絕了音訊。

希柏里爾大陸與亞特蘭提斯同樣是希臘時代傳說中的古代大陸，老普林尼於1世紀前後編纂的《博物誌》、《萬物的性質》就曾經提及在蘇格蘭北方有個叫作希柏里爾的肥沃樂園。前述諸大陸都只是種半神話的存在，相對太平洋的**姆**大陸和印度洋的**黎姆利亞**大陸雖是19世紀以後「發現」的新大陸，不過神智學的創始者海倫娜・P・布拉瓦茨基卻主張，相傳在亞特蘭提斯用失傳的森薩爾語所寫成、後來**阿卜杜・阿爾哈茲萊德**在執筆**《死靈之書》**時曾經引為參考的**《多基安之書》**便有記載姆和黎姆利亞的歷史。

---

* 梭倫（Solon）：雅典政治人物，「希臘七賢人」之一。他消除了雅典城邦的極度貧困狀態，為本國同胞制定了憲法和法典。

「失落的大陸」發現史

年代	事項
前640年	賢者梭倫從埃及的祭司口中得知亞特蘭提斯的傳說。
前350年	柏拉圖在《柯里西亞斯》與《提瑪友斯》裡面提及亞特蘭提斯。
19世紀中葉	英國生物學家菲力普．史拉特爾發表黎姆利亞大陸的概念。
1868年	詹姆斯．卻屈伍德從印度高僧處發現記載姆大陸記錄的碑文。
1868年2月19日	巴黎博物館的拉爾．阿隆那斯教授在北緯33度22分西經16度17分的深海裡目擊到亞特蘭提斯的遺跡。
1878年5月11日	姆大陸部分地區浮出海面，發現石化的活木乃伊。
1912年10月20日	保羅．謝里曼投稿報社，發表他發現亞特蘭提斯大陸的消息。
1920年代	倫道夫．卡特卻屈伍德進行奈柯語的共同研究？
1931年	詹姆斯．卻屈伍德發表《失落的姆大陸》。
1930年代？	萊昂尼爾．厄奈特發表《姆大陸的神祕》。
1960年代	克蘇魯神話研究家林．卡特介紹黎姆利亞之王的傳說。
1969年2月19日	萊昂尼爾．厄奈特失蹤。

將亞特蘭提斯之名傳諸後世的柏拉圖

與弟子亞里斯多德共同構築奠定西歐哲學基礎的柏拉圖，曾經在其著作裡面介紹到亞特蘭提斯的傳說。

出處：ラファエロ《アテネの学堂》

關聯項目

●希柏里爾→No.070
●姆→No.071
●黎姆利亞→No.072
●阿卜杜・阿爾哈茲萊德→No.088
●《死靈之書》→No.025
●其他書籍（《多基安之書》）→No.037

No.070

希柏里爾

Hyperborea

希柏里爾是在冰河時期滅亡的偉大北方王國。沃米達雷斯山的地底下，隱藏著黑暗神明居住棲身的領域。

●希柏里爾的歷史與信仰

所謂希柏里爾是指冰河期以前位於歐洲北方格陵蘭附近的大陸，以及曾經存在於該大陸的王國。該王國各個都市是由受封為領主的貴族們統治，他們擁有高度發達的商業文化、使用賈爾幣和帕茲爾幣等貨幣，其鼎盛時期遠從**姆**和亞特蘭提斯都有進貢，希柏里爾跟這些隔著汪洋大海的地方也都維持著頻繁的貿易往來。首都科莫里翁附近的沃米達雷斯山有支叫作沃米族的凶暴種族棲息於此，他們一直都是希柏里爾的統治者，直到300萬年前遭到人類驅趕進入山區為止。在沃米達雷斯山地底開闊的廣大洞窟世界裡面，除了有傳為沃米族創造的物種——**蛇人**族的都市以外，還有蜘蛛神**阿特拉克・納克亞**、**札特瓜**、阿布霍斯等古老神明的住處也都在這裡。

希柏里爾王國普遍崇拜一位名叫伊荷黛（Yhoundeh）的麋鹿女神，可憎而貪婪的札特瓜教團則是被視為邪教，其信仰亦長期遭到王國禁止。然而當地對這個來自外宇宙的「舊日支配者」札特瓜的信仰卻是根深蒂固，相傳從繞著大角星運行的雙星基薩米爾飛到地球、早在人類出現以前就住在希柏里爾大陸的無定形生物同樣也是札特瓜的信徒。

希柏里爾信仰的神明還另有在尤祖達魯姆建有神殿的月亮女神蕾尼琪亞（Leniqua），以及乘著巨大冰山來襲、貌似巨大白色蠕蟲的魯利姆・夏科洛斯（Rlim Shaikorth）等神明。

希柏里爾王國曾經在人類史初期盛極一時，後來卻受到體內流著札特瓜血液的沃米人庫尼加欽・佐姆的襲擊而棄守首都科莫里翁，接著就開始慢慢地持續衰退。最後希柏里爾終於因為大冰河期侵襲地球而滅亡，這片大陸亦就此沉入海底。

希柏里爾的歷史

年代	事項
遙遠的太古	札特瓜從恩蓋伊的黑暗世界移居至希柏里爾地底。
	其後，最早統治希柏里爾的基薩米爾星人飛抵此地。
500萬年前	蛇人族遷居至此，創造繁榮的科學文明。後來漸漸被趕進地底世界。
300萬年前	與札特瓜頗有淵源的沃米族文明興起。後因冰河期來襲以及人類出現而開始衰退。
100萬年前~	希柏里爾的許多王國繁榮發展。首都設於科莫里翁的時代和接下來首都設於尤祖達魯姆的時代，是人類在希柏里爾的鼎盛時期。
—	魔道士伊波恩逃亡土星。伊荷黛信仰漸趨沒落，札特瓜信仰崛起。
—	邪神魯利姆．夏科洛斯乘著移動冰山伊基爾斯來襲，造成穆蘇蘭半島各大都市滅亡。
—	冰河期到來導致大陸沉入海底，希柏里爾滅亡。

希柏里爾的地圖

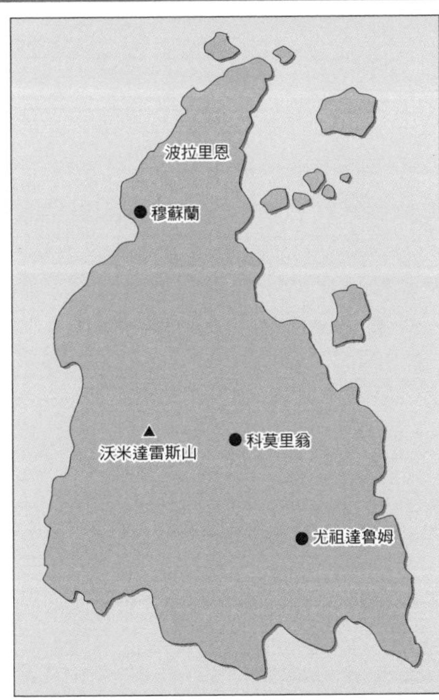

希柏里爾

傳說位於現在格陵蘭附近的古代大陸希柏里爾地圖。

除札特瓜和阿特拉克．納克亞棲息的沃米達雷斯山以外，還有受到庫尼加欽．佐姆襲擊因而廢都的科莫里翁。

關聯項目

●姆→No.071
●其他存在（蛇人）→No.024
●其他神明（阿特拉克．納克亞）→No.015
●札特瓜→No.012

No.071

姆

Mu

早在人類搖籃時期便已經擁有高度發達文明的南太平洋大陸，卻因為蒙受從前遭居民驅趕的神明盛怒而在一夜之間沉入大海。

●失落的姆大陸

姆大陸是距今數十萬年前曾經存在於南太平洋的寬廣大陸。

3億年前的姆大陸是**偉大的克蘇魯**及其眷屬統治的勢力範圍。

自從古代都市**拉萊耶城**因為晨辰的變化以及隨之而來的地殼變動而沉沒海底、克蘇魯亦陷入長眠以後，距今1億6000萬年前又有猶格斯星人飛抵地球。儘管它們最後還是從姆大陸消失了，但他們卻把從猶格斯帶來的「舊日支配者」加塔諾托亞給留在了亞狄斯戈山的地底。

後來人類在姆大陸發展出繁榮興盛的王國，並且與亞特蘭提斯和**希柏里爾**都有頻繁貿易往來，最後卻因為地殼變動而沉入水底。

姆大陸的名字僅可見於相傳於亞特蘭提斯著作的**《多基安之書》**和**腓特烈・威廉・馮容茲**的**《無名祭祀書》**等極少數文獻；直到自稱是英國陸軍上校的詹姆斯・卻屈伍德解讀出收藏在印度某座印度教寺院裡的黏土板上的奈柯碑文，並於1931年出版《失落的姆大陸》為止，長期以來姆大陸一直都是個早已遭到人類史遺忘的名字。

後來威爾斯出身的陸軍上校萊昂尼爾・厄奈特繼承了卻屈伍德的研究工作，並將研究成果匯整成其著作《姆大陸的神祕》。

厄奈特認為古代的姆大陸是受到來自仙女座星雲的羅伊格爾族統治，並且主張卻屈伍德在書裡面提到的七頭邪神納拉亞納其實就是羅伊格爾族的首腦加塔諾托亞。厄奈特在1969年2月19日連同一架從夏洛特維爾飛往華府的西斯納客機憑空消失，直到現在仍然不知去向。

郤屈伍德上校想像中姆大陸的位置

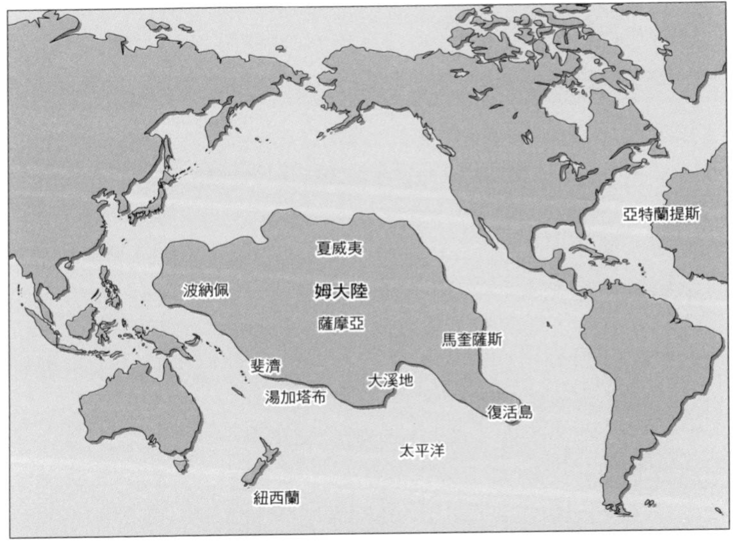

3億5000萬年前	姆大陸隆起浮出太平洋海面。
	偉大的克蘇魯及其眷屬從索斯星系飛抵地球。 在姆大陸建設拉萊耶城。
3億年前	地殼變動使得姆大陸部分地區沉入海中，拉萊耶城亦沉入海底，偉大的克蘇魯則是進入睡眠。
1億6000萬年前	猶格斯星人飛來。（無法得知是否就是「米．戈」（猶格斯真菌）） 在亞狄斯戈山建設地底要塞，將加塔諾托亞和羅伊格爾族幽禁於要塞深處。
20萬年前	人類在姆大陸創造文明。 透過與黎姆利亞、希柏里爾的貿易而崛起興盛，並且在南美洲建立殖民地。
～	姆大陸崇拜偉大的克蘇魯、眾蛇之父伊格、莎布．尼古拉絲、加塔諾托亞。
17萬5000年前	加塔諾托亞使得姆大陸在一夜之間沉入水中。

關聯項目

●偉大的克蘇魯→No.003
●腓特烈．威廉．馮容茲→No.094
●希柏里爾→No.070
●拉萊耶城→No.067
●《無名祭祀書》→No.029
●其他書籍（《多基安之書》）→No.037

No.072

黎姆利亞

Lemuria

透過狐猴始得以將大地連結起來的印度洋超古代大陸。將這座大陸摧殘殆盡的蛇人與人類的最終戰役，前前後後竟持續長達千年之久。

●蛇人終末之地

黎姆利亞大陸位於太古時代的印度洋，同時也是從前在人類黎明時期成為人類與**蛇人**最終戰場的大陸名。

首位注意到這個沉入海底已久的黎姆利亞大陸的人，就是19世紀的英國生物學家菲力普．史拉特爾。

史拉特爾在調查一種叫作狐猴的狐猴科動物的時候，發現了一個非常奇妙的現象：分布於印尼、斯里蘭卡與蘇門答臘的狐猴，在汪洋彼岸的非洲和馬達加斯加亦有棲息地。為說明這種分布範圍的特異現象，史拉特爾遂提出了一個主張從前印度洋曾經有個廣大大陸存在的假設。德國生物學家恩尼斯特．海因里希．海克爾也贊成這個假設，甚至還進一步主張黎姆利亞是人類的發源地。

現實世界裡的黎姆大陸是在距今50萬年前從印度洋浮出海面。黎姆利亞的首批統治者，就是在進入冰河期之後逃離逐漸衰退的**希柏里爾**大陸而遷居到這塊新大陸的蛇人。

蛇人是在恐龍主宰地球許久以前，於二疊紀由爬蟲類進化而成並建立高等文明的種族，當時蛇人們在黎姆利亞這個新天地建立了強大的王國，但終於還是與在身心雙方面都已逐漸獲得足夠力量的人類展開了黎姆利亞統治權爭奪戰。

經過長達千年的戰亂以後，蛇人王國終於崩潰破滅，蛇人們也幾乎全部都在與人類的戰鬥當中遭到殺害。好不容易才存活下來的蛇人魔法師們雖然曾經陰謀欲將「外神」召喚到地球，可是其陰謀卻悉數遭到人類的英雄們阻止，黎姆利亞大陸亦就此落入人類掌握。如今黎姆利亞大陸也已經沉進了印度洋海底，宣告人類的偉大時代已經告一段落。

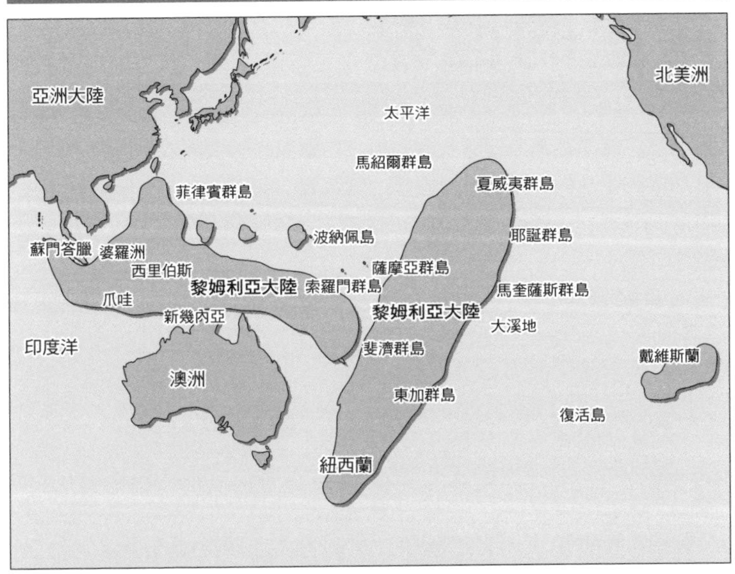

黎姆利亞薩迦

「黎姆利亞薩迦」始於1967年出版的《松葛鬥邪神》，是由林．卡特創作的一系列英雄式奇幻小說。著名的克蘇魯神話研究家林．卡特其實本來就是以創作．評論英雄式奇幻作品而聞名，甚至還著有J．R．R．托爾金《魔戒》的導讀書籍等作品。「黎姆利亞薩迦」是以超古代黎姆利亞大陸為舞台，描述強者松葛如何對抗邪惡的爬蟲類人種和魔法師，是部模仿R．E．霍華「蠻王科南」系列作的正統派英雄式奇幻小說，裡面還有個讓人不禁聯想到克蘇魯神話蛇人的爬蟲類人種「惡龍之王」的角色。雖然林．卡特本身從來不曾明確指出克蘇魯神話與「黎姆利亞薩迦」有何關連，不過在他死後，渾沌元素出版公司（Chaosium Inc.）推出的桌上型RPG「克蘇魯的呼喚」卻在蛇人的解說條目中添加了「惡龍之王」此項；於是乎，「黎姆利亞薩迦」的設定也才從此被吸收納入了不斷增殖進化的克蘇魯神話體系。

關聯項目

●其他存在（蛇人）→No.024
●希柏里爾→No.070

No.073

星星的世界

The Stars

人類往往貪圖名為無知的安穩假象，對繁星趁著夜黑低聲耳語的無限惡意以及彼等所散播的恐怖全都一無所知。

●來自遠方

《死靈之書》和**《伊波恩之書》**等禁書在字裡行間暗示著我等身處宇宙的真正面貌，在這個世界裡面，每顆在黑暗中綻放光芒的星星都藏著相互敵視的無限惡意，發出狂嘯的瘋狂混沌力量漫步在銀河與銀河間的黑暗空間，到處破壞、散播滅亡，是個彷彿巨大鬼屋般充滿怪異與恐怖的世界。如果說夜的黑暗是人類恐懼的凝聚物，那麼被無底的黑暗填滿的宇宙空間究竟會有何等的恐怖力量滋生蔓延呢？我們對潛藏在藍色大海深處的黑暗都已經是幾乎毫無所知了，更遑論是位於蒼穹彼方闃黑的無垠真空，所知更是少之又少。在眾所周知的公開歷史裡面，人類僅有在1969年7月20日阿波羅11號登陸月球以來曾經數次在地球以外的星球留下足跡，即便是在人稱宇宙時代的21世紀，也從來沒有人能夠將足跡拓展至地球運行軌道之外。

●諸神的黃昏

有些人主張從前在天上曾經有過戰爭發生。他們認為，從前住在異次元世界的「外神」和世稱「舊日支配者」的邪惡神明曾經展開激烈的宇宙霸權爭奪戰，可是這些異形邪神後來卻被住在獵戶座的一等星參宿四[*1]——亦即古代記錄裡稱為古琉渥的赤紅色恆星的諸位善神「古神」[*2]打倒，並且被封印於宇宙之外——雄牛座[*3]的黑色星球以及地球的海底深淵等地。不過這個善惡二元論式的宇宙觀目前已經大致遭到否定。據傳許多神明都受到星辰變化影響而進入沉眠，必須經過漫長歲月，等到繁星再度運行到正確的位置，它們才會再度醒轉，重登宇宙統治者的寶座。

---

*1 參宿四：請參照P.011譯注。

*2 古神（Elder Gods）：或稱「舊神」，請參照P.010譯注。

*3 雄牛座：請參照P.011譯注。

克蘇魯神話相關天體

天體	說明
月球	地底有「米．戈」（猶格斯真菌）的殖民地。
火星	擁有名為「火星內的埃及」的巨石遺跡。
水星	遙遠未來的水星住著「伊斯之偉大種族」將來的精神轉移目標球根狀植物。
魯基赫斯（天王星）	「夏蓋蟲族」曾在飛來地球的途中在此歇腳。
雅克斯（海王星）	札特瓜的伯父荷鳩癸格姆札曾經暫居於此。
北落師門	「舊日支配者」札特瓜居住的南魚座恆星。
基薩米爾	崇拜飛到地球的札特瓜的不定形生物的母星。
夏蓋星	來到布瑞契司特的「夏蓋蟲族」的星球。因大規模天地變異而毀滅。
塞克洛托爾	「夏蓋蟲族」奴役的樹狀生物棲息的行星。
畢宿五[*4]	「舊日支配者」哈斯塔從前居住的黑色星球就在畢宿五附近。
畢宿星團	塞拉伊諾所在星團，同時也是「舊日支配者」哈斯塔居住的星團。
參宿四	「古神」居住的星球。
亞狄斯星	擁有高度文明卻遭巨噬蠕蟲滅族的智慧生命體居住於此。
索斯星系	偉大的克蘇魯及其眷屬來自的星系。
以偲星	「伊斯之偉大種族」的出身地。《埃爾特頓陶片》指其位在超銀河。

◆ 心醉於天文世界的少年

著有數篇神話作品的英雄式奇幻小說作家理查．L．堤艾尼曾經評論道：「洛夫克萊夫特將整個大宇宙化作了一間鬼屋，換句話說，他成功地把現代科學的新發現跟哥德小說風格融合在一起。」

身為克蘇魯神話的創造者，或者說得更精準一點，身為創造出後來成為克蘇魯神話起源的宇宙恐怖的創造者，洛夫克萊夫特從少年時代起就對天文學極感興趣，是位曾經僅以13歲之齡便向天文雜誌投稿專欄短文的早熟天文少年。不知道當時洛夫克萊夫特眺望著頭頂黑暗的宇宙空間時，心裡究竟懷抱著什麼樣的想法？

洛夫克萊夫特所處的20世紀前半葉時代，同時也是科學發達與發現的時代。自從1930年太陽系最邊緣的行星冥王星被發現以來，洛夫克萊夫特便將這顆人類所知最遙遠的行星命名為邪惡的猶格斯，並且頻繁地在作品中提到這個星球。地球宛如佇立於太陽系這個狹窄庭院裡的一間小屋，而猶格斯就彷彿是威脅人類的力量悄然欺近的門戶，從外宇宙飛來地球的諸多神明和非人種族也大多都曾經在這個太陽系最邊陲的行星留下足跡。「克蘇魯神話」便是利用這種宇宙規模的宏觀視點向讀者釋放出強烈的訊息：輕易就會陷入瘋狂被恐懼所迷惑的人類其實只不過是滄海一粟、不足為取的渺小存在。

關聯項目

● 《死靈之書》→No.025
● 《伊波恩之書》→No.031

*4 畢宿五：請參照P.022譯注。

No.074

月球

Moon

永遠僅以單面朝向地球運行旋轉的神祕衛星。潛伏於月球背面的邪惡力量如今仍在夢中不斷地蠶食侵略。

●悠悠月照

打從上古時代以來，地球的衛星月球便一直是人類數不盡浪漫情懷的寄託對象。

自從1969年7月20日阿波羅11號登陸月球以來，月球對人類來說便再也不是未知的領域，但事實上月球至今仍是個充滿無數秘密的神祕場所。**「米・戈（猶格斯真菌）」**在滿布無數火山口彷彿麻臉般的月球表面底下建有殖民地，可供它們從安地斯山的採礦場轉移至此。

月球殖民地共有1000隻以上的「米・戈」與超過100名的人類協助者滯留於此，月球表面的某個火山口底下還設有它們用來祭祀**莎布・尼古拉絲**的祭壇。

幻夢境裡的月球有別於現實世界裡的月球，自成一個獨立的小世界。

幻夢境的商業貿易中心地戴拉茲李恩有許多商人乘著散發惡臭的槳帆船，來這裡買賣在現實世界完全沒有出產的紅色寶石。

這些神祕商人完成工作以後就會返回在神祕的月球背面散發著惡臭的都市，將黃金和奴隸獻給擁有粉紅色觸角貌似蟾蜍的怪物月獸。

相傳月球背面還有個可供地球的貓隻祕密聚會的神祕領域，牠們會在這裡舉辦唯有貓才能參加的饗宴；利用大跳躍從地球前往月球的貓族跟月獸是世仇，雙方的的衝突還經常演變成戰爭。

這些地球貓族唯一畏懼的就是來自土星的貓族，牠們同樣也喜歡來到月球的背面。來自土星的貓族還與月獸締有盟約，共同對抗不共戴天的仇敵地球貓族。

月球背面的各方勢力

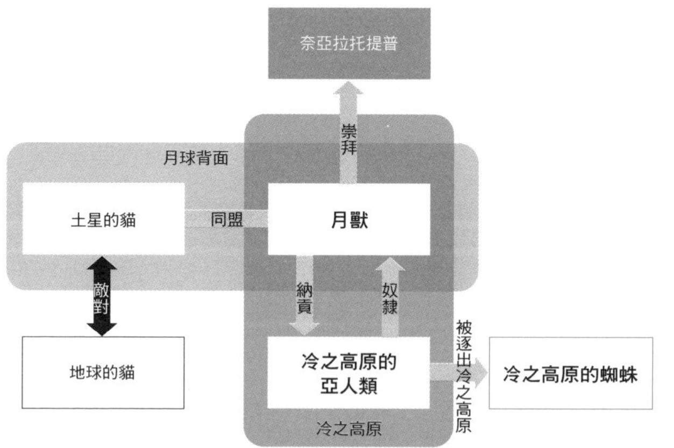

月球

月球是距離地球最近的天體，也是人類視力可及的異世界，自古以來便是許許多多神話與傳說的舞台。

關聯項目

●「米・戈」（猶格斯真菌）→No.022　●幻夢境→No.080
●莎布・尼古拉絲→No.007

No.075

火星

Mars

以羅馬神話的戰神命名、在地球外側繞著太陽運行的赤紅星球，同時卻也是不斷激起地球人無盡幻想的戰爭星球。

●火星的人面岩

火星是除月球以外最接近地球的星球，從遙遠的太古時代以來一直都是外宇宙存在飛往地球時的前哨地。

進入20世紀以後，在火星大幅接近地球的1902年6月英國渥金地區，以及第二次世界大戰開戰前夕1938年10月的美國紐澤西州特稜頓，曾經有從火星發射出來的圓筒形物體墜落在地面，從中竄出不知是蜘蛛抑或章魚的奇怪生物大肆破壞、造成恐怖，最後還發展成必須出動軍隊的嚴重騷動。

波士頓的夢想家**倫道夫・卡特**對朋友說過自己曾經在火星的地表目睹到巨石建築物的廢墟；包括卡特在內的部分神祕學者相信，在火星的賽多尼亞地區有種外形彷彿模仿人類面孔所造的巨大建築物「火星內的**埃及**」，跟「銀鑰匙」有關的太古時代裝置就在這個建築物裡面。1976年7月，火星勘查機「維京人2號」偶然拍攝到這座長達2.6公里、寬達2.3公里的奇特建築，引起各界疑為古代文明遺跡等多方揣測。然則1998年4月再度派遣配備高性能機具的火星勘查機「火星環球測量者」前往拍攝，原本的地點卻只剩下曾經有座岩山存在過的痕跡。

倫道夫的伯祖父是住在維吉尼亞州的前南軍騎兵上尉約翰・卡特，南北戰爭結束後他在1866年從亞利桑那州的某個洞窟離奇失蹤；根據約翰・卡特傳記的作者——奇幻作家艾德加・萊斯・柏洛茲表示，約翰・卡特在再度出現以前的這段15~16年期間內，其實是滯留生活在火星上面。其次，波士頓的發明家喬納森・麥克魯斯基也自稱曾經多次使用自己發明的可將人類身體與靈體分離開的裝置，前往火星。

斯基亞帕雷利的火星圖

義大利天文學家喬凡尼·斯基亞帕雷利在火星地表觀察到的溝壑，後來美國的羅威爾認為應該是運河。

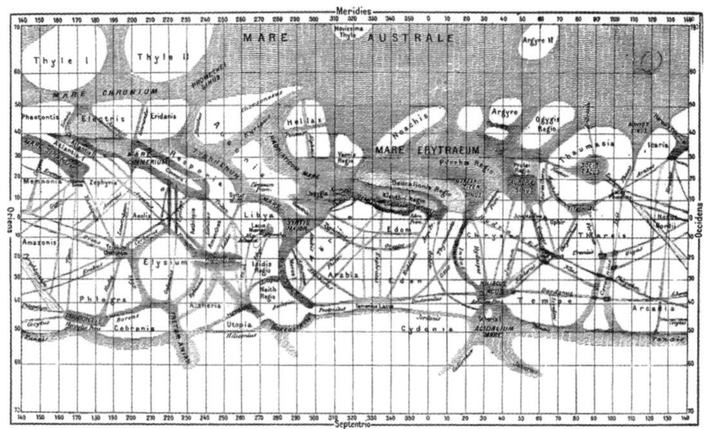

「火星內的埃及」

「戰爭的星球」

運行於地球外側的太陽系第四行星。

自古以來人類便認為散發赤紅色光芒的火星與火炎有關，並以羅馬神話的戰神「馬爾茲」命名之。

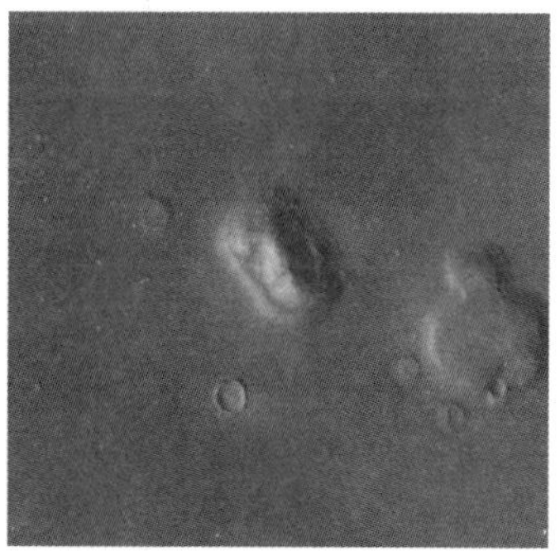

火星的人面岩

1976年維京人2號於火星的賽多尼亞地區拍攝到的人面岩。當時受到大眾媒體大篇幅報導，討論人面岩是否曾經有智慧生命體存在過的痕跡。

關聯項目

●倫道夫·卡特→No.091

●埃及→No.055

No.076

土星

Cykranosh

擁有巨大環狀構造的太陽系第六行星。這顆與札特瓜一族頗有淵源的星球，是個人類或可在此存活、充滿生命力的行星。

●塞克拉諾修星

環狀小行星帶是土星的最大特徵，此星球絕非目前根據科學勘查結果所推測的那般是個氣態行星，這裡其實擁有會散發硫衰味道和刺鼻酸味的大氣層；在微微帶著綠色的黑暗天空裡，偌大的三層環狀行星帶隨時綻放著耀眼的光芒，跟小小的太陽一齊照亮了土星的地面。

土星在**希柏里爾**大陸北方的穆蘇蘭半島被稱為「塞克拉諾修星」，其自然環境是由礦物性植物與菌類的森林，以及類似水銀的液化金屬匯流成的河川湖泊所構成，還有好幾種智慧生命體棲息於此，包括頭部和身體連成一體的布雷孚羅姆族、沒有翅膀的鳥人吉比斯族、饒舌的侏儒艾菲克族、畏光躲在地底的格隆格族，以及頭部有道痕跡的伊迪姆族。

從前魔法師伊波恩遭伊荷黛的祭司們驅逐、借助**札特瓜**的力量才逃到了土星，他還曾經在這裡與伊荷黛的祭司莫爾基一起謁見札特瓜的伯父——土星之神荷鳩癸格姆札。

其次，據說從前**偉大的克蘇魯**率領眷族從黑暗的索斯星系飛到太陽系的時候，也曾經在降落地球以前在此暫停休息。

●土星的貓

幻夢境的太陽系與現實的太陽系同樣都有土星存在，這裡的土星經常會有種體型非常龐大的「土星的貓」飛到**月球**背面和地球來。儘管名為貓類，其體態卻不像地球的貓如此優美，而是由許多表面帶有複雜圖樣的寶石所構成。土星的貓出於某種只有牠們自己才知道的理由，對地球的貓極為敵視，甚至還會特地從土星及其衛星來到地球，挑起貓族之間的戰爭。

塞克拉諾修星的生物

名稱	種族別	說明
荷鳩癸格姆札	神	札特瓜的伯父，土星之神。全身有毛、腳短臂長，頭部倒掛在球狀胴體頂端，臉上總是一副快要睡著的表情。
布雷孚羅姆族	土星人	頭部與身體連成一體的高潔種族。此種族是實利主義者，早早就已經摒棄對神明的信仰。
吉比斯族	土星人	沒有翅膀的鳥人族。整日待在橫木上耽於瞑想。
艾菲克族	土星人	住在蕈類莖幹裡面的饒舌侏儒。由於蕈類很快就會崩塌，所以不時都在尋找新家。
格隆格族	土星人	畏懼太陽與土星小行星帶的光線，無論如何都不會離開地底的神祕種族。
伊迪姆族	土星人	崇拜荷鳩癸格姆札的穩重的種族。魔道士伊波恩與神官莫爾基曾經受到他們庇護。
全身長滿鱗片的怪物	動物	會留下圓形足跡的多足生物。布雷孚羅姆族的家畜。
礦物植物	植物	擁有黑曜石的光澤、貌似藍紫色仙人掌的礦物植物。
蕈類	植物	布雷孚羅姆族當作主食的巨大蕈類。塞克拉諾修星有各式各樣不同種類的蕈類。

土星及其衛星

土星非但以其巨大環狀構造而聞名，另外擁有土衛六、土衛十等總共21個衛星也是它的重要特徵之一。

關聯項目

●希柏里爾→No.070
●札特瓜→No.012
●偉大的克蘇魯→No.003
●幻夢境→No.080
●月球→No.074

No.077

冥王星

Yuggoth

記載禁忌知識的禁書均以另外一個名字稱呼這個位處太陽系邊陲的矮行星，此行星同時也是來自外宇宙者暫時休憩翅膀的太陽系的玄關。

●黑暗星球猶格斯*

在1895年出版的著作《火星》中提出有關火星表面運河的報告，進而引起許多有關火星人議論的天文學家帕西法爾・羅威爾，同時也是從太陽系已知的行星運行現況首先預測出在海王星外側還另有個「X行星」存在的人物。後來在羅威爾1894年創設於亞利桑那州的羅威爾天文台有位克萊德・威廉・湯博在羅威爾死後14年的1930年3月13日終於發現了冥王星，巧的是那天竟然也是羅威爾的生日。

這顆太陽系的邊陲行星後來會以羅馬神話冥界之王普魯托傳說而命名為「冥王」，其實也只能說是某種冥冥中的安排，因為冥王星恰恰正是**《死靈之書》**等禁書稱為「猶格斯」、崇拜信奉「外神」**多洛斯**的黑暗星球。

從前降落在古代**姆**大陸並且在聳立於聖地庫納亞的亞狄斯戈山裡面建設要塞的猶格斯星人，正是將「舊日支配者」加塔諾托亞引進地球的始作俑者，但他們和**「米・戈（猶格斯真菌）」**有何關係至今仍是不得而知。

冥王星經常有許多來自太陽系以外的種族來訪，充份發揮了太陽系玄關門口的作用，譬如潛伏在佛蒙特州山岳地帶的「米・戈」和「舊日支配者」**札特瓜**的眷屬們，便在飛往地球的時候把這個星球當作前線基地利用。

除此以外，據說**阿撒托斯**的後裔，也就是相當於札特瓜祖父母的兼具兩性性徵的神明克薩庫斯庫魯斯如今仍然與族人一起住在冥王星。

由於猶格斯人在地球上早已滅亡許久，因此現在所謂的「冥王星人」、「猶格斯星人」所指的幾乎都是「米・戈（猶格斯真菌）」。

---

* 猶格斯：《戰慄傳說》、《克蘇魯神話》譯為「憂果思」。

冥王星的歷史

年代	事項
遙遠的太古	札特瓜及其眷族從外宇宙飛抵冥王星。經過短暫停留後，前往塞克拉諾修星（土星）。
―	「光輝之四邊形體」約於此時被製造出來。
侏羅紀	「米．戈」（猶格斯真菌）侵略地球，與「遠古種族」進入交戰狀態，並將「遠古種族」驅逐出北半球。
20萬年前	猶格斯星人在當時正值全盛期的姆大陸建有要塞，來自猶格斯的邪神加塔諾托亞便住在該地。姆大陸的居民當時會向這位邪神獻活祭品。
1920年代	艾德華．泰勒從布瑞契司特郊外的岩山「惡魔階梯」前往猶格斯，後來被發現時已經發狂。
1927年11月	佛蒙特州洪水氾濫、發現「米．戈」的屍體。威爾瑪斯教授就此事件寫文章向報社投稿。
1928年	相傳「米．戈」為阻止某個正在敦威治村進行的陰謀，曾經嚐試與米斯卡塔尼克大學的多位教授接觸。
1928年5月	威爾瑪斯教授收到住在佛蒙特州的亨利．阿克萊有關「米．戈」的來信。
1928年8月	「米．戈」及其屬下在佛蒙特州的阿克萊住家附近開始有奇怪的舉動。
1928年9月	亨利．阿克萊失蹤。
1930年2月18日	羅威爾天文台的克萊德．湯博發現冥王星。
1937年3月14日	傳言「米．戈」的爪牙入侵羅得島醫院，帶走某位瀕死年輕紳士的腦髓。
1961年9月19日	發生希爾夫妻綁架事件。有此一說認為當時所目擊到的「小灰人」類型外星人其實就是「米．戈」的爪牙。

冥王星的發現者

帕西法爾．羅威爾

1855年出生於麻薩諸塞州波士頓的天文學家。除主張有火星人存在以外，還透過各種計算預測出冥王星的存在。

除此以外，羅威爾還是位日本文化的研究家，著有與神道教有關的著作。

克萊德．W．湯博

1906年出生於伊利諾州。就讀於堪薩斯大學，後來進入羅威爾天文台成為研究員。以1930年發現冥王星而聞名。

關聯項目

- 《死靈之書》→No.025
- 其他神明（多洛斯）→No.015
- 姆→No.071
- 「米．戈」（猶格斯真菌）→No.022
- 札特瓜→No.012
- 阿撒托斯→No.004

No.078

塞拉伊諾[*1]

Celaeno

聳立於大宇宙彼方的石造巨大圖書館。在這座由暗黑諸神建造的圖書館裡面，藏著許多跟「古神」有關的祕密。

●諸神的大圖書館

塞拉伊諾是雄牛座[*2]疏散星團畢宿星團裡的其中一顆恆星，距離地球1400光年。塞拉伊諾雖然是顆恆星，然其星等卻相當低，大約只有七等星左右，從地球上很難直接用肉眼發現觀察到它。

在以這個塞拉伊諾為主星的恆星系統中，被散發著金屬味道的霧氣包裹住的第四顆行星上面，有個蓄滿冷灰色液體的大湖泊。湖畔石造碼頭旁邊有座用厚重石塊建造的巨大建築物，此建築物的石材還會隨著視角的不同而變色，時而金色時而綠色。這座正前方有許多高度超過400英呎巨大圓柱林立、看起來像座莊嚴神殿的建築物，正是從前「舊日支配者」的敵對者「古神」[*3]用來收藏所有盜取來的知識的塞拉伊諾大圖書館。

走進圖書館正面入口，首先映入眼簾的便是規模宏大的大廳。大廳的四面牆壁均設有類似人偶陳列架的台座，每個台座上的書架則是都裝滿了用早已遭到世人遺忘的語言所記載而成的奇書異典。

塞拉伊諾大圖書館是屬於據傳住在雄牛座畢宿五[*4]附近黑暗星球的「難以名狀之物」**哈斯塔**的勢力範圍，因此許多遭到這位「舊日支配者」的敵對者——**偉大的克蘇魯**追殺的人經常會把這裡當成緊急避難場所使用。從前**阿卡姆鎮**的**拉班・舒茲伯利博士**和5位年輕的同志便曾經來到塞拉伊諾避難，好逃離克蘇魯的眷屬和**「深潛者」**的魔掌。

舒茲伯利博士還在這座大圖書館裡面發現記載如何對抗「舊日支配者」的大石板，並將其翻譯成英語，是為**《塞拉伊諾斷章》**。

---

*1 塞拉伊諾：《戰慄傳說》譯為「喜拉諾」。

*2 雄牛座（Taurus）：即黃道十二宮的金牛座。此處乃《克蘇魯神話》譯名。

*3 古神（Elder Gods）：或稱「舊神」，請參照P.010譯注。

*4 畢宿五：請參照P.022譯注。

雄牛座關係圖

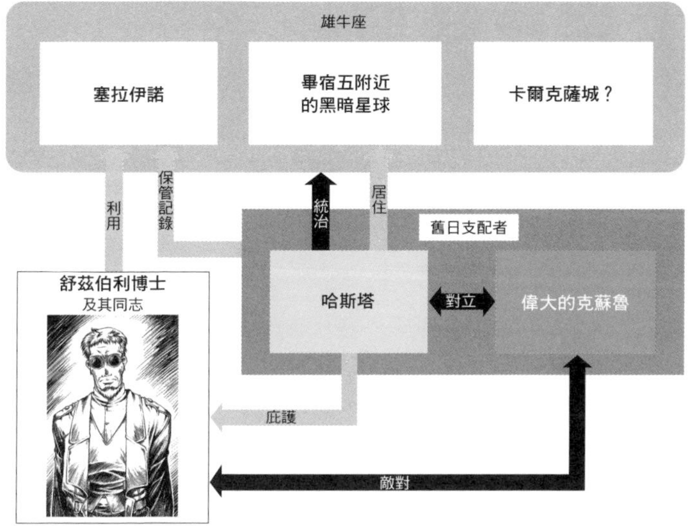

塞拉伊諾大圖書館

位於塞拉伊諾恆星系統內某個行星上的巨大石造大圖書館。從「古神」處奪來的資料和文獻便是收藏在這裡。

關聯項目

- 哈斯塔→No.008
- 偉大的克蘇魯→No.003
- 阿卡姆鎮→No.039
- 拉班・舒茲伯利博士→No.106
- 「深潛者」→No.016
- 《塞拉伊諾斷章》→No.035

No.079

卡爾克薩城[1]

Carcosa

往往使人無法保持著正常精神狀態抵達此地，曾經使無數人步向毀滅命運的異界都市。

●黃衣之王的影子

卡爾克薩城是瘋狂的戲劇《**黃衣之王**》引為故事無台的異界古代都市。據說貌似章魚的「舊日支配者」之「難以名狀之物」**哈斯塔**便是藏身於卡爾克薩城附近的黑色哈利湖湖底，此外還有文獻指出卡爾克薩城本來就是哈斯塔的轄地。

卡爾克薩城並不存在於地球上的任何一個地方，除此以外我們對卡爾克薩城究竟在宇宙何處可謂是一無所知；雖有說法指出卡爾克薩城可能就是雄牛座[2]中央紅色恆星畢宿五[3]附近的黑色星球，可是此說法卻沒有人可以證實。

前往卡爾克薩城最短的捷徑，就是閱讀《黃衣之王》使自己發瘋，不過除此以外似乎還另有他法，從前在**阿卡姆鎮**鎮郊樹林裡活動的魔法師**理查・比靈頓**的僕從夸米斯便自稱曾經去過卡爾克薩城，而1940年在**恩蓋伊森林**失蹤的威斯康辛州立大學厄普頓・加德納教授似乎就是被**奈亞拉托提普**帶到了卡爾克薩城。

另外還有不甚可靠的流言指出。在紐約的高級俱樂部「啟示錄」地下5樓有扇綠色的門可以通往卡爾克薩城，然其真偽難辨。

卡爾克薩城還有這麼一則傳說：卡爾克薩城會透過吸收其他都市而不斷成長，頹廢墮落至極點的都市則將會遭到卡爾克薩城吞噬。「真實的幽靈」的出現就是此類都市將要遭到吞噬的前兆，它們會判斷該都市是否有資格能夠被卡爾克薩城吸收，接著黃衣之王就會降臨，而該都市也將會永遠與卡爾克薩城融合在一起。

---

*1 卡爾克薩：《克蘇魯神話》譯為「卡柯沙」。

*2 雄牛座：請參照P.011譯注。

*3 畢宿五：請參照P.022譯注。

卡爾克薩城

相傳位於雄牛座的古代都市卡爾克薩城。這裡的空間已經扭曲變形，不時還會看見月球漸漸橫過都市尖塔前方的瘋狂景象。

卡爾克薩城相關作品

1842年出生的安布魯斯．畢爾斯是位出色的記者、小說家、詩人，尤其更以《惡魔辭典》作者聞名於世。他曾經以北軍士兵身分參加過美國的南北戰爭，還因為奮勇作戰而晉升至榮譽少校職，卻也親眼目睹了民眾被捲入戰禍的悲慘生活以及將軍們爭名奪利的醜態，據說他冷嘲式的辛辣文風便是由來自此。1914年，畢爾斯在革命中的墨西哥失去行蹤，相傳他拖著一身老骨頭投身革命軍，恐怕是遭到了政府軍處以死刑。此外，克拉克．艾希頓．史密斯便相當於是他的徒孫。

卡爾克薩城相關作品乃起源於畢爾斯，他在《牧羊人海他》裡面創造出哈斯塔，在《卡爾克薩城的居民》裡面創造了卡爾克薩城和哈利。不過畢爾斯作品中的卡爾克薩城其實並非異世界的都市，而哈利則是預言者的名字。

直到後來羅伯特．威廉．錢伯斯等作家加以改編之後，哈斯塔和卡爾克薩城的神話方才有了今日的樣貌。

關聯項目

●哈斯塔→No.008
●《黃衣之王》→No.033
●阿卡姆鎮→No.039
●理查．比靈頓→No.100
●恩蓋伊森林→No.045
●奈亞拉托提普→No.005

No.080

幻夢境[*1]

Dream Land

在沉沉睡眠的深淵底下有扇巨大的門，穿過這扇門就會來到夢的國度。無論是美夢抑或噩夢，人類所有的夢全都存在於這個幻想世界之中。

●夢的國度

幻夢境是個存在於比人類睡夢更加深沉處的異世界。僅僅進入睡眠是無法進入這個國度的，欲前往幻夢境則首先必須在較淺的睡夢中找到通往下方的巨大階梯。沿著階梯向下走70階就會來到「火焰神殿」，來訪者必須在這裡謁見納須特和卡曼塔兩位祭司，祭司放行後繼續向下走700階就會抵達「沉睡之門」，穿過這扇大門，眼前就是寬廣開闊的幻夢境。

像**倫道夫・卡特**這些知道如何前往幻夢境的人被稱為「夢想家」，其中亦不乏像統治**塞勒菲斯城**的克拉涅斯王這種在幻夢境和清醒的世界各有不同名字的人。

除了地球的幻夢境以外，據說在北落師門和畢宿五[*2]的伴星也都有幻夢境存在，想要前往這些其他世界的幻夢境可謂非常困難，所有試圖前往的人總共僅有3個人生還，而且除克拉涅斯以外的另兩人回來時都已經完全發瘋了。

幻夢境有塞勒菲斯城和戴拉茲李恩等許多都市，還有許多出生於幻夢境的人們生活在這裡，這些都市的文明水準跟工業革命以前的時代相去不遠。幻夢境的自然環境和氣候等條件跟清醒的世界其實沒什麼兩樣，但是除了飄浮在半空中的都市、往來於繁星之間的槳帆船以外，還有通曉人語的貓族等許多不屬於我等所處世界的奇怪生物棲息在此，再再都讓人強烈地感受到這裡是非人智可及、不受自然科學法則束縛的夢裡世界。

大部分的幻夢境居民都信奉一群名叫「地球本來的神」，其神力不如「外神」和「舊日支配者」，是住在幻夢境北方酷寒結凍的**卡達斯**宮殿裡，接受**奈亞拉托提普**與**諾登斯**的庇蔭保護。

*1 幻夢境：《戰慄傳說》譯為「夢境」。
*2 畢宿五：請參照P.022譯注。

通往幻夢境的道路

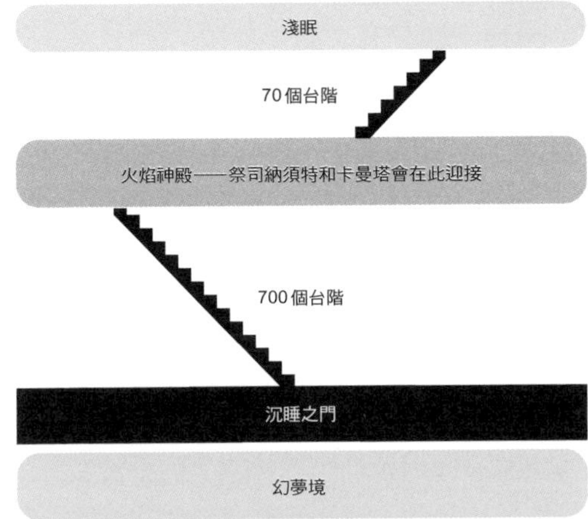

幻夢境的地圖

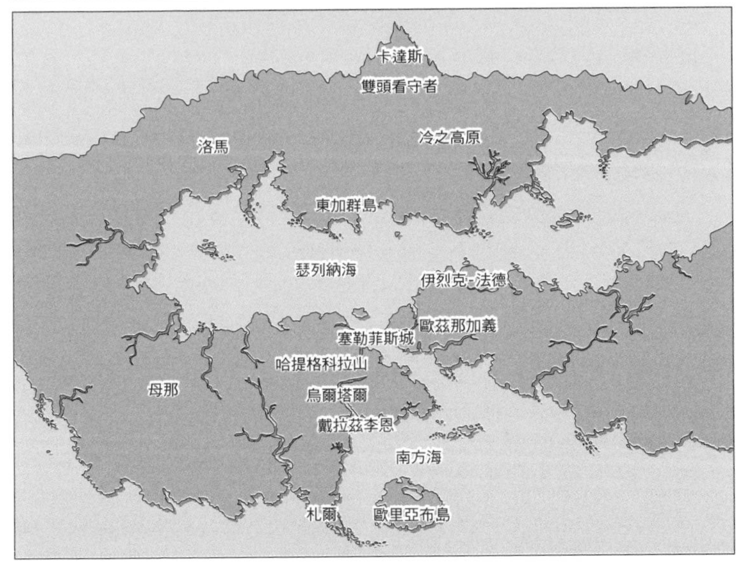

關聯項目

●倫道夫・卡特→No.091
●塞勒菲斯城→No.082
●卡達斯→No.081
●奈亞拉托提普→No.005
●諾登斯→No.013

No.081

卡達斯*

Kadath

「地球本來的神」居住的傳說之地，結凍荒野上未知的卡達斯。卡達斯的位置至今仍然是個謎，無論再怎麼查閱文獻也無法找到確切的相關記錄。

●諸神居住的場所

結凍荒野上的未知卡達斯是座幽暗漆黑的山峰，**幻夢境**居民信奉的「地球本來的神」居住的巨大縞瑪瑙城堡便是聳立於此。

阿卜杜．阿爾哈茲萊德曾經在**《死靈之書》**裡面寫到卡達斯這個地方跟**冷之高原**同樣位於中亞地區，但是聽聞過傳說的人似乎都相信卡達斯其實是在宇宙不知哪個星球的幻夢境裡面。

倫道夫．卡特曾經前往地球的幻夢境尋訪卡達斯，他根據「地球本來的神」變成人類模樣來到人類聚落娶妻的傳說，研判在卡達斯附近應該有個繼承「地球本來的神」血統的城鎮，住著眼睛細長、耳朵長、鼻翼窄、下顎突出的民族。經過多番探索之後，卡特終於在冷之高原附近光線昏暗的寒冷地帶發現了諸神末裔生活居住的印夸諾克。

用縞瑪瑙岩塊建造成的印夸諾克是個城裡有許多球根狀圓頂和風格特異的尖塔聳立、景觀美麗而奇異的古都。整個都市是用黑色色調統一，並且施有鑲金的漩渦紋飾、縱溝紋飾和藤蔓紋飾，齊頭等高的建築物美麗的窗框上面還刻滿了擁有某種陰沉勻稱性的圖式與花樣。印夸諾克市區周圍有許多採石場，縞瑪瑙的巨石建材便是採掘自此，然後在經過研磨以後用黑船運往**塞勒菲斯城**等幻夢境各個貿易都市，交換翡翠雕刻、金絲、啁啾啼叫的紅色小鳥等各種美麗的物資。

印夸諾克北方山脈裡面有座外形酷似戴著三角形頭冠的雙頭怪物的山峰，屹立在此阻絕外敵入侵。攀越這座山峰以後，就會發現有座縞瑪瑙建造的城堡聳立在眾神居住的山脈裡，而結凍荒野上未知卡達斯的壯麗景緻也被隱藏在這座崇山峻嶺的背後。

---

* 卡達斯：《戰慄傳說》、《克蘇魯神話》譯為「卡達思」。

卡達斯的「地球本來的神」

「地球本來的神」長得就跟刻在恩葛拉涅山腰的雕像沒有兩樣，眼睛細長、耳朵長、鼻翼窄、下顎突出。它們就住在卡達斯的宮殿裡。

結凍荒野上未知的卡達斯

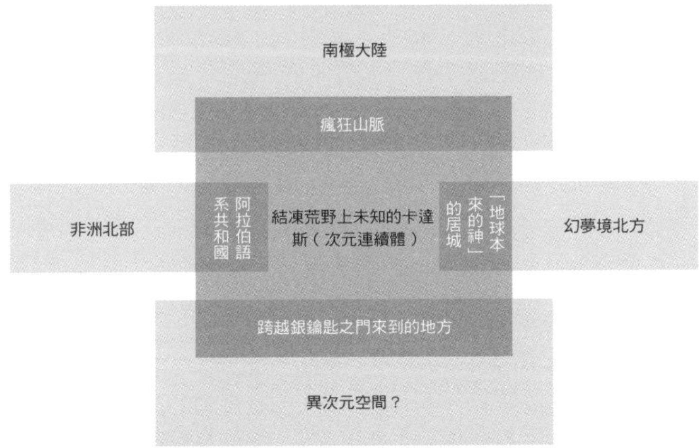

關聯項目

●阿卜杜・阿爾哈茲萊德→No.088
●《死靈之書》→No.025
●冷之高原→No.060
●幻夢境→No.080
●倫道夫・卡特→No.091
●塞勒菲斯城→No.082

No.082

塞勒菲斯城*

Celephais

在沉眠之門彼方的歐茲那加義河谷裡，千座高塔林立的壯麗光明之都正等待著造物主克拉涅斯王到來。

●大海與天空交際處

塞勒菲斯城是位在**幻夢境**塔納爾丘陵彼方歐茲那加義河谷裡面的壯麗的千塔林立之都，這裡有位名叫納斯・霍薩斯（Nath-Horthath）的神明廣受信仰，用土耳其石建造成的神殿裡面向來都有80位頭戴蘭花頭冠的祭司服侍神明，從1萬年以前直到現在從來不曾有過增加或減少。在使用產自印夸諾克的縞瑪瑙鋪設而成的塞勒菲斯大道上，不僅有當地居民出入，還可以見到從幻夢境各地遠道而來的行商人和船員等形形色色打扮各異的人們。

從塞勒菲斯城可以搭乘停泊在港口裡的金色槳帆船，經由可以通往天空的瑟列納海便能前往用粉紅色大理石建構成的雲之都賽拉尼安。賽拉尼安與塞勒菲斯一帶歐茲那加義河谷鄰近地區的統治者，就是跟**倫道夫・卡特**亦有交情、住在倫敦的夢想家，也就是在幻夢境裡面名字叫作克拉涅斯的國王。在通往兩旁置有許多青銅雕像的塞勒菲斯城大理石大門、橫跨納拉克薩河的木橋上，便可以看見克拉涅斯在極遙遠的過去刻下的名字。在幻夢境裡面，夢想家在睡夢中想像的好夢將會創造出所有的事物存在，而塞勒菲斯與賽拉尼安都是克拉涅斯夢見的都市，他就是歐茲那加義河谷的國王、主神、造物主。

現實世界中的克拉涅斯其實早已亡故，據說他的遺骸被海浪打上了茫茫大海彼岸的**印斯茅斯鎮**岩岸。儘管他已經在作夢也會見到的都市裡登上了「70歡喜宮殿」的寶座，而且其王朝還會永無止境地延續下去，可是已經找到應許之地的克拉涅斯最後所追求的，始終還是故鄉康瓦耳的風景，於是克拉涅斯遂在塞勒菲斯附近的海岸和山谷建設能夠讓他想起故鄉的漁村與修道院，並沉浸在往日回憶之中。

---

* 塞勒菲斯：《克蘇魯神話》譯為「西里非斯」。

塞勒菲斯城

位於歐茲那加義河谷、全幻夢境最美麗的都市——塞勒菲斯。這座都市是由克拉涅斯所創造，永遠由克拉涅斯統治。

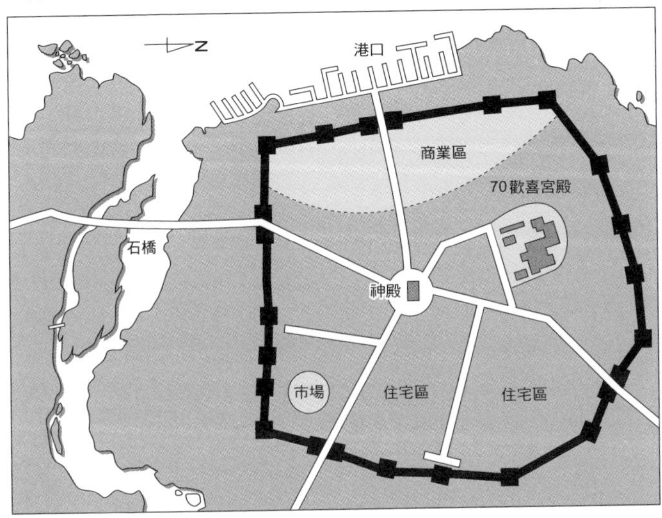

塞勒菲斯城

塞勒菲斯城的大理石城牆與緊鄰牆邊的巨大石橋。納拉克薩河面不時還有小船來來往往。

關聯項目

●幻夢境→No.080　●倫道夫・卡特→No.091　●印斯茅斯鎮→No.041

No.083

烏爾塔爾城[*1]

Ulthar

貓不但解開斯芬克斯[*2]的謎語、比斯芬克斯還要長壽高齡、甚至記得連斯芬克斯都已經遺忘的事情。願災噩降臨在殺貓者身上。

●不可殺貓的城鎮

跨進**幻夢境**的入口「沉眠之門」，穿過魔法森林沿著司凱河向前走，就會在大石橋的對面看見一座堆滿古典風格尖屋頂、到處都可以發現貓的蹤影的古老城鎮——烏爾塔爾城。這個城鎮跟各個都市都有頻繁的貿易往來，連幻夢境首屈一指的貿易都市也有商人組成商隊來作買賣。

烏爾塔爾城的賢者巴爾塞從收藏在供奉「地球本來的神」的山頂小神殿裡面的**《奈克特抄本》**、**《洹山七祕經典》**等古文獻，得知從前居住在哈提格科拉山的「地球本來的神」會在月亮大放光芒的夜裡乘著雲船來到此山飲宴狂歡，於是他便帶著說是想要看看諸神模樣的徒弟祭司阿塔，勇闖自桑斯的時代以來人類便再也不曾涉足過的靈峰。儘管單獨生還以後由神殿收留的阿塔曾經描述到巴爾塞觸怒守護「地球本來的神」的蠻神因而喪命的經過，不過根據阿拉伯狂人所著**《死靈之書》**記載，巴爾塞卻是在哈提格科拉山山頂鍛造一柄叫作「巴爾塞的偃月刀」的神劍。

烏爾塔爾城亦以「不可殺貓」的奇怪法律而聞名—從前有對佃農夫婦經常喜歡佈設陷阱，並且用各種極盡殘虐之能事的方法殺害附近的貓以此取樂。有次他們殺害了某支南方商隊裡一個名叫美尼斯的少年極疼愛的小黑貓；少年在得知此事以後向太陽祈禱，而就在少年離開烏爾塔爾城不久後，這對老夫婦竟以極悲慘的方式慘死，從此烏爾塔爾城才制定了禁止殺貓的法律。

如今烏爾塔爾城不但建有貓的神殿，連年以來**倫道夫・卡特**的朋友老貓將軍還會率領眾貓族，不時對魔法森林的祖格族和土星的貓族等敵對種族興起戰爭。

*1 烏爾塔爾（Ulthar）：除為古老城鎮以外，亦有一位「古神」Ulthar(烏爾塔爾，或稱烏爾達Uldar)，負責監視地球上的「舊日支配者」。

*2 斯芬克斯（Sphinx）：常見於埃及和希臘藝術作品的神話式獅身人面怪物。

烏爾塔爾城的位置

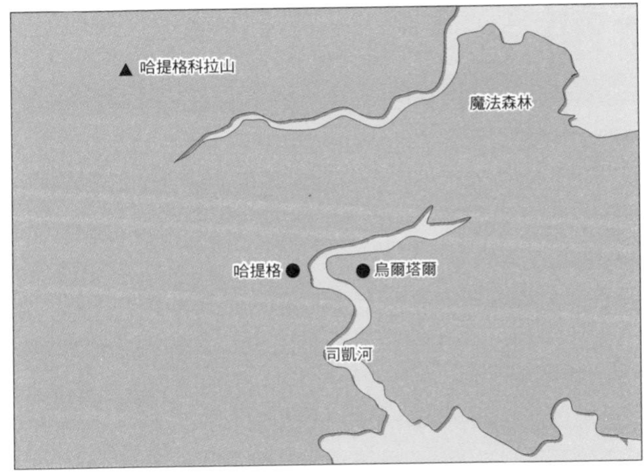

烏爾塔爾城

烏爾塔爾城乃是以「不可殺貓」的法律為世所知，因此有許多貓紛紛聚集在此，儼然已經成為貓族在地球幻夢境裡的據點。

關聯項目

●幻夢境→No.080
●《奈克特抄本》→No.028
●其他書籍（《洰山七祕經典》）→No.037
●《死靈之書》→No.025
●倫道夫・卡特→No.091

No.084

母那

Mnar

自從母那的礦業都市薩拿斯受到原住民族詛咒在一夜之間覆滅以來，與這個災厄有關的流言便不斷在行商人和旅行者之間悄聲流傳。

●災難都市薩拿斯

母那是**幻夢境**的某個地區名，同時也是在製作對抗「舊日支配者」與「外神」的護符時，經常用來篆刻缺角五芒星形狀的灰白色石頭的產地。

從前有批黑髮的牧羊民族沿著艾河開拓荒地，並且建設了圖拉、依拉尼克、卡達德隆等城鎮。這批牧羊民族當中有支特別強悍的部族，從前他們在母那湖畔的貴金屬礦層旁邊建設薩拿斯當時，不遠處早已經有座火尖塔林立、用灰白色石材建造成的城鎮伊布。

伊布的居民是種貌似魚類的綠色生物，平時信奉水棲大蜥蜴波克魯格（Bokrug），按照其模樣刻成綠色彫像膜拜。薩拿斯的居民對這群生物奇怪的模樣感到厭惡不已，於是便發動滅族戰爭，徹底將伊布破壞殆盡。

其後薩拿斯先是整頓通往依拉尼克的通商道路，接著又靠著開採貴金屬進行貿易，發展成人口總數達5000萬的巨大都市，市區裡無數宮殿高塔林立，除美麗的庭園以外，還建有獻給主神佐・卡拉（Zo-Kalar）和塔馬什（Tamash）、洛邦（Lobon）等諸位神明的17座神殿。

薩拿斯全盛時期的疆域除整個母那地區以外甚至還涵蓋至鄰近地區，然而在慶祝攻陷伊布1000週年的宴會上，薩拿斯所有的王公貴族卻全部變成了他們在千年前所消滅的綠色水棲生物，而整個薩拿斯也在狂風暴雨兵荒馬亂之中沉進了母那湖底。如今薩拿斯這個已經滅亡的災厄都市徒剩其名，從前被譽為世界奇觀的城址，也只剩下一片綠色蜥蜴四處爬竄的濕地而已。

母那地區地圖

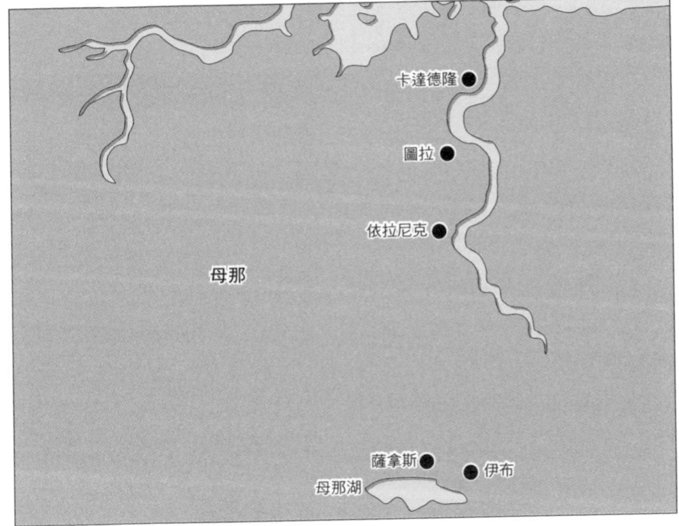

波克魯格的石碑

波克魯格的石碑

於古代伊布受到異形居民種族崇拜的波克魯格石碑。伊布毀滅的同時，波克魯格信仰亦從此在幻夢境絕跡消滅。

關聯項目

●幻夢境→No.080

No.085

恩葛拉涅山

Mountain Ngranek

「地球本來的神」將自己容貌刻在山腹的恩葛拉涅山，是彷彿烏雲般群聚盤旋在天空中的夜魘嚴密看守的禁忌聖地。

●諸神的容貌

從**幻夢境**首屈一指的商港戴拉茲李恩朝南方海面航行十日來到歐里亞布島的港口都市巴哈納，接著還要再騎斑馬前進兩天，才能夠抵達標高約1萬公尺的休火山——恩葛拉涅山。

很久以前，地球本來的神住在哈提格村石礫荒野彼端的靈峰哈提格科拉山，每到月亮被青白色霧靄覆蓋住的夜晚，「地球本來的神」就會乘著雲船來到這裡，緬懷從前住在這裡的日子、翩翩起舞。

從前諸神為遠離人類而決定搬到**卡達斯**壯麗的夕照之都生活，它們在離開哈提格科拉山的時候雖然抹去了所有痕跡，唯獨刻在恩葛拉涅山岩壁上的雕像仍然原原本本地留在那裡。

相傳**倫道夫・卡特**為尋訪未知的卡達斯而走遍幻夢境當時，就曾經循著他在恩葛拉涅山南側山腰處發現的「地球本來的神」雕像，找到繼承「地球本來的神」血統的種族所居住的縞瑪瑙都市印夸諾克，進而得到通往卡達斯的線索。

恩葛拉涅山是沒有五官的**夜魘**的棲息地，同時也是它們受命守護的神聖場所。不小心誤闖此山的人類會被不作一點聲響便能接近的夜魘捉到地底世界而遺棄在體型極為龐大的**巨噬蠕蟲**和**食屍鬼**居住的普拿司谷地。

庇護脆弱「地球本來的神」的**奈亞拉托提普**與夜魘的主人「偉大深淵大帝」**諾登斯**雖然是敵對關係，可是光就保護「地球本來的神」免受好奇心旺盛的人類騷擾這點來說，兩者卻很難得地在利害關係上面達到一致。

「地球本來的神」的樣貌

「地球本來的神」早已經離開卡達斯，如今足茲證明「地球本來的神」曾經存在過的證據只剩下刻在恩葛拉涅山壁的雕像。

歐里亞布島

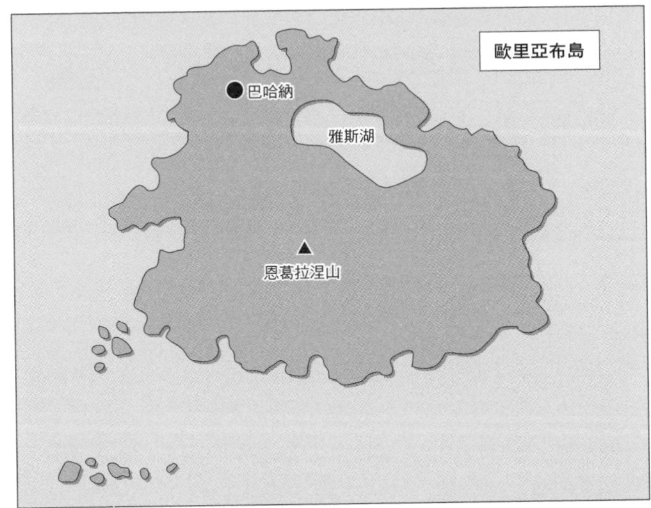

關聯項目

●夜鬼→No.023
●幻夢境→No.080
●卡達斯→No.081
●倫道夫・卡特→No.091
●諾登斯→No.013
●食屍鬼→No.020
●其他存在（巨噬蠕蟲）→No.024
●奈亞拉托提普→No.005

關於「哈斯塔神話」

「舊日支配者」哈斯塔是透過奧古斯特・德勒斯系列作品《永劫之探求》等小說而以克蘇魯的敵對者為人所知，不過這位神明其實並非洛夫克萊夫特幫相關作家創造出來的角色。

首先提及哈斯塔此存在的，其實是美國作家安布魯斯・畢爾斯；哈斯塔是以牧羊者的溫厚神明身分首次出現在他的短篇小說《牧羊人海他》裡面。

後來羅伯特・錢伯斯小說裡的哈斯塔，便已經跟畢爾斯筆下的哈斯塔是大大不同。錢伯斯在短篇集《黃衣之王》裡面暗示神祕的哈斯塔是個都市的名字，同時卻也留下了可將其解釋為神名或人名的餘地。洛夫克萊夫特首次提及哈斯塔的作品是〈暗夜呢喃〉，可是他在這篇小說裡也僅止於暗示哈斯塔是種跟「米・戈」（猶格斯真菌）對立的神祕存在，距離後來所謂「不可命名者」的形象仍然有段很遠的距離。

確立哈斯塔今日這番形象的人，就是奧古斯特・德勒斯。德勒斯讀過〈暗夜呢喃〉以後深受感動，於是寫信向洛夫克萊夫特提議使用「哈斯塔神話」統稱其作品，可是洛夫克萊夫特認為自己受到唐珊尼和馬欽的影響要比畢爾斯和錢伯斯來得深，所以沒有採納此提議。（另外這裡還有個經常被克蘇魯神話書迷們忽略的事實，那就是德勒斯和洛夫克萊夫特兩人其實從來不曾直接見過面）

或許是因為對「哈斯塔神話」久久無法割捨的緣故，德勒斯又在1931年與史戈勒的共同創作《潛伏者的巢穴》裡面提到哈斯塔被封印在哈利湖的情節設定。「舊日支配者」哈斯塔便是從此開始正式粉墨登場。

其次，德勒斯又在1939年發表的《哈斯塔的歸來》裡面導入了哈斯塔與克蘇魯兩者對立的結構。另外，《哈斯塔的歸來》雖然發表時期比較晚，不過該作品似乎早就已經完成，連洛夫克萊夫特都已經先行讀過，而且還對該作品有很高的評價。

與德勒斯相同時期還有另一位在作品裡面寫到哈斯塔的作家，那就是著有《臨終的看護》的休・B・凱夫。根據訪談等資料記載，凱夫雖然說過自己「受到了畢爾斯和錢伯斯影響」，不過他也曾經定期與洛夫克萊夫特書信往返，甚至還在作品中使用到奈亞拉托提普這個角色。

洛夫克萊夫特死後，著手將其作品體系化的德勒斯雖然並未使用「哈斯塔神話」，而是創造出「克蘇魯神話」此用語，並致力於使其普及化，但是德勒斯構想中的哈斯塔神話卻仍舊透過他的作品而得以延續下去，即便在德勒斯死後，也仍然有許許多多的作家不斷繼續創作哈斯塔的新神話。

第 4 章
永劫之探求

No.086

探求及其代價

Sacrifice for Study

雖然說知識就是力量，知道太多卻會招致瘋狂。沒有付出便無法有所得，可是必須付出的卻往往是再也無法挽回的代價。

●知道太多的下場

克蘇魯神話描述的諸多存在招來的恐怖陰影，其實並不會只是一味地盤據籠罩在流言紛飛的腐朽老舊房屋、排拒外來者僅有同族獨自生活的封閉村落、神祕的古代巨石遺跡或者光線無法企及的萬丈深淵等看似理所當然的場所。

舉例來說，不論是避免與他人來往的鄰居、從街角傳來的小提琴樂音、每週同一天同一時間雜音就會變得特別嚴重的廣播，以及幼年少年時期莫名奇妙的空白記憶等，日常生活裡任何些微的扭曲和異象，經常都有宇宙恐怖的細微斷片潛伏其中。

這些不起眼的渺小事件經過不斷累積，最終就會在某個瞬間有機地牽動人類的腦部連結至某種使人顫慄的事項。通常通往宇宙祕密的大門便是如此悄然無聲地被開啟；受到好奇心與冒險心等人類特有精神心性的驅使而毫無防備地走進這扇門的人，最後的下場絕大多數都是極為悲慘的遭遇以及無可避免的死亡。這些人通常不是為鑽研學問而太過深入禁忌知識領域的研究者，就是為尋找刺激題材而太過深入禁書或禁地的作家，再不然就是突然從不知名的遠方親戚手中得到遺產的不幸繼承人。

將生涯奉獻於對抗克蘇魯邪教的麻薩諸塞州**阿卡姆鎮**的**拉班・舒茲伯利博士**便曾經舉出許多實例，諸如在公開宣言將要發表在東印度群島發現的太古生物不久後便變成浮屍被人從泰晤士河打撈起來的英國學者、在澳洲西部發現黑色獨石以後立刻意外死亡的考古學家，還有在恐怖小說裡面詳細記載「外神」與「舊日支配者」相關信仰以後便因為某種太古時代的怪病而逝世的小說家，道出了知道太多的人將會有什麼樣的命運。

步向破滅的過程

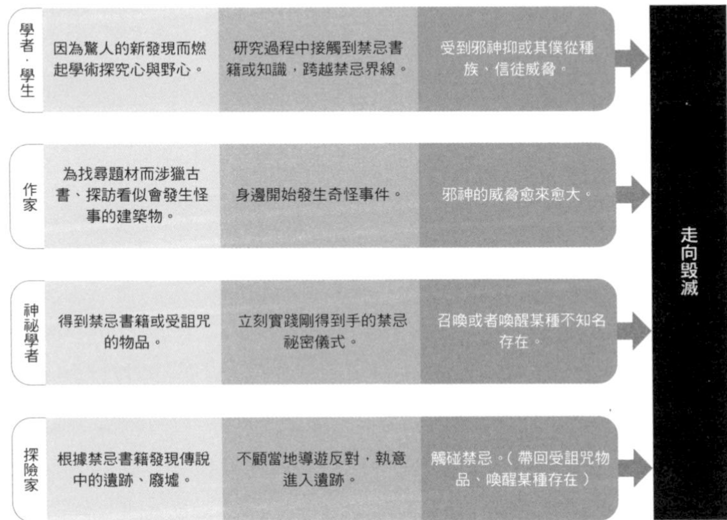

知道太多的人

在克蘇魯神話的世界裡，人類社會和邪神潛伏的黑暗領域乃是毗鄰而處。邪神的犧牲者大多都是偶然跨越禁忌界線誤闖異次元領域的人，但其中卻也不乏刻意要闖進邪神虎口的人物。此處試舉出神話作品中的幾個例子。

追求知識的學者和學生通常都難以抵抗跨越禁忌的誘惑，是以經常會落入邪神的陷阱。最典型的例子便是H．P．洛夫克萊夫特的〈克蘇魯的呼喚〉、〈女巫之家的夢〉等作品。洛夫克萊夫特的同行，也就是恐怖作家們似乎也很容易落入邪神的圈套，洛夫克萊夫特的〈獵黑行者〉和F．B．朗恩的〈吞噬空間的怪物〉便是以此為題材。

此外像是朗恩的〈廷達洛斯獵犬〉、C．A．史密斯的〈水晶的秘密〉裡的神祕學家，還有羅伯．布洛克的《無貌之神》、《黑色法老王的神殿》裡的探險家，也都是邪神的絕佳獵物。

關聯項目

●克蘇魯神話→No.001
●拉班．舒茲伯利博士→No.106
●阿卡姆鎮→No.039

No.087

霍華・菲力普・洛夫克萊夫特

Howard Philips Lovercraft

承繼愛倫・坡*衣缽的幻想小說、恐怖小說巨擘，同時也是將地球和周遭宇宙的真實模樣公諸於世的黑暗神話傳道者。

●I AM PROVIDENCE

被譽為20世紀最偉大恐怖小說家的霍華・菲力普・洛夫克萊夫特，是在1890年8月20日在羅得島州的普洛維斯頓呱呱落地。洛夫克萊夫特從小是在保有殖民地時期光輝記憶的新英格蘭重視傳統的風氣之下長大，他深愛當地的風土傳統，同時卻也是個每晚都抱著望遠鏡觀察星空的天文少年。

洛夫克萊夫特對人文學科與自然科學都有興趣，早在幼年時代便已經從文筆活動中發現樂趣，十來歲時便已經開始向雜誌投稿專欄和文章。

1920年代以後，洛夫克萊夫特才開始在《奇詭故事》等廉價雜誌上發表恐怖小說，　其作品內容大多是在揭露人類誕生以前曾經有群統治地球與宇宙的神明存在，因此不少人認為洛夫克萊夫特與查爾斯・福特同樣是位警告者。另外，在洛夫克萊夫特3歲時發生精神異常的父親溫菲爾，其實是從前大革命前夕在法國暗中活動的卡廖斯特羅伯爵後來在各地設立的埃及共濟會會員。

該結社有部據說與**《死靈之書》**有關的祕儀書籍《靈魂的本質》，因此亦有人認為洛夫克萊夫特擁有的禁忌知識有可能是來自於曾經接觸過該書的溫菲爾。

對科學技術亦頗具造詣的洛夫克萊夫特筆下描寫的宇宙恐怖不僅僅擄獲了讀者，甚至在同行間也有狂熱的信徒。洛夫克萊夫特熱心地和這些人互通書信，而且還幫他們潤飾文章、協助創作，因此這個書信交往的團體才會被稱為「洛夫克萊夫特幫」。

描述南極荒野禁地的長篇小說《在瘋狂的山上》出版的1937年，洛夫克萊夫特染上早已經從地球消失的怪病，僅以46歲之齡便與世長辭。

---

* 愛倫・坡：埃德加・愛倫・坡（Edgar Allan Poe, 1809-1849），美國作家、詩人、編者、文學評論家、美國浪漫主義運動要角、短篇小說家先鋒、推理小說創造者、科幻小說共同催生者，以懸疑、驚悚小說最負盛名。

霍華·菲力普·洛夫克萊夫特

H·P·洛夫克萊夫特

就跟許多對後世造成影響的偉人同樣，洛夫克萊夫特在生前可說是沒沒無名。他在法國獲得與愛倫．坡相當的極高評價。

《化外之民》

洛夫克萊夫特辭世兩年後，1939年出版的首部作品集。

阿卡姆之家就是專為出版洛夫克萊夫特作品而創設的出版社。

小說裡的洛夫克萊夫特

霍華．菲力普．洛夫克萊夫特屢屢會出現在追隨他的作家們筆下的神話作品裡面。小說裡的洛夫克萊夫特有時就像奧古斯特．德勒斯所說的那樣，會被塑造成透過小說形式向人類警告邪神威脅的預言者，有時則會被描寫成像羅伯．布洛克《尖塔的陰影》的主角這種向恐怖小說作家朋友提供重要情報的角色。在所有曾經提及洛夫克萊夫特的作品當中，最引人注目的莫過於佛瑞茲．雷伯的《阿卡姆鎮與繁星世界》。雷伯在這部作品裡面描述到自己前往真實世界裡的阿卡姆鎮，親自走訪洛夫克萊夫特小說裡面描寫的場所，當面與米斯卡塔尼克大學的教授們交談，是部充滿了對洛夫克萊夫特的熱愛的獨特作品，雷伯甚至還在這部小說裡暗示洛夫克萊夫特其實逃過了死厄的驚人真相。於是乎，洛夫克萊夫特才如此像是咬著自己尾巴的銜尾蛇一般，被吸收至自己創造出來的作品裡面。

關聯項目

● 《死靈之書》→No.025

No.088

阿卜杜・阿爾哈茲萊德*

Abdul Alhazred

著作記載禁忌知識的魔法書《死靈之書》，從黑夜世界永遠剝奪安眠，相反地卻帶來了瘋狂的阿拉伯妖術師。

●瘋狂的阿拉伯人

阿卜杜・阿爾哈茲萊德是在世界首個伊斯蘭王朝伍麥葉王朝時代活躍於葉門沙那的鬼神論者、妖術師。他雖然是伊斯蘭教徒卻對伊斯蘭教義和可蘭經並無興趣，反而選擇信奉**猶格・索托斯**和克蘇魯等古老的神明。

由於阿爾哈茲萊德曾經造訪過巴比倫廢墟和孟斐斯地底洞窟，還有曾經在相傳有死靈與怪物棲息出沒的阿拉伯南部大沙漠獨自生活長達10年之久等特異行徑，再加上他還有許多令人難以致信的主張，包括宣稱自己去過傳說中的石柱之城伊倫、去過位在阿拉伯南部沙漠裡的**無名都市**地底世界、發現記載著地球先住民族祕密的年代記等，因此被世間視為瘋狂，遂有「瘋狂詩人」、「瘋狂的阿拉伯人」等異名。

阿爾哈茲萊德晚年落腳定居在首都大馬士革，並於730年執筆創作後世稱為**《死靈之書》**的終極祕儀魔法書《魔聲之書》，將自己窮極一生所得到的禁忌知識和祕密儀式毫無遺漏地全部記載在總共30多章的鉅作之中。

關於阿爾哈茲萊德在738年究竟是離奇死亡抑或失蹤，歷史就有數種不同說法。曾經替阿爾哈茲萊德寫過傳記的12世紀傳記作家伊本・海利坎說阿爾哈茲萊德是大白天在大馬士革的大道上被某種隱形的怪物擒住，然後就在被嚇傻呆立原地的眾人面前慘遭吞噬。然而**米斯卡塔尼克大學**的**拉班・舒茲伯利博士**卻主張，阿爾哈茲萊德在眾目睽睽之下遭到吞噬其實是種集體幻覺，事實真相正如同阿爾哈茲萊德記載著「舊日支配者」與「外神」祕密的著書所述，阿爾哈茲萊德其實是被帶到了他自稱曾經去過的無名都市，經過極為淒慘的嚴刑拷打之後遭到殺害。

---

* 阿卜杜・阿爾哈茲萊德：《戰慄傳說》、《克蘇魯神話》譯為「阿巴度・阿爾哈茲瑞德」。

阿卜杜・阿爾哈茲萊德的生涯

年代	事項
西元700年前後	阿卜杜・阿爾哈茲萊德活躍於伍麥葉王朝哈里發時代。
≀	阿爾哈茲萊德走訪巴比倫廢墟與孟斐斯地底洞窟以後，在阿拉伯南部沙漠獨自生活長達10年。此外他還自稱曾經目睹傳說中的石柱之城伊倫，並於無名都市地底得知人類誕生以前的祕密。
晚年	晚年的阿爾哈茲萊德定居於大馬士革。
730年	阿爾哈茲萊德執筆《魔聲之書》。
738年	阿爾哈茲萊德在大馬士革道路上離奇死亡，或曰失蹤。
950年	君士坦丁堡出版希臘語版《死靈之書》。
1228年	歐勞司・渥米爾斯出版拉丁語版。
1232年	教宗格列高列九世禁止拉丁語版《死靈之書》。
15世紀	德國發行粗體字版拉丁語版《死靈之書》。
16世紀	希臘語版在義大利付印。
17世紀	出版以拉丁語版作為底本的西班牙語版《死靈之書》。
1940年代	拉班・舒茲伯利博士於無名都市遭遇到阿爾哈茲萊德的亡靈。

《死靈之書》的譯者

約翰・狄

英國著名學者・神祕學者，相傳曾經將《死靈之書》譯成英語。他的譯文目前僅剩下不完整的抄本流傳。

歐勞司・渥米爾斯

職業是位醫師，以《死靈之書》拉丁語譯者而為世所知；由於年代不符，亦有說法指為同名譯者的作品。

關聯項目

●猶格・索托斯→No.006
●偉大的克蘇魯→No.003
●無名都市→No.059
●《死靈之書》→No.025
●米斯卡塔尼克大學→No.040
●拉班・舒茲伯利博士→No.106

No.089

喬治·甘莫·安吉爾

George Gammell Angel

能將數個不同獨立事件連結起來的洞察能力並不一定能夠造福人類，而克蘇魯的呼喚也終於招致老學者的死亡。

●真摯的老學究

曾經在羅得島州普洛維頓斯的布朗大學開設閃族語言課程的喬治·甘莫·安吉爾榮譽教授，乃是以古代碑石文字權威而廣為學界所知的人物。這位老學者首次受到克蘇魯神話洗禮，是發生在1908年的事情。那年在聖路易舉辦的考古學大會上，約翰·雷蒙·勒格拉斯巡官帶來了一尊奇怪的神像引起一陣轟動。這尊彷彿揉合頭足類、龍族、人類而成的醜陋神像，據說是他在搜查紐奧良南方非法集會巫毒教團的時候沒收的物品。經過一番議論，眾人發現該集團的儀式竟然與格陵蘭西部丘陵地帶調查到的愛斯基摩人奇怪信仰不謀而合。這是「克蘇魯」這個神名首次公然出現在學術界的場合。

老學者第二次聽到克蘇魯的名字是在1925年3月，出自於當地的年輕藝術家亨利·安東尼·威爾卡斯之口。這名青年帶來一只根據夢裡看見的古代都市景像所創造出來的浮彫黏土板，上面的象形文字怪物的模樣，還有青年頻頻聽見的「克蘇魯」和「拉萊耶城」這兩個名字，喚醒了教授過去的記憶。

從此以後，安吉爾教授就像著魔似地開始調查這個自己命名為「克蘇魯邪教」的組織，他蒐集世界各國報紙的相關記錄，終於發現在雕刻家頻頻作夢的3月23日到4月2日這段期間，世界各地發瘋的事件竟然有異常增加的現象。這段時間又恰恰跟**拉萊耶城**部分地區浮出太平洋海面的時間完全吻合，然而安吉爾教授終究還是沒能知道這件事；1926年冬天教授從紐波特返家途中與一名黑人水手相撞昏倒，從此就再也沒有睜開眼睛。

紐奧良的克蘇魯邪教

紐奧良遭到當局取締的克蘇魯邪教舉行瘋狂宴會的情景。信徒就是在這裡圍繞著克蘇魯的神像，舉行類似巫毒教的殘酷活祭儀式。

1925年發生的事件

年代	事項
3月1日	亨利．安東尼．威爾卡斯根據睡夢內容製作浮雕黏土板。
—	威爾卡斯帶著淺浮雕前往拜訪安吉爾教授。
3月22日	威爾卡斯因不明原因發高燒。
—	印度當地居民開始騷動不安。
—	海地巫毒教儀式有增加的跡象。
—	非洲邊境殖民地有「不祥的傳聞」。
—	菲律賓發現有些部落特別不穩定、愛惹麻煩。
—	紐約的警察遭歇斯底里的暴民襲擊。
—	倫敦發生有隻身就寢者在一陣驚叫之後從窗口跳樓自殺。
—	此時全世界各地的藝術家和詩人開始幻夢境奇妙的夢。
—	全世界的精神病院患者發生騷動。
3月23日	紐西蘭籍船隻艾瑪號遭到警戒號襲擊。艾瑪號船員反擊成功。
4月1日	艾瑪號的倖存者漂流至拉萊耶城。除約漢森以外船員全數因為復活的克蘇魯而喪命。
4月2日	威爾卡斯恢復正常。喪失3月22日以後的記憶。
4月12日	艾瑪號的生還者約漢森被救起。

關聯項目

●偉大的克蘇魯→No.003　●拉萊耶城→No.067

No.090

羅伯特・哈里森・布萊克

Robert Harrison Blake

充滿追根究底精神的恐怖小說。羅伯特・哈里森・布萊克在邪神崇拜曾經蔓延氾濫的廢棄教堂深處觸犯了「燃燒的三隻眼」禁忌，註定要走上淒慘的末路。

●洛夫克萊夫特的弟子

1930年代曾經以廉價雜誌為中心發表《挖地者》、《墓窟階梯》《夏蓋星》、《普拿司谷地》、《外星宴客》等恐怖小說與繪畫的羅伯特・哈里森・布萊克，他跟羅伯特・布洛克、伊迪蒙・費司基等同行都是奉**霍華・菲力普・洛夫克萊夫特**為師，並以洛夫克萊夫特為中心進行書信交流的「洛夫克萊夫特幫」的成員。

為創作而孜孜追求禁忌知識的布萊克，曾經非常幸運地在南迪爾勃恩街的舊書攤得到初版的路維克・普林所著**《蠕蟲之祕密》**；他為了要請人翻譯，遂帶著這本禁忌的魔法書造訪他跟洛夫克萊夫特的共同友人——某位住在普洛維頓斯的古神祕學者，豈料老人卻不小心召喚出啜飲人血的「群星遣來的僕人」因而死亡，布萊克則是在放火燒毀老人住處後，這才狼狽不堪地離開了普洛維頓斯。

儘管有過如此慘痛的經驗，布萊克旺盛的好奇心卻依然不減，結果還因此丟了性命。

1935年在洛夫克萊夫特的勸說之下，布萊克從已經住習慣的密爾瓦基搬到普洛維頓斯，他為尋找題材創作一部有關新英格蘭地區女巫信仰的長篇小說，遂偷偷潛入曾經在19世紀肆虐普洛維頓斯的**星際智慧教派**總部舊址，亦即位於聯邦山丘的廢棄教會。布萊克在廢墟進行探索調查的時候，發現一個盒子裝著相傳是星際智慧教派膜拜神體的光輝之四邊形體，他還在無意間關閉盒蓋而召喚出**奈亞拉托提普**。潛入教會搜索的一週後，布萊克於8月8日被發現遭到電殛死在書房裡；布萊克死前在日記裡留下扭曲字體，則是綿綿不斷地訴說著奈亞拉托提普的恐怖。

聯邦山丘的廢棄教會

曾經是普洛維頓斯所有恐懼來源的星際智慧教派總部舊址。儘管星際智慧教派滅亡已久，有關這個廢棄教會的不祥流言卻未曾止息。

◆夫克萊夫特幫的遊戲 其二

在羅伯特．布洛克的作品當中，有部名為〈來自星際的怪物〉的短篇神話。

這部作品裡面有個彷彿就是布洛克自己的年輕作家和暗指為H．P．洛夫克萊夫特的老作家，故事主要是描述老作家召喚魔物並慘遭殺害的始末。在執筆此作品以前，布洛克曾經向洛夫克萊夫特尋求許可說是「我想寫部把你殺死的小說」，對此那名「老作家」則是與多位克蘇魯神話的登場人物連名、將殺戮許可證發給了布洛克。

〈來自星際的怪物〉發表以後，有讀者提議「洛夫克萊夫特要不要也寫一部殺死布洛克的小說」，後來洛夫克萊夫特應讀者要求所完成的作品，便是〈獵黑行者〉。洛夫克萊夫特幫這個年輕作家取了個跟布洛克相當類似的名字——羅伯特．布萊克，並且讓奈亞拉托提普將其吞噬。布洛克曾經在十幾年後再度提筆創作〈獵黑行者〉的續集，可惜當時洛夫克萊夫特卻已經不在人世。

關聯項目

●霍華．菲力普．洛夫克萊夫特→No.087
●《蠕蟲之祕密》（妖蛆之祕密）→No.026
●星際智慧教派→No.103
●奈亞拉托提普→No.005

No.091

倫道夫·卡特

Randolph Carter

酷愛幻想的業餘愛好者，為找尋已然迷失的路標而穿越超次元之門，如今已經去到深宇宙的永遠的旅人。

●夢想家

定居波士頓的夢想家倫道夫·卡特乃於1874年10月7日誕生在**阿卡姆鎮**。其家系親族從英國伊利莎白女王時期跟約翰·狄齊名的初代倫道夫開始，便有許多舉止特異的族人輩出，其中包括1692年女巫審判盛行時移居至阿卡姆鎮的**賽倫**妖術師艾德蒙，以及曾經以騎兵士官身分從軍參加南北戰爭、1866年卻在亞利桑那失蹤的伯祖父約翰。至於倫道夫本身也是過著整日研究古代語言、創作幻想小說之類相當獨特的業餘愛好者生活，並且跟透過這些嗜好而結識的友人們有頻繁的書信往來。

卡特家族有支代代相傳的銀色大鑰匙，收藏在一只刻著醜陋的哥德式雕刻的橡木箱子裡。相傳艾德蒙·卡特曾經於1781年在阿卡姆鎮郊森林坡地上某個當地居民稱為「蛇巢」的洞窟裡面使用這把銀鑰匙，然後就憑空消失了。

知道如何前往**幻夢境**的倫道夫出發尋訪「地球本來的神」居住的都市，並且在經過漫長旅途以後得到**諾登斯**的幫助，從企圖陷害他的**奈亞拉托提普**魔掌脫身，最後終於成功找到未知的**卡達斯**，可是卻也付出了通往幻夢境的門戶被關閉起來的代價。

30歲失去作夢的能力以後，他曾經加入法國的外籍傭兵部隊參加第一次世界大戰，也曾經跟通曉禁忌知識的南卡羅萊納的哈利·華倫結伴行動，想盡辦法要逃避再也沒有夢的人生。據說在1928年10月7日他的54歲生日當天，倫道夫就帶著家傳的銀鑰匙前往「蛇巢」從此消失在世間。

關於他後來的下落，有人說他登上了幻夢境的伊烈克-法德的王位，也有人說他在遊歷彷彿但丁《神曲》般的超次元世界以後跟亞狄斯星的魔道士茲考巴融合，並且不斷摸索返回地球的方法。

倫道夫・卡特關係圖

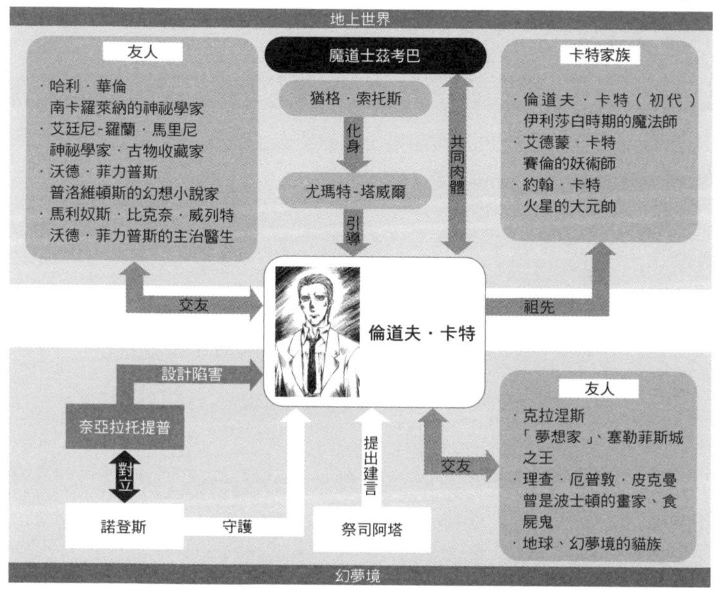

倫道夫・卡特年譜

年代	事項
16世紀	初代倫道夫・卡特活躍於伊利莎白時期的英國。
1692年	賽倫的妖術師德蒙・卡特躲避女巫審判逃往阿卡姆鎮。
1874年	倫道夫・卡特出生。
1883年	少年時期的卡特在「蛇巢」獲得奇妙體驗。
1904年	卡特為尋訪卡達斯而遊走於幻夢境，觸怒奈亞拉托提普後再也無法作夢。
1912年	得到哈利・華倫知遇器重。
1916年	參加法國外籍傭兵部隊加入第一次世界大戰，身負瀕死重傷。
1919年12月	哈利・華倫在跟卡特一起調查地底墓地的時候突然失蹤。
1928年10月	倫道夫・卡特失蹤。
1930年10月	羌多拉普圖拉師出現在美國，開始書信聯絡卡特的友人。
1932年10月	卡特的遠親亞司平瓦在討論倫道夫・卡特遺產繼承事宜的會議上死亡。

關聯項目

●阿卡姆鎮→No.039 ●卡達斯→No.081 ●諾登斯→No.013
●幻夢境→No.080 ●奈亞拉托提普→No.005 ●賽倫→No.044

No.092

亨利・溫特渥茲・阿克萊

Henry Wentworth Akeley

佛蒙特州獨自從事研究的當地名士。他因為太過深入山岳地帶的怪異事件，終於走上可怕的命運末途。

●消失在星際的研究者

隱居於美國東北部佛蒙特州的亨利・溫特渥茲・阿克萊是位打從受聘於佛蒙特大學時期起便在數學、天文學、生物學、人類學與民俗學領域極富盛名的在野研究家。

阿克萊家族自從1721年移民美國以來便有許多實務派名士輩出，可是學究派卻是非常罕見，除亨利以外就只有他堂兄弟的兒子——在**阿卡姆鎮米斯卡塔尼克大學**修習考古學和人類學的威爾伯・阿克萊而已。

阿克萊對出沒在他家附近佛蒙特州山岳地帶的淡紅色甲殼類奇怪生物頗感興趣，1927年11月洪水氾濫時在河裡發現該生物的屍體進而引起學術界討論，還讓阿克萊因此結識了米斯卡塔尼克大學的阿爾伯特・N・威爾瑪斯教授。阿克萊得到威爾瑪斯教授這個相當理想的討論對象以後非但與其有頻繁的書信往來，同時他還積極進行調查，包括使用口述式錄音機和錄音用唱片錄下神祕生物的聲音、前往阿克萊住家東邊圓丘取回刻有象形文字但已經半數磨滅的黑色大石頭。

當時兩人都還不知道，這種生物就是在佛蒙特州山區裡開採礦物的**「米・戈（猶格斯真菌）」**。「米・戈」對阿克萊的調查行動頗感不悅，遂與協助它們採礦的人類於1928年9月5日到6日對阿克萊展開攻擊；後來它們還使用高科技機械裝置偽裝成阿克萊，從數日後來訪的威爾瑪斯教授手中收回了唱片和黑色石頭等證據。從此阿克萊便音信杳然、不知去向，但是根據威爾瑪斯教授在阿克萊家見到聽到的幾項狀況證據研判，阿克萊應該是擄往**冥王星**去了。

阿克萊失蹤始末

年代	事項
1721年	阿克萊家族移民美國。
1915年~	威爾伯·阿克萊從米斯卡塔尼克大學畢業以後，前往中亞生活三年。
1918年~	威爾伯在美國中西部生活三年。
1921年	威爾伯回到阿卡姆鎮。此時期跟叔父亨利·溫特渥茲·阿克萊進行交流。
1924年	威爾伯死於米斯卡塔尼克大學附屬圖書館。
1927年11月	米斯卡塔尼克大學的阿爾伯特·N·威爾瑪斯教授向報社投稿跟在佛蒙特州河邊發現的「米·戈」(猶格斯真菌)的屍體有關的文章。
1928年5月	威爾瑪斯教授收到亨利·溫特渥茲·阿克萊關於「米·戈」的來信，兩人開始通信。
1928年6月底	阿克萊將錄有疑似「米·戈」聲音的蠟管寄給威爾瑪斯教授。
1928年7月	阿克萊將「黑色石頭」寄給威爾瑪斯教授，可是卻在運送途中遭不明人士盜走。
1928年8月	阿克萊家附近「米·戈」活動愈趨激烈，阿克萊購買犬隻充當防衛。
1928年8月5日	阿克萊的車子遭不明人士槍擊。
1928年8月12日	阿克萊家遭不明人士槍擊，犬隻遭到殺害。
1928年9月初	威爾瑪斯教授收到阿克萊來信，大意為「一切都已好轉。敵視『米·戈』是個錯誤」。
1928年9月12日	威爾瑪斯教授受阿克萊之邀前往佛蒙特州的阿克萊家。
1928年9月13日	阿克萊從此音信杳然。

遺留下來的東西

威爾瑪斯教授最後在阿克萊家看到的，是顯示「米·戈」高超外科手術的東西。

關聯項目

●「米·戈」(猶格斯真菌)→No.022
●冥王星→No.077
●阿卡姆鎮→No.039
●米斯卡塔尼克大學→No.040

No.093

賈斯汀・季奧佛瑞[*1]

Justin Geoffrey

森林廢棄小屋裡的噩夢，竟然在一夜之間使樸實的少年獲得瘋狂的才能。這位英年早逝的天才詩人，亦從而步向充滿噩夢與瘋狂的生涯。

●受噩夢縈繞的少年

賈斯汀・季奧佛瑞是住在紐約的波特萊爾派天才詩人。將所有生涯奉獻在研究這位英年早逝詩人的詹姆斯・康拉德在描述季奧佛瑞的出身時是這麼寫的——

季奧佛瑞家族是許多在家道沒落以後遷居美國散居各地的英國鄉紳階級的其中一個舊世家，該族成員大多都是忠厚勤奮的商人，同時卻也是令人幾乎難以忍受的無趣、毫無想像力的凡夫俗子。季奧佛瑞家族500年歷史中唯一的例外，就是後來被譽為天才詩人的賈斯汀。

賈斯汀10歲時曾經因為迷路而在某個廢棄房屋過夜，從此以後他每晚都會受到噩夢所惱。這個困擾後來更成為促使他展露詩才的起因，而賈斯汀也就像是受到每晚的噩夢驅動似地開始創作詩歌。賈斯汀少年時代的作品雖然粗糙，卻已經可以從中感受到在他晚年作品裡面那種彷佛電光般稍縱即逝的瘋狂。父母覺得賈斯汀所擁有的是不健康的才能，遂嚴格禁止他從事詩歌創作，可是賈斯汀17歲離開家庭以後又在友人協助之下開始發表詩歌，而且過不多久便在文壇搏得相當高的評價。

賈斯汀極特異的作品是從天才與瘋狂的夾縫中孕育出來的產物，有時甚至還會被拿來與愛倫坡相提並論。儘管他名聲不佳，其才能還是得到了許多人的認同；他在旅途中從**史崔戈伊卡伐**的黑色獨石獲得〈獨石的人們〉[*2] 創作靈感的神祕匈牙利行，同樣也是發生在這個時期的事情。

然則賈斯汀在獲得名聲與成功以後仍舊夜夜受噩夢所苦，後來再也無法區別夢境與現實，最終他是在精神病院裡面呼喊著詛咒，年僅21歲便發狂而死。

---

*1 賈斯汀・季奧佛瑞：此處採用《克蘇魯神話》譯名，《戰慄傳說》則譯作「賈斯丁・傑福瑞」。

*2〈獨石的人們〉：請參照P.116譯注。

賈斯汀・季奧佛瑞的詩

那些傢伙整夜大搖大擺地行走
足肢相互傾輒發出轟然巨響
我不由得害怕地顫慄起來
鑽進床底縮成一團
那些傢伙張開大得出奇的翅膀
壓在複折式層頂高處
踏著搖擺著梭巡著
把可怕的巨蹄撞得喀喀作響
——〈來自舊世界〉

太古之民，將戒條刻在石碑
使用冥界力量的人
但願災禍不致降臨於其自身
憑弔者不致成為受憑弔者……
——〈獨石的人們〉

噢噢 女王啊 活活被幽禁在廟裡
那個寶座 從今將再不受詛咒

女王的祕密 埋藏在金字塔底下
沙漠的黃沙 將其覆蓋不留一點痕跡

<鏡子>也一併遭到埋葬
從深夜的異界映出<魔>的形影

如此跟<魔>囚禁在一起
女王 在恐怖之中 死去

——〈獨石的人們〉

引用自R・E・霍華〈黑石之秘〉[*3]、B・魯姆利〈泰忒斯・克婁事件簿〉（均為夏來健次所譯）。

賈斯汀・季奧佛瑞年譜

年代	事項
17世紀	季奧佛瑞家族原是英國的鄉紳階級，家道中落後移民新大陸。
1690年	季奧佛瑞家族移居至紐約，從此以商為業、勤懇度日。
1905年	賈斯汀・季奧佛瑞出生。
1915年	賈斯汀在廢屋裡過夜，從此以後便惡夢不斷。
1915~1921年	初期詩作時代。遭家人禁止從事創作活動。
1922年	賈斯汀離家，獨自埋首於詩歌創作。在友人的奔走下出版詩集，延續生命。
1923~1926年	前往匈牙利旅行，途經史崔戈伊卡伐。執筆〈獨石的人們〉。
—	跟著有《阿撒托斯諸邪記》的阿卡姆鎮詩人艾德華・皮克曼・德比通信。
1926年	賈斯汀在精神病院裡發瘋而死。

關聯項目

●史崔戈伊卡伐→No.053

*3〈黑石之秘〉：請參照P.067譯注。

No.094

腓特烈・威廉・馮容茲

Friedrich Wilhelm von Junzt

著作《無名祭祀書》洩漏眾神祕密的德國神祕學者，註定要蒙上邪惡凶爪的陰影。

●離奇死亡的神祕學者

腓特烈・威廉・馮容茲於1795年出生於德國，是位因為著有某個世界稱為《黑色書籍》抑或**《無名祭祀書》**的禁忌祕密儀式書籍而聞名、19世紀前半葉活躍於德國的古怪神祕學者。

相傳馮容茲在他不算長的生涯裡面走遍全世界、探索過各式各樣的遺跡與文物，他曾經參加過無數的祕密結社、窮究太古流傳至今的祕密儀式與傳說、接觸過以希臘語版**《死靈之書》**為首的諸多禁忌魔法書原典。

蒐羅前述所有知識的馮容茲集大成之作，便是1839年在杜塞道夫出版的《無名祭祀書》。

這部亦稱《黑色書籍》的書籍的印刷量原本就很少，再加上在這本書出版的隔年1840年，半年前才剛從旅行返回德國的馮容茲竟然死在上了門鎖和門閂的密室，被絞死的屍體頸部還有個偌大的爪印，死狀極為淒慘，因此許多人紛紛害怕地將這本書遺棄，以致現存數量可謂是少之又少。

馮容茲出版《無名祭祀書》後的這趟旅行很可能就是導致他遭到殺害的導火線，而這趟旅程的記錄如今也已經散佚，是故其中細節亦不得而知。普遍相信馮容茲是前往蒙古旅行，不過也有不少人認為他這趟旅行的目的地其實是無明的**冷之高原**。

馮容茲的屍體被發現的時候，他在死前才剛寫下的草稿卻已經被撕得支離破碎、滿地都是；據說馮容茲的摯友艾歷塞克斯・拉迪奧花了一整晚時間把這份草稿修復完成，豈料他卻在讀過草稿內容以後立刻一把火燒了原稿，接著用剃刀割開了自己的喉嚨。

馮容茲年譜

年代	事項
1795年	腓特烈．威廉．馮容茲生於德國。
1795年~1839年	馮容茲前往探索宏都拉斯的蟾蜍神殿、奈夫倫-卡的墳墓等世界各地古代遺跡、結交各地祕密教團、解讀各式各樣的祕密儀式書籍原典。
1839年	馮容茲在杜塞道夫出版《無名祭祀書》。其後前往蒙古旅行。
1840年	馮容茲從亞洲之旅返國。正在整理旅行記錄的時候，卻離奇死在密室裡面。其遺稿後來被友人艾歷塞克斯．拉迪奧燒毀。
1845年	倫敦的布萊德沃爾出版社出版盜版的《無名祭祀書》英譯本。
1909年	紐約的黃金頑皮鬼出版社出版英語簡譯版《無名祭祀書》。
1940年代	納粹黨衛軍的特務機關挖開艾歷塞克斯．拉迪奧的墳墓，發現馮容茲的殘存遺稿。

「破滅之男」布蘭．麥克蒙

跟霍華．菲力普．洛夫克萊夫特交情甚篤的羅伯特．E．霍華德曾經在他的短篇作品〈夜之末裔〉裡面，除腓特烈．威廉．馮容茲曾經在《無名祭祀書》裡面提到的膜拜克蘇魯神話邪神的教團以外，還提到有個尊奉某個名叫布蘭的男子為主神的黑暗宗教，並且若有似無地暗示這個宗教直至今日仍然存在。

其實這個布蘭，就是憑著描寫辛梅里安蠻王科南冒險故事的「蠻王科南」系列作品開創出英雄式奇幻文學類型的羅伯特．E．霍華德筆下的另一位英雄——匹克特人*的戰鬥王布蘭．麥克蒙。在霍華的作品世界裡，匹克特人是被塑造成為「史上最凶惡最野蠻的種族」的形象，可是就連這支匹克特人卻也無法承受強大的羅馬帝國帶來的壓力，眼看就要滅亡，而布蘭便是在此等危急情勢之下受推舉成為肩負民族未來希望的國王。布蘭還曾經在題為〈黑暗帝王〉的短篇故事中跟霍華筆下另一位英雄庫爾王聯手，特別值得一提的是，這位庫爾王的宿敵蛇人就是後來克蘇魯神話裡面蛇人這個角色設定的由來。

如前所述，戰鬥王布蘭．麥克蒙其實是個將霍華的英雄奇幻作品群跟克蘇魯神話世界連接在一起的關鍵人物。

關聯項目

● 《無名祭祀書》→No.029
● 《死靈之書》→No.025
● 冷之高原→No.060

* 匹克特人：請參照P.066譯注。

No.095

信仰及其代價

Value of worship

不論是將其視為邪惡而嫌惡忌避之，或者為求得到好處而狂熱信奉之，或許都只不過是人類單方面的心理投射而已。

●邪神的眾多崇拜者

「舊曰支配者」長期沉眠於地球和諸行星地底，它們會透過睡夢聯絡打從太古時代開始便一直服侍它們的非人種族，以及雖然脆弱卻擁有敏銳的精神和感官、經常能感應到「舊日支配者」呼喚的人類，並且還在世界各地設立無數教團，藉此利用其進行活動。

信徒崇拜邪神的動機可謂五花八門，有的像加羅林群島信奉**「深潛者」**的卡那卡人和接納**達貢**神祕教團的**印斯茅斯鎮**居民那樣，是因為貪圖黃金飾品或豐碩漁獲此類現世利益所以才崇拜這些神明；有的則是被「舊日支配者」透過睡夢傳送的訊息逼瘋，並且從服侍最高存在的行為中找到喜悅的瘋狂信徒。

其中有部分信徒認為「舊日支配者」如今已經遭到其敵對者封印，他們堅信自己的使命就是要做好打開時空之門的準備，好讓「舊日支配者」能夠順利逃脫。然而事實的真相卻是不勞他們費心，在遙遠的未來當繁星回到正確位置的時候，「舊日支配者」自然就會從它們的墓所裡面再度復甦。諸神給予眾多信徒的命令，其實大多都是遠遠超越人類所能理解之範疇、唯有神明自己才知道有何意圖的任務，諸如為使紐約發生暴風雨而故意放蝴蝶在北京拍擊翅膀之類的。

相對於這些崇拜「舊日支配者」的教團，奉「外神」為主的宗教團體則是絕大多數在組織成立過程中都曾經有過「外神」的使者**奈亞拉托提普**的力量介入。據說奈亞拉托提普會親自對獻上活祭品的信徒授予使用魔法的力量或者千里眼的能力。跟奈亞拉托提普有關的宗教團體除埃及的奈夫倫-卡教團以外，還包括有美國的**星際智慧教派**和獸之兄弟會、上海的「腫脹之女教團」、澳洲的「蝙蝠之父」等組織。

邪惡教團的陰影

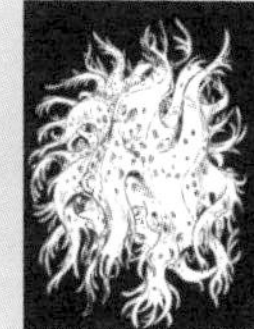

阿撒托斯

阿卡姆鎮的女巫團體
莫里亞蒂教授的組織
病態狂人所組成的信徒

奈亞拉托提普

奈夫倫-卡的祭司們
星際智慧教派
獸之兄弟會

猶格·索托斯

約瑟夫·古溫的同黨
理查·比靈頓
華特立家族

莎布·尼古拉絲

姆大陸的祭司們
德魯伊*僧侶及其後裔

偉大的克蘇魯

克蘇魯邪教
銀之黃昏鍊金術會
馬許家族（間接性）

哈斯塔

哈斯塔教團
皮耶·西蒙·拉普拉斯

✤服侍黑暗力量為虎作倀者

「舊日支配者」的復活或「外神」的降臨，便意味著人類世界的毀滅。雖然按照常理來說，應該不會有人想要做這種事情，但事實卻是世界各地都有邪神崇拜者存在，而今他們也仍然還是為了自己的「神」而正在暗地裡活動當中。

讓我們首先來看看最廣受信仰的克蘇魯的教團。根據洛夫克萊夫特〈克蘇魯的呼喚〉記載，克蘇魯邪教的總部是設在中國內陸，全世界都有信徒。除此以外，「深潛者」同樣也是克蘇魯的信徒。

克蘇魯的勁敵哈斯塔同樣也有崇拜者，至於是否有教團存在卻仍舊是未經證實，頂多也只有洛夫克萊夫特曾經在〈暗夜呢喃〉裡面輕描淡寫地提到有個跟哈斯塔有關的祕密結社在暗中活動而已。

「外神」當中雖然也有奈亞拉托提普受到星際智慧教派崇拜信仰，不過這其實只是個特例，「外神」普遍因為神格特異而少有宗教團體的組織，通常都是採取像華特立家族和古溫這樣由魔法師各自單獨崇拜的形式。

關聯項目

●「深潛者」→No.016　●奈亞拉托提普→No.005　●達貢→No.009
●印斯茅斯鎮→No.041　●星際智慧教派→No.103

＊德魯伊：另譯「督伊德」，請參照P.020譯注。

No.096

馬許家族

Marshes

將「深潛者」引進麻薩諸塞州的港都印斯茅斯鎮的歐畢德．馬許船長受到詛咒的子孫。

●深淵的大祭司

從前美國因為1812年英美戰爭造成經濟不景氣時，富冒險精神的歐畢德．馬許船長是**印斯茅斯鎮**唯一沒把不景氣看在眼裡，仍然派遣商船前往東印度群島和太平洋的商人，而馬許家族便是奉其為中興之祖的印斯茅斯鎮世家望族。

歐畢德船長在西印度群島的某個島嶼，跟崇拜**「深潛者」**的卡那卡族島民學到如何用活祭品跟古老的神明交換到實質利益的方法，並且在1838年該島居民突然消失不見以後，循著他們教導的方法在印斯茅斯鎮外海的魔鬼礁與「深潛者」進行接觸。馬許家族設立工廠提煉用活祭品跟「深潛者」交換得來的黃金，然後將高純度金塊投入金屬市場因而獲得巨富，同時他們家族也是世代擔任總部設在共濟會堂的**達貢**神祕教團的祭司。

歐畢德船長和他跟人類妻子生下的長子萬西弗魯斯都曾經娶「深潛者」為妻，所以從他們兩人以下的所有馬許家族成員體內均混有非人者的血液。

1928年美國聯邦政府大舉搜捕印斯茅斯鎮時，馬許家族順利地脫逃至各地，有的人逃到了海底的伊哈斯里以「深潛者」身分展開新生命，有的人等到風頭過了以後又回到印斯茅斯鎮重振達貢的神祕教團，還有人則是跑到加州等地展開相同的活動。

除此以外，西班牙的印波卡*、英國與日本沿海地帶也有像印斯茅斯鎮這種所有居民均崇拜「深潛者」的城鎮存在；馬許家族有時還會跟這些異鄉同志締結姻親關係，可說是這群人當中最強大有力的家族。

* 印波卡（Inboca）：西班牙語裡面「boca」就是嘴巴的意思，也就是英語的「mouth」，因此印斯茅斯鎮（Innsmouth）其實就是印波卡（Inboca），想必是作者的刻意安排。

馬許家族系譜

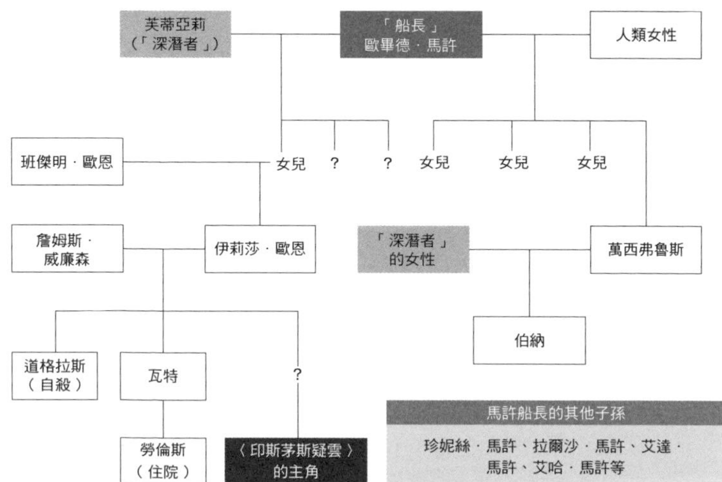

達貢神祕教團

歐畢德買下位於印斯茅斯鎮中央新教堂綠廣場的共濟會會堂，作為達貢神祕教團的據點。

關聯項目

●印斯茅斯鎮→No.041　●「深潛者」→No.016　●達貢→No.009

No.097

華特立家族

Whateleys

為逃避獵女巫而遷居至敦威治村的邪惡而可憎的魔法師，因為重複近親結婚導致在生物學上極度退化的家族。

●敦威治村怪譚

華特立家族是為躲避1692年**賽倫**女巫審判而逃往**阿卡姆鎮**和**敦威治村**的其中一個家族，他們跟畢夏普家族同樣是獲頒麻薩諸塞州徽章的古老名門。這個大地主家族的嫡系子弟當中，不少人曾經在哈佛大學、**米斯卡塔尼克大學**和索邦大學[*1]等名校接受過高等教育，可是少部分沉溺於研究當初從賽倫帶出來的魔法書，極為墮落的旁系家族卻使得華特立家族名聲掃地。

「巫師」諾亞・華特立1912年五月節[*2]前晚在哨兵山的祭壇舉行**猶格・索托斯**的召喚儀式，並使其與自己的女兒拉薇妮雅交合；於是乎拉薇妮雅就在聖燭節的前一天1913年2月2日的夜裡，產下了一對被詛咒的雙胞胎。根據米斯卡塔尼克大學的**亨利・阿米塔吉**教授表示，1928年潛入該大學附屬圖書館試圖盜取拉丁語版**《死靈之書》**而被看門犬咬死的威爾伯・華特立，年僅15歲便已經長到與年齡極不相稱的9英呎高，下半身全部被蛇類的鱗片包覆、長滿了野獸般的黑色毛髮，腹部伸出的紅色觸手末端還附有吸盤。另外一個沒有名字的雙胞胎卻是個長得跟父親更像的隱形怪物，曾經多次襲擊人類、讓敦威治村家家戶戶顫慄不已，直到1928年才被阿米塔吉教授等人消滅。

後來繼承「巫師」此惡名的，就是跟諾亞同時代的魯瑟・S・華特立。魯瑟本身其實是位嚴格恪守戒律者，跟華特立家族的魔法傳統毫無關係，可是他的女兒莎莉卻跟**印斯茅斯鎮**歐畢德・馬許船長的曾孫拉爾沙生下了擁有**「深潛者」**血統的異形，所以莎莉遂將這個會襲擊人畜的怪物給關在製粉工廠2樓裝著百葉窗的房間裡面。

---

*1 索邦大學（Sorbonne University）：即巴黎大學。

*2 五月節：請參照P.066譯注。

華特立家族系譜

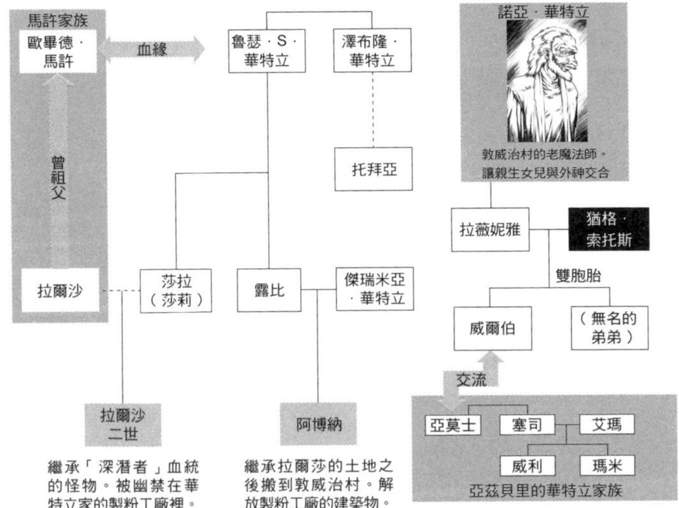

被詛咒的雙胞胎

威爾伯·華特立

這張畫像乍看下就像個尋常的人類，但其實威爾伯跟他的兄弟同樣體內均流著異次元的血液。

無名的兄弟

使敦威治村陷入恐慌的威爾伯雙胞胎兄弟。他體內的異次元血液濃度太高，才會變成這個模樣。

關聯項目

- ●賽倫→No.044
- ●阿卡姆鎮→No.039
- ●敦威治村→No.042
- ●「深潛者」→No.016
- ●《死靈之書》→No.025
- ●猶格·索托斯→No.006
- ●亨利·阿米塔吉→No.107
- ●印斯茅斯鎮→No.041
- ●馬許家族→No.096
- ●米斯卡塔尼克大學→No.040

No.098

齊薩亞・梅森

Keziah Mason

潛伏於「女巫之家」的閣樓房間、臣服於混沌力量的女巫。數百年以來，她帶著魔寵[*1]布朗詹肯在阿卡姆鎮掀起了無數恐慌。

●跳躍來去於不同空間的女巫

在總共超過150名居民以女巫嫌疑陸續遭到告發投入牢獄的1692年**賽倫**女巫審判事件當中，最終共有25人因為受到嚴刑拷打或遭處刑而死亡，可是這些犧牲者其實都是不幸被冠上莫名其妙罪名的無辜賽倫市民。賽倫真正染指於邪惡妖術的女巫和巫師，卻已經巧妙地躲過警方搜捕和加洛斯山丘的絞刑台，早早逃往**阿卡姆鎮**和**敦威治村**等地，隱匿行蹤靜待追捕行動結束。

其中特別著名的是位名叫齊薩亞・梅森的狡猾女巫，她曾經在高等刑事審判所的公開審判庭上對約翰・霍桑法官提出證辭，表示自己能夠利用某種直線和曲線在空間與空間之間移動，後來卻又利用同樣的技術從牢裡脫逃。

齊薩亞的巫名叫作納哈，不論是彎腰駝背、長長的鼻子或乾癟削瘦的臉頰，全都像極了童話故事裡的女巫，據說她不但能夠跟化身成穿著黑色法衣的「黑暗之男」前來主持魔宴[*2]的**奈亞拉托提普**一起任意往來於星際宇宙，甚至還曾經不只一兩次去到位於窮極混沌中央的「外神」之王**阿撒托斯**的寶座。

她身邊有隻叫作布朗詹肯的魔寵隨侍在側，這隻魔寵經常窩在她和「黑暗之男」的腳邊，不時還會用身體廝磨撒嬌。布朗詹肯乍看之下活像隻大老鼠，臉孔卻像是個留著鬍鬚的人類，還有雙手也跟人類同樣是五隻手指頭，再再都說明著牠是並不屬於自然界的生物。

阿卡姆鎮上有棟齊薩亞把閣樓當作藏身處的複折式屋頂建築，後來被稱為「女巫之家」，該建築物於1931年3月被強風吹毀以後，竟然從中發現包括女巫在內的許多人類白骨和體型龐大的巨鼠骸骨。

---

*1 魔寵：請參照P.060譯注。

*2 魔宴：請參照P.020譯注。

齊薩亞・梅森關係圖

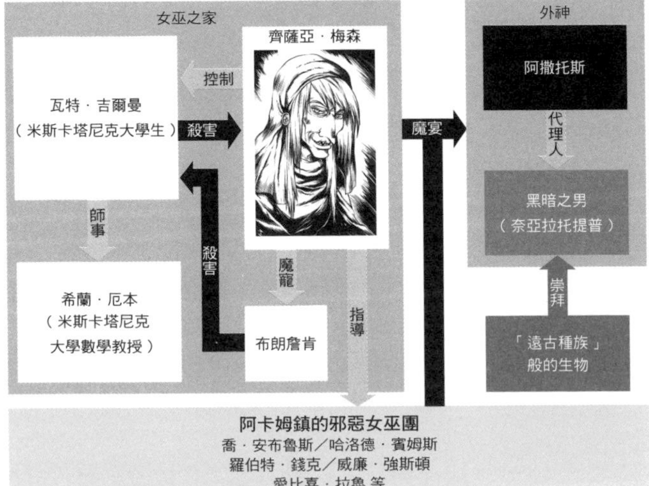

布朗詹肯

布朗詹肯

這隻活像老鼠的怪物受命於女巫，在暗中進行活動。儘管後來在「女巫之家」發現了疑為其屍骸的白骨，但是這隻跟主人同樣邪惡的魔寵或許其實還沒死也說不定。

關聯項目

●賽倫→No.044　●阿撒托斯→No.004　●敦威治村→No.042
●奈亞拉托提普→No.005　●阿卡姆鎮→No.039

No.099

約瑟夫・古溫

Joseph Curwen

將人類的生死玩弄於股掌的邪惡魔法師。跟他長得一模一樣的子孫的好奇心，竟然穿越了150年的時間，喚醒了過去的惡魔。

●普洛維頓斯的死靈術師

1662年或1663年的2月18日誕生於**賽倫**的約瑟夫・古溫，是位曾經犯下無數邪惡凶殘行徑、惡名昭彰的黑魔法師。

古溫15歲的時候離家出海當水手，後來他迷上在海外得到的祕密儀式魔法書，於是便與志同道合的西蒙・歐恩、艾德華・赫金森兩位朋友在賽倫整日埋首於黑魔法實驗。

古溫在1692年獵女巫前夕跟同伴離開賽倫搬到羅得島州的普洛維頓斯，改變身分成為大力協助地方產業發展的實業家。不過他卻並未停止進行實驗，甚至還挖掘古代名人的墳墓，以魔法使其甦醒，並且向這些曾經活在過去世界的證人們拷問各種祕密，藉此提昇自己的知識。

戀人伊莉莎・蒂林哈斯特遭到橫刀奪愛而立誓要向古溫報仇的船員伊茲拉・維頓，經過多方探索以後終於掌握了仇敵古溫邪惡行為的證據，並且跟該鎮多位曾經懷疑過古溫的重要人士共同策劃，於1771年襲擊古溫位在歐尼考特的家，成功將其打倒。

1918年在摩西布朗學校研究歷史學的時候，查理士・德克斯特・華德無意發現自己是這名惡名昭彰魔法師的後代，於是他便在受到學問求知心的驅動之下，使用古溫記錄下來的祕術成功讓死亡將近150年的古溫復活。古溫復活以後便跟仍然活在歐洲的同伴們取得聯絡，重新展開實驗，可是他卻認為原本相當樂意協助、後來卻開始後悔的查理士是個阻礙，於是便毫不留情地將其殺害。得知此真相的馬利奴斯・比克奈・威列特醫師後來在古溫舊家地下室偶然讓某個骨灰裝在寫著編號118號的骨灰罈裡面的神祕存在甦醒，並且使用這個神祕存在所教導的咒語，終於才將這名黑魔法師徹底埋葬，令其永遠再也無法作祟。

約瑟夫・古溫年譜

年代	事項
1662年2月18日	約瑟夫・古溫出生於賽倫。（另說為1663年）
1677~1681年	古溫成為船員流浪海外，得到禁忌的魔法書。
1681年	古溫返回賽倫。與兩位朋友熱衷於研究魔法。
1692年3月	古溫為躲避女巫審判而遷居普洛維頓斯。購買碼頭經營權，經營船運事業。
1692~1763年	古溫發展成為普洛維頓斯的主要海運業者。
1763年3月7日	古溫與伊莉莎・蒂林哈斯特結婚。伊莉莎的戀人伊茲拉・維頓發誓要報仇。
1770年秋	維頓與該鎮重要人士展開接觸，商討該如何除掉古溫。
1771年4月12日	該鎮的有志之士襲擊古溫的農場。古溫遭到殺害，跟他有關的記錄亦遭到銷毀。
1902年	查理士・德克斯特・華德誕生。
1918年	查理士得知惡名昭彰的約瑟夫・古溫是自己的祖先。
1919年	查理士前往古溫住過的房子進行調查，發現古溫的肖像畫與祕密文件。
1919~1927年	查理士積極奔走於全美圖書館以及歐洲各地，學習禁忌的知識。
1927年4月15日	查理士成功使古溫復活。古溫化名艾倫醫師，與查理士展開共同生活。
1927~1928年	普洛維頓斯及周邊地區發生掘墓、吸血鬼等多起怪異事件。
1928年2月	查理士遭古溫殺害。從此以後，古溫完全偽裝成查理士。
1928年4月13日	馬利奴斯・比克奈・威列特醫師使用魔法消滅古溫。

約瑟夫・古溫關係圖

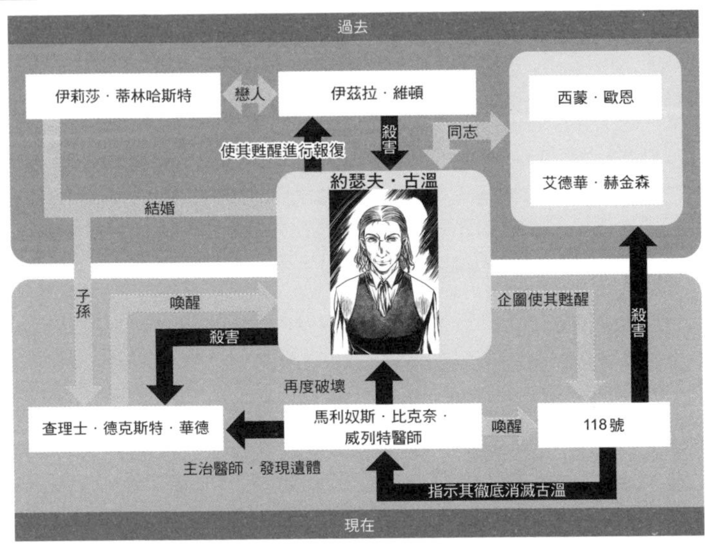

關聯項目

●賽倫→No.044

No.100

理查・比靈頓

Richard Billington

即便被驅逐至異世界以後仍舊多次佔據子孫肉體藉此返回現世，並於森林深處的石塔中重複進行黑暗儀式的阿卡姆鎮魔法師。

●比靈頓森林

阿卡姆鎮北部丘陵地帶的樹海自古以來被當地居民稱為「比靈頓森林」，而附近一帶土地的所有者比靈頓家族的古老宅邸便位於這片森林深處。

18世紀的大地主理查・比靈頓是位魔法師，他曾以禁忌的魔法書自學，也曾經向萬帕諾亞格族的老咒術師米斯夸馬可學習祕密儀式。從前他在比靈頓森林裡面某河流上的島嶼建造了環狀石陣和石塔，然後從石塔的開口處前往外宇宙，得到萬帕諾亞格族印地安人稱為歐薩多戈瓦的**猶格・索托斯**賜予智慧，他還曾經將古老的神話和儀式教導給畢夏普家族和**華特立家族**等墮落的**敦威治村**居民，這些人甚至直到今天都仍舊以導師尊稱之。後來他雖然被米斯夸馬可封印在石塔的另一邊，可是他的剩餘意志如今卻依然殘留在比靈頓森林，不斷對他的子孫後代造成邪惡的影響。

19世紀初的艾歷亞・比靈頓曾經遭其附身，並將**伊塔庫亞**召喚至石塔開口處，進而引起1807年沸沸揚揚的連續失蹤事件，不過後來精通祕密儀式的艾歷亞終於發現自己遭到祖先控制，遂再度將其封印在石塔裡面，然後就帶著兒子拉班渡海遷徙至英國。

拉班的曾孫安布魯斯・杜華德於1921年繼承比靈頓家族財產，同時還搬進了比靈頓宅邸。杜華德出於好奇心而將石塔、環狀石陣修復，卻讓理查・比靈頓得以附身於子孫肉體而再度復活；雖然他透過黑暗儀式引起了一連串奇怪的事件，可是石塔卻在不久後再度遭到**米斯卡塔尼克大學**的塞涅卡・拉法姆教授和溫菲爾・菲力普等人破壞。

其次，理查還有個自稱是納拉干瑟族印地安人的僕從夸米斯。每次魔法師復活的時候，夸米斯也都會從石塔裡面出現，輔佐主人靈魂寄附的比靈頓家族成員。

比靈頓家族關係圖

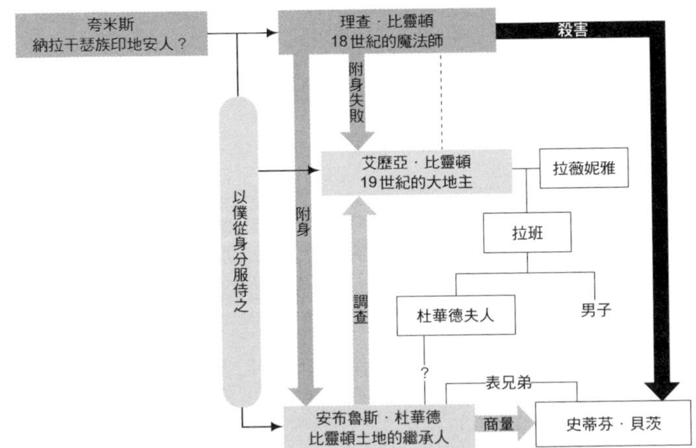

「比靈頓森林」周邊地圖

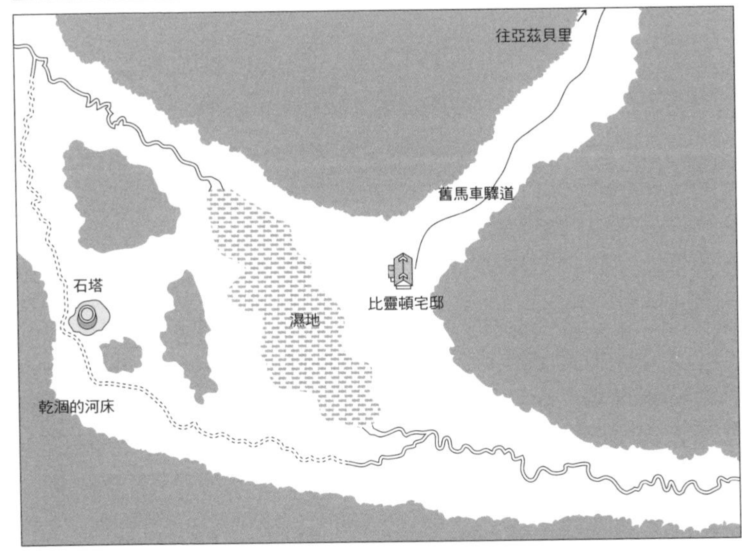

關聯項目

- 猶格．索托斯→No.006
- 華特立家族→No.097
- 伊塔庫亞→No.010
- 敦威治村→No.042
- 米斯卡塔尼克大學→No.040

No.101

理查・厄普頓・皮克曼

Richard Upton Pickman

體內流著賽倫女巫的血液，與非人存在過從甚密，最後就連自己也淪落成為非人者的波士頓天才畫家。

●皮克曼的範本

除了因為生理方面的理由而對其病態的畫風產生嫌惡感的部分保守派人士以外，1926年失蹤的理查・厄普頓・皮克曼是位公認堪與古斯塔夫・朵瑞[*1]、悉尼・西姆[*2]等幻想畫派巨擘大家相比擬的波士頓最偉大的畫家，這位唯美主義藝術家還被譽為是能夠將逼真到令人害怕的景象呈現於畫布之上的天才。自從新古典主義的巨匠哥雅[*3]以來，能夠光憑扭曲的五官和表情便將地獄活生生地呈現出來的畫家，除皮克曼以外也就只有英國的貝澤爾・霍爾渥德而已。

皮克曼家族原本住在**賽倫**，他們是在理查四代以前的祖母在1692年惡名昭彰的女巫審判受到牽連遭處環首死刑以後，方才逃離賽倫，遷居到波士頓。皮克曼用假名彼得斯在北尾區貧民區租了一間老房子當作祕密畫室，供其創作就連他這麼旁若無人的人也都害怕被人看見的作品。他在這間祕密畫室裡面完成了「地鐵意外」、「教訓」、「霍姆茲、婁威爾與隆羅長眠在奧本山」、「食屍」等一系列以潛伏於地底世界的食屍鬼為主題、令人不寒而慄的作品，這些栩栩如生得令人害怕的繪畫，其實全部都是他以從波士頓周邊的納骨堂出沒在北尾區錯綜複雜網狀地底隧道的活生生的食屍鬼為模特兒臨摹畫出來的寫實畫。皮克曼與食屍鬼交往愈來愈深，最後終於放棄了人類的身分，如今已經變成食屍鬼住在**幻夢境**。據說皮克曼家族原本收藏有一本16世紀出版的希臘語版**《死靈之書》**，卻在皮克曼失蹤後下落不明。

[*1] 古斯塔夫・朵瑞（Gustave Doré）：法國畫家暨插畫藝術家，擅長於奇幻藝術。他的插畫經常出現《神曲》、《聖經》、《老水手之歌》（Rime of the Ancient Mariner）、《唐吉訶德》中的意象。

[*2] 悉尼・西姆（Sidney Sime）：英國插畫家，其最著名的是他為恐怖小說家唐珊尼爵士（Lord Dunsany）的叢書作的插畫。儘管他的幻想天分經常被譽為與布萊克相媲美，但近年來卻少見到他的作品。

[*3] 法蘭西斯科・哥雅（Francisco Goya）：西班牙浪漫主義畫派畫家，畫風奇異變，從早期巴洛克式畫風到後期類似表現主義的作品，對後世的現實主義畫派、浪漫主義畫派和印象派都有很大影響。

理查·厄普頓·皮克曼

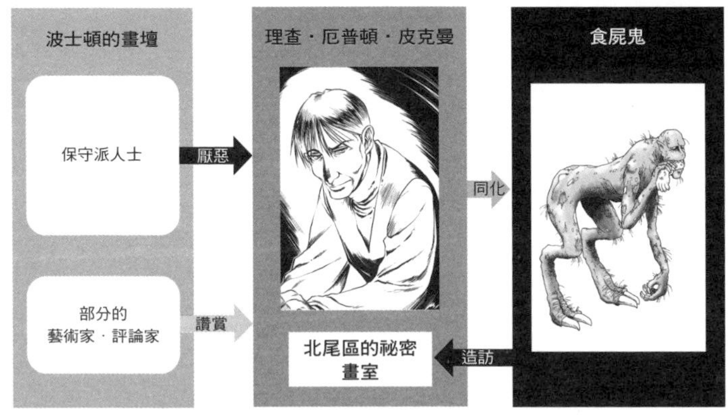

「食屍」

「食屍」

理查·厄普頓·皮克曼在這幅畫作裡面用細膩的筆觸鉅細靡遺描繪出食屍鬼啃食人類屍體的模樣，此畫被譽為他的最高傑作，不過卻有流言指出皮克曼是把真正的食屍鬼召到他的祕密畫室裡才畫出來的作品。

關聯項目

●賽倫→No.044
●食屍鬼→No.020
●幻夢境→No.080
●《死靈之書》→No.025

No.102

詹姆斯・莫里亞蒂教授

Professor James Moriarty

詹姆斯・莫里亞蒂教授不但是極富盛名的數學家，同時也是位邪惡的天才。就在他過於敏銳的思考超越生死境界的瞬間，迴響於星際間的笛音便捕捉到了他的靈魂。

●罪犯界的拿破崙

在英國維多利亞時期由連續殺人魔「開膛手傑克」所代表象徵的社會黑暗面和黑暗世界背後，其實有個強大的犯罪組織在暗地裡利用恐怖力量操縱。這個跟當時所有發生在倫敦暗巷裡的絕大多數犯罪都有關連的組織，其首領便是詹姆斯・莫里亞蒂教授。

從他的頭銜「教授」便不難發現，莫里亞蒂表面上是以在英國西部某大學執掌教鞭的數學教授身分作掩護。這個榮譽的地位是他在1867年發表有關二項式定理的論文所得來的，不過真正讓他確立在歐洲數學界鼎鼎名聲的其實是他在1872年發表的鉅著《小行星之力學》。莫里亞蒂在這篇論文裡面提出一個假設：從前在**火星**與木星中間本來另外有個行星，後來卻因為接觸到某種強大的能量而爆炸粉碎，終於形成現在的小行星帶。神奇的是，這個假設還相當準確地論證了**阿撒托斯**在遙遠的太古時代被召喚至太陽系當時所發生的事情。

至於莫里亞蒂究竟是在著作《小行星之力學》之前還是之後得知有關「外神」的知識，如今已經無從考證。不管怎麼說，這位天才數學家後來竟然會染指於有組織犯罪活動，其中的經過必定跟他那股希望透過《小行星之力學》打開通往禁忌知識大門的渴望有關。

莫里亞蒂向來都能極巧妙地暗中操縱，避免曝露其犯罪者的身分，可是其組織後來還是在某位曾經是他學生的私家偵探的追查之下遭到破獲，莫里亞蒂也從1891年開始遭到追捕。雖然後來世間普遍相信莫里亞蒂已經命喪於瑞士的賴興巴赫瀑布，可是事實上他卻是在九死一生之際被「外神」打撈救起，從此便成為「外神」的虔誠信徒，在歷史不可企及處暗中進行活動。

莫里亞蒂教授的犯罪組織

莫里亞蒂教授

英國畫家悉尼・佩吉特（1860~1908）所繪詹姆斯・莫里亞蒂教授肖像。「他是個非常高瘦的男子，額頭劃出一道漂亮的曲線，雙眸深陷於立體的五官輪廓之中。

他總是把鬍鬚剃得乾乾淨淨，外表看起來像是個蒼白的禁慾者，表情裡面仍然帶著幾份教授氣質。他的肩膀因為經過長期的學術研究生活而不由得蜷縮起來，他總是伸長著脖子，用某種彷彿是爬蟲類般的奇特動作，緩緩地不斷左右搖擺。」

（森瀨繚 譯）

塞巴斯強・莫蘭上校

塞巴斯強・莫蘭上校是公認為莫里亞蒂教授教授組織副領袖的「倫敦第二危險的男子」。1894年以殺人罪遭到逮捕，判處死刑。

操控

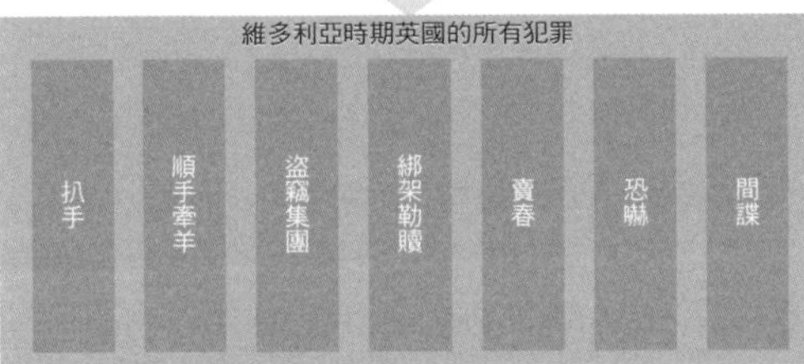

- 倫敦警察（蘇格蘭警場）
- 市警局
- 戴奧吉尼斯俱樂部

◆倫敦最危險的男子

誰是倫敦最危險的男子不須多言，絕對就是活躍於英國維多利亞時期的私家偵探夏洛克・福爾摩斯不共戴天的仇敵——詹姆斯・莫里亞蒂教授。

將亞瑟・柯南・道爾的暢銷偵探小說跟克蘇魯神話結合起來的，就是美國渾沌元素出版公司（Chaosium Inc.）桌上型RPG「克蘇魯的呼喚」於1988年發售的補充設定集《煤氣燈下的克蘇魯》。這個以維多利亞時期的英國作為故事舞台的設定集，乃是根據以詳注版夏洛克・福爾摩斯全集的編輯者為世所知的福爾摩斯研究家W・S・巴林顧爾德所著的福爾摩斯傳記《Sherlock Holmes: A life of the world's first consulting detective》進行設定，各項目的記述說明也全都照足了這本傳記的內容。設定集裡有關阿撒托斯的記述則是以收錄在以撒・艾西莫夫的連續推理小說《黑鰥夫故事集》第2卷的短篇作品〈終極的犯罪〉為準，並且在渾沌元素出版公司的「S. Petersen's Field Guide to Cthulhu Monsters」裡面被納入克蘇魯神話體系。

關聯項目

●火星→No.075
●阿撒托斯→No.044

No.103

星際智慧教派*

Starry Wisdom

崇拜「獵黑行者」的邪教集團。曾經在滅亡以後再度復活，直到現在仍不斷地威脅著全世界。

●黑暗教團的陰影

星際智慧教派是由1843年曾經在**埃及**挖掘調查奈夫倫-卡墓室的伊諾克·鮑文教授，於翌年以普洛維頓斯聯邦山丘上的自由意志老教堂為根據地所設立的新興教派。

鮑文是以他從埃及帶回來的「光輝之四邊形體」作為信仰基礎，奉**奈亞拉托提普**為主神，並且崇拜**偉大的克蘇魯**、**莎布·尼古拉絲**等「舊日支配者」與「外神」。

據說「光輝之四邊形體」是能夠通往所有時間和空間的窗口，此物是在**冥王星**製造後由**「遠古種族」**帶到地球，瓦路西亞的**蛇人**經手以後才落入了人類的手中；「光輝之四邊形體」是放在某個側面刻有蜷曲著身體的生物、沒有光澤的金色盒子裡面，只要闔上盒蓋使這塊黑色多面體結晶陷入無光的黑暗裡，便能召喚奈亞拉托提普。

星際智慧教派曾經一度發展成教徒總數超過200名的大型宗派，卻因為使用活祭品等險惡流言而遭到當地居民忌避厭惡，並於1877年受到當局揭發、勒令解散。當時星際智慧教派的總部教會也遭到封鎖，可是後來仍然有各式各樣的奇異事件發生，包括1893年報社記者艾德溫·利力布里吉在潛入教會以後失去行蹤、1935年同樣潛入教會的恐怖小說家**羅伯特·哈里森·布萊克**在離開1週後竟然離奇死亡。星際智慧教派雖然看似已經消滅，但其實仍有許多信徒潛伏於各地，1890年代還曾經在**詹姆斯·莫里亞蒂教授**的協助下在英國的約克夏郡設立教會，美國在1970年代亦有位名叫奈神父的神祕黑人男性在加州洛杉磯的南諾曼地重建教團，並且在80年代曾經跟**印斯茅斯鎮**的**達貢**神祕教團合作過。

* 星際智慧教派：此處乃採奇幻基地《戰慄傳說》譯名，《克蘇魯神話》則是譯作「史塔瑞智慧」。

星際智慧教派年譜

年代	事項
1843年	伊諾克．鮑文教授於埃及挖掘奈夫倫-卡的墓室，得到「光輝之四邊形體」。
1844年	鮑文教授買下普洛維頓斯的自由意志老教堂，設立星際智慧教派。
1848年	星際智慧教派信徒增加到將近100名，被當作活祭品獻神的犧牲者亦達到10名。
1863年	星際智慧教派信徒達到將近200名。
1877年	當局進行搜捕，致使星際智慧教派被迫解散，許多信徒紛紛離開普洛維頓斯。
1893年	報社記者艾德溫．利力布里吉潛入教會舊址、離奇失蹤。
1890年代	星際智慧教派在莫里亞蒂教授的協助下於英國約克夏郡設立教會。
1935年	恐怖小說作家羅伯特．H．布萊克潛入教會舊址，發現「光輝之四邊形體」，後來在某個暴風雨的夜裡喪命。布萊克死後，安布魯斯．德克斯特醫師將「光輝之四邊形體」沉入海底。
1970年代	奈神父於洛杉磯重建美國國內的星際智慧教派。
1980年代	星際智慧教派與達貢神祕教團為回收「光輝之四邊形體」而合作。

光輝之四邊形體

在猶格斯星被製造出來以後，人類誕生以前的許多文明都曾經持有過光輝之四邊形體。據說後來它被丟進了海底，不過除此以外還有其他同類的物品存在。

關聯項目

●埃及→No.055
●奈亞拉托提普→No.005
●偉大的克蘇魯→No.003
●莎布．尼古拉絲→No.007
●達貢→No.009
●冥王星→No.077
●「遠古種族」→No.017
●其他存在（蛇人）→No.024
●羅伯特．哈里森．布萊克→No.090
●詹姆斯．莫里亞蒂教授→No.102
●印斯茅斯鎮→No.041

No.104

銀之黃昏鍊金術會（S∴T∴）

The Hermetic Order of Silver Twilight

1920年代曾於世界各地暗中從事活動，陰謀欲使古神明復活、破壞世界秩序的祕密結社。其殘黨至今仍不斷在歷史的背後蠢蠢欲動。

●陰謀欲使邪神復活的祕密結社

銀之黃昏鍊金術會是1920年代成立於麻薩諸塞州波士頓的排他性祕密結社，其前身是1657年由蘇格蘭女巫安·夏特蓮所創設的組織。世間普遍將銀之黃昏鍊金術會視為跟共濟會相同的友愛團體，非但有不少波士頓的重要人士入會，而且還經常出資贊助各種慈善事業，都讓此組織搏得了不錯的評價。然則事實上銀之黃昏鍊金術會卻是個信奉「舊日支配者」和「外神」、企圖召喚這些神明陰謀破壞所有秩序的瘋狂教徒所組成的宗教團體，包括前述波士頓政商名士在內的普通會員，只不過是他們用來掩飾真正目的的偽裝而已。

此教團的最高領導者，就是擁有最高位階「魔法師」頭銜的卡爾·史丹佛。這位史丹佛據說已經活了3個世紀之久，而且相傳他跟德國國家社會主義工人黨（納粹）的前身——神祕學結社「圖勒協會」，以及英國魔法師阿雷斯特·柯羅利*所創設的魔法結社「銀星」都有關係。

銀之黃昏鍊金術會真正展開正式的行動，是1925年的事情。據說當時他們欲使**拉萊耶城**浮出太平洋海面、把**偉大的克蘇魯**從睡夢中喚醒的計畫其實已經成功了一半，最後卻因為一直與教團對抗的敵對者介入而使得計畫以失敗告終；不僅如此，教團許多幹部甚至還隨著再度沉入海底的拉萊耶城遭到大海吞沒，使得銀之黃昏鍊金術會在實質上已經形同滅亡。

當時僥倖逃得性命的殘黨後來遂分散至世界各地，並維持低調的神祕身分繼續在暗中活動。其中逃往南美洲的群體甚至還跟在戰後同樣潛逃至南美洲的納粹餘黨結合，一時之間儼然形成一股強大勢力，可是該組織卻在經過跟1983年分家的「東方薄暮騎士團（G∴O∴T∴）」的激烈內部鬥爭以後疲弊困乏，以致再度趨向衰退。

---

* 阿雷斯特·柯羅利（Aleister Crowley）：此處乃採奇幻基地《克蘇魯神話》譯名，另可譯作「亞雷斯特·克羅利」或者「阿萊斯特·克勞力」。

銀之黃昏錬金術會的集會所

建於波士頓郊外的銀之黃昏錬金術會集會所，是棟揉合哥德風格的後維多利亞時期建築物，主要使用於會員交流、舉行召靈儀式。1925年關閉。

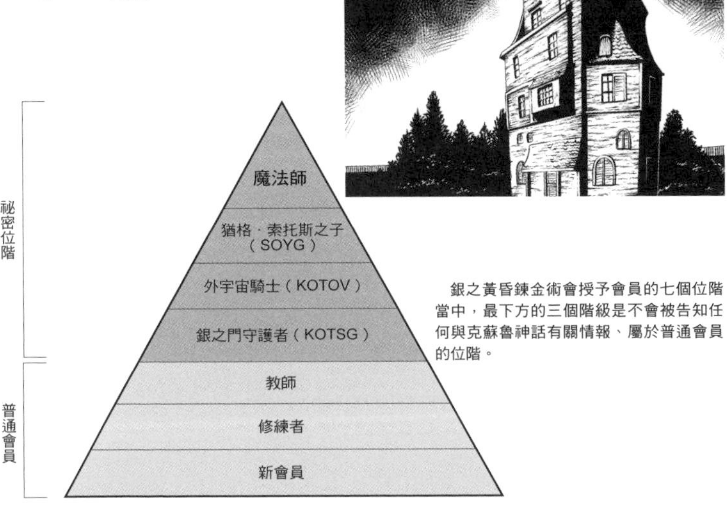

銀之黃昏錬金術會授予會員的七個位階當中，最下方的三個階級是不會被告知任何與克蘇魯神話有關情報、屬於普通會員的位階。

卡爾・史丹佛

在美國渾沌元素出版公司（Chaosium Inc.）1983年發售的桌上型RPG「克蘇魯的呼喚」專用補充設定集《猶格・索托斯的陰影》當中，卡爾・史丹佛是跟玩家相敵對的銀之黃昏錬金術協會首領，此外像是1984年發售的《奈亞拉托提普的假面》（渾沌元素）、1988年發售的《黃昏的天使》（Hobby Japan）等其他設定集也曾經提及他的名字。

「卡爾・史丹佛」這個名字其實是來自桌上型RPG「克蘇魯的呼喚」設計者桑迪・皮特遜的本名（卡爾・史丹佛・皮特遜），這就跟奧古斯特・德勒斯筆下的拉班・舒茲伯利博士和《塞拉伊諾斷章》、R・E・霍華的《無名祭祀書》等設定同樣，作者乃是利用這些與渾沌元素公司神話體系共通的元素，藉此替作品增添一番趣味。

關聯項目

●偉大的克蘇魯→No.003　　●拉萊耶城→No.067

No.105

永無止境的抗爭

Endless Resistance

勇於對抗威脅人類社會的邪神及其崇拜者的鬥士，修習禁忌知識與魔法對抗強大存在的逆神者。

●十字軍的後繼者

世上有群被稱呼為「探索者」的人們。當**克蘇魯神話**的許多神明及其崇拜者潛伏在人類社會黑暗處蠢蠢欲動，並圖將毀滅和混沌投影在和平安穩度日的人類身上時，這些彷彿十字軍騎士般挺矛以向、意欲阻止諸多怪異事件背後陰謀的探索者們，他們雖然知道自己的行為就像是朝著風車衝刺突擊的唐吉訶德、知道這將是場愚蠢而虛幻的戰鬥，卻依舊沒有辦法放棄挺身對抗，可謂是群勇氣與智慧兼備卻又稍欠思慮的志士。

為了對抗那些擁有驚人力量、認真起來足足可以將世界毀滅好幾遍、而且只要時機到來也確實會毀滅世界的邪惡存在，探索者們有時甚至不惜利用「外神」或「舊日支配者」自身的力量，他們必須涉獵遭到封印的史前時代神話傳說、研究著名魔法師留下的禁忌魔法書、學習有關敵人的知識以及原本是敵人巫器的祕密儀式和魔法，並且毫不猶豫地行使這股力量。

這些人的身分個性各不相同。有的是湯瑪斯・卡納基、約翰・賽倫斯醫師、麥可・雷伊和**泰忒斯・克婁**這些被稱為惡鬼獵人或超自然偵探的職業專家。當然也有馬丁・赫塞留斯博士、亞伯拉罕・凡・赫辛教授、**拉班・舒茲伯利博士**等，原本是從學術探討的方向漸漸牽涉到超自然存在，最後終於踏進該領域再也無法回頭的學者們。又或者也有像**艾德溫・溫斯羅普**或FBI探員芬萊這種在政府機關的祕密命令之下與太古時代流傳至今的邪惡勢力對抗的人。有些人是為求更接近宇宙的真理，有些人是要履行自己被賦予的崇高義務，有些人則是為了獲得地位和名聲，所以才將他們有限的生命全部投注於對永劫的探求。

探索者

拉班・舒茲伯利博士

在哈斯塔的庇護之下，勇於挑戰偉大的克蘇魯及其眷屬的身經百戰老學者。

泰忒斯・克婁

將邪神及其崇拜者的武器──魔法用於與彼等對抗，令人畏懼的探索者。

❖朝神明揮拳者

在H・P・洛夫克萊夫特創作的作品裡面，不論主角們有多麼的智勇雙全，他們始終都只不過是渺小而脆弱的人類，面對各種離奇詭異的事件都只能束手任其擺布、殘酷地邁向毀滅。可是在繼之而起的後續作家當中，卻不乏像奧古斯特・德勒斯這種給予人類堪與邪神對抗之力量的作家。

活躍於德勒斯《永劫之探求》系列作品的拉班・舒茲伯利博士便曾經領導眾多年輕的探索者，打擊世界克蘇魯信徒在世界各地的據點和拉萊耶城。堪稱為德勒斯登峰之作的《永劫之探求》在日本同樣頗受歡迎，而且還對幾部國產作品造成了很大的影響。

泰忒斯・克婁則是布萊恩・魯姆利所創造出來的英雄人物。他精通魔法奧義、還能利用魔法進行戰鬥的角色形象，正可謂是新世代探索者的象徵。東京創元社除了出版短篇集《泰忒斯・克婁事件簿》以外，同時也有發行長篇系列作品《泰忒斯・克婁薩迦》。

關聯項目

●克蘇魯神話→No.001
●偉大的克蘇魯→No.003
●泰忒斯・克婁→No.109
●拉班・舒茲伯利博士→No.106
●艾德溫・溫斯羅普→No.110

No.106

拉班・舒茲伯利博士

Dr. Laban Shrewsbury

通曉禁忌的知識與魔法，在「古神之印」與哈斯塔的守護之下對抗偉大的克蘇魯及其眷屬、崇拜者們的不可思議老學者。

●戴著墨鏡的探索者

曾經在**米斯卡塔尼克大學**任教哲學課程的拉班・舒茲伯利博士是古代神話與宗教的權威，同時也是從**《死靈之書》**等禁忌書籍得到許多「舊日支配者」與「外神」相關知識，領導眾多志士與威脅人類社會的克蘇魯信徒相對抗的領袖人物。

舒茲伯利博士總是戴著一副嵌著有如黑夜般昏暗的墨鏡，掩蓋著底下兩個空空如也的眼窩。

1915年9月某日傍晚，原本正走在**阿卡姆鎮**西部城區小徑裡的博士竟突然消失，在他失蹤長達20年的這段期間，其實他都是待在**塞拉伊諾**的大圖書館。據說從以前就已經多次來訪此地的博士，從他在大圖書館發現的石板記錄裡面解讀出許多情報，譬如能夠驅退「舊日支配者」崇拜者的「古神之印」——亦即刻有象徵「古神」*的五芒星圖案的護身符等。後來博士還把他從石板裡面學到的知識連同如何操縱**哈斯塔**麾下飛行生物拜亞基的方法匯整成**《塞拉伊諾斷章》**，除此以外他還有1936年發行的《拉萊耶文本之後期原始人神話類型研究》，以及終究沒能付印出版、草稿收藏在米斯卡塔尼克大學附屬圖書館的《死靈之書裡的克蘇魯》等著作。

1935年舒茲伯利博士再度像失蹤當時那樣突然憑空出現，然後回到古溫街93號律師幫他維持的家。當時博士的樣貌跟20年前完全沒有兩樣，引起附近不少流言紛紛。

得到安德魯・費蘭等同志加入的博士在破壞**《拉萊耶文本》**記載的克蘇魯信徒據點以後，還曾經與美國海軍共同擬定「波納佩行動」，對1947年9月浮出太平洋海面的**拉萊耶城**施以核子攻擊。

---

* 古神（Elder Gods）：或稱「舊神」，《克蘇魯神話》譯為「老神」，《西洋神名事典》譯作「古老神明」。

舒茲伯利博士年譜

年代	事項
1915年	米斯卡塔尼克大學拉班・舒茲伯利博士在阿卡姆鎮街上失蹤。
1935年	舒茲伯利博士突然從塞拉伊諾返回。
1938年6月	安德魯・費蘭受雇於舒茲伯利博士。
1938年9月	安德魯・費蘭失蹤。
1940年	安德魯・費蘭在艾比爾・基尼的協助之下殲滅印斯茅斯鎮的達貢神祕教團。
1940年 ～	艾比爾・基尼失蹤。
	克萊勃尼・鮑伊德得知伯祖父阿薩夫・吉爾曼的死亡背後有克蘇魯邪教的陰謀。
	克萊勃尼・鮑伊德依照舒茲伯利博士的指示，前往馬丘比丘某湖泊破壞通往拉萊耶城的入口。
1945年	舒茲伯利博士為調查首里城發生的事件前往沖繩。
1947年	舒茲伯利博士與奈蘭德・柯倫前往無名都市，從阿爾哈茲萊德亡靈口中得知有關拉萊耶城位置的情報。
	舒茲伯利博士請求郝瓦茨・布雷尼協助對抗克蘇魯。
1947年9月 ～	舒茲伯利博士與美國海軍共同對拉萊耶城展開核子攻擊。
	艾比爾・基尼離奇死亡。舒茲伯利博士於太平洋戰爭結束後在西藏組織對抗邪神組織？

舒茲伯利博士的同志們

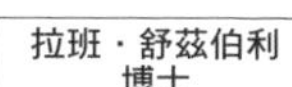

指揮

在探索的過程中遭遇，成為同志

1930~40年代對抗克蘇魯邪教

安德魯・費蘭
舒茲伯利博士雇用為保鑣兼秘書
與博士共同破壞馬丘比丘遺跡的地底入口

艾比爾・基尼
在費蘭失蹤以後租下費蘭住處的神學生。
因為好奇心與正義感而協助費蘭探索印斯茅斯鎮。

克萊勃尼・鮑伊德
克里奧爾文化研究者。因為調查伯祖父阿薩夫・吉爾曼死因而與秘魯的克蘇魯崇拜者短兵相接。

奈蘭德・柯倫
恐怖小說作家。與舒茲伯利博士前往無名都市，遭遇到阿卜杜・阿爾哈茲萊德的亡靈。

郝瓦茨・布雷尼
考古學家。受到舒茲伯利博士等人請求協助尋找拉萊耶城，就此成為同伴。母親的祖先出身於印斯茅斯鎮。

某位住在阿卡姆鎮的人物
1980年代米斯卡塔尼克大學附屬圖書館管理員。繼承伯父皮斯里博士遺志，繼續探索印斯茅斯鎮的達貢神祕教團的秘密。

關聯項目

●米斯卡塔尼克大學→No.040
●《死靈之書》→No.025
●阿卡姆鎮→No.039
●偉大的克蘇魯→No.003
●《塞拉伊諾斷章》→No.035
●哈斯塔→No.008
●塞拉伊諾→No.078
●《拉萊耶文本》→No.027
●拉萊耶城→No.067

No.107

亨利・阿米塔吉博士

Dr. Henry Armitage

在儲存著禁忌記錄的象牙塔裡面看守書籍的老賢者，憑著早已遭到遺忘的語言挺身對抗危害人類的邪惡力量。

●禁忌知識的守護者

1920年代後期擔任**米斯卡塔尼克大學**附屬圖書館館長的亨利・阿米塔吉博士，同時擁有米斯卡塔尼克大學文學碩士、普林斯頓大學哲學博士、約翰・霍普金斯大學文學博士學位，是米斯卡塔尼克大學校園裡面最頂尖最淵博的研究者之一。

阿米塔吉博士曾經在1925年造訪一直以書信與自己交換意見的威爾伯・華特立在**敦威治村**的住家，當時他便對威爾伯年僅12歲就已經長到6呎9吋高的畸形身體，以及與他年齡不符的言行舉動抱持著相當大的不安。

就在威爾伯來到米斯卡塔尼克大學附屬圖書館，博士目睹他比對拉丁語版**《死靈之書》**和他繼承自祖父的約翰・狄所著英譯版，調查一段提到**猶格・索托斯**名字疑似咒語或禱辭的記錄以後，博士對威爾伯・華特立的疑慮就變得愈發強烈。

儘管已經高齡73歲，阿米塔吉博士仍然感到有股漠然的使命感，自己必須挺身對抗威爾伯的不明企圖，於是他一方面調查**華特立家族**，一方面搬出《死靈之書》等禁書著手研究威爾伯熱心調查的邪惡諸神。過沒多久，威爾伯就在1928年8月試圖潛進米斯卡塔尼克大學附屬圖書館的時候被守門狗咬死，而阿米塔吉博士也從威爾伯所留下的筆記裡面得知他的真面目、陰謀，以及有個可怕的怪物正潛伏在敦威治村。

該年9月15日，博士帶著同僚沃倫・萊斯教授和法蘭西斯・摩根教授前赴敦威治村，他們追趕怪物來到哨兵山頂以後，才利用魔法書所記載的咒文成功將其打倒。

亨利・阿米塔吉博士關係圖

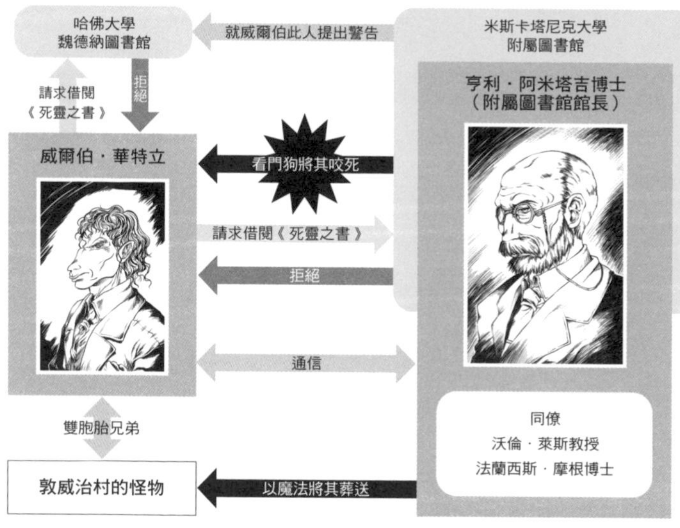

艾莉西亞・Y

除小說和影視作品以外，亦有漫畫將克蘇魯神話引為題材，美國就有亞倫・摩爾的《The League of Extraordinary Gentlemen》*1等美式漫畫作品，日本也有矢野健太郎的《邪神傳說》系列、槻城ゆう子的《召喚之蠻名》等傑作問世。這裡介紹的後藤壽庵《艾莉西亞・Y》，是1994年由茜新社出版的正統派克蘇魯神話作品；此作品擁有H・P・洛夫克萊夫特〈敦威治村怪譚〉後日譚之要素，主角艾莉西亞・Y・阿米塔吉是繼承原本敵對的阿米塔吉教授與華特立家族雙方血統，描述她帶著彷彿魔寵*2般跟隨在身旁的奈亞拉托提普，與已經有數百歲、陰謀奪取神明力量的伊利莎白女王時期魔法師約翰・狄博士——傳說中將《死靈之書》譯成英語的人物——對抗戰鬥的故事。至於艾莉西亞・Y這個名字裡的「Y」代表什麼意思，相信各位讀者從頭讀到這裡都已經心裡有數。

關聯項目

●米斯卡塔尼克大學→No.040
●猶格・索托斯→No.006
●《死靈之書》→No.025
●華特立家族→No.097
●敦威治村→No.042

*1《The League of Extraordinary Gentlemen》：這部作品曾經被電影化，電影片名譯為「天降奇兵」，由史恩康納萊主演。

*2 魔寵：請參照P.060譯注。

No.108

艾德華・卡恩拜

Edward Carnby

專門處理各種詭異離奇現象的幹練的超自然偵探。因緣際會連結起來的諸多怪事件，不斷把他和周遭的人拖向黑暗與瘋狂的世界。

●孤身獨處黑暗中（Alone in the Dark）

艾德華・卡恩拜在洛杉磯開設事務所，是位專門處理超自然離奇事件的著名私家偵探。

卡恩拜原本只是一介普通的私家偵探，他初次以超自然偵探身分進行調查的首樁事件，發生在1924年的秋天。他接受委託調查在《神祕觀察報》上鬧得沸沸揚揚、離奇自殺的藝術家傑瑞米・哈特伍德所留下來的遺物，他前往路易斯安那州遠離聚落的德塞特豪宅，並且從這間空無一人宅院的閣樓房間漏出來的燈光裡面看見了驚人的景象。

自從這樁受到克蘇魯詛咒的惡靈鬼屋事件以後，陸續前來委託卡恩拜的許多案件便淨是伴隨著某種靈異現象的事件，不管他願意或者不願意，卡恩拜漸漸地被視為此領域的第一高手。

德塞特豪宅怪異事件發生不過數個月後，1924年12月又發生著名電影製作人喬治・桑德斯的女兒葛雷絲遭黑幫組織地獄廚房綁架事件。卡恩拜在這樁案件裡面跟傳說中的海盜「獨眼傑克」的惡靈展開決鬥，終於順利救出被擄的少女。

隔年1925年的7月，卡恩拜再度接受桑德斯委託搜尋下落不明的電影外景隊伍，來到從前印地安人奉為聖地的鬼城──屠殺谷，與西部開拓時代的惡靈展開戰鬥。當時卡恩拜雖然遭到槍擊因而一度喪命，後來卻還是靠著印地安驅魔護身符的力量，重新取回肉體得以復活。

其次，跟卡恩拜關係匪淺的德塞特鬼屋在那位藝術家自殺以後是由其姪女艾蜜莉・哈特伍德繼承；後來這間豪宅被貝茨夫婦買下，改裝成汽車旅館，卻又在他們的兒子諾曼這代再度發生了連續殺人事件。

艾德華・卡恩拜關係圖

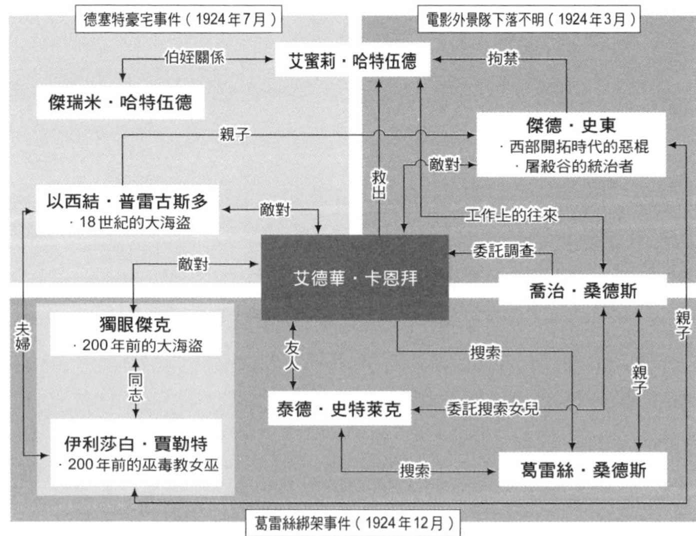

德塞特豪宅

事件發生以後轉賣給貝茨夫婦，改建成汽車旅館的鬼屋德塞特豪宅。在這對夫婦的兒子諾曼這代曾經多次發生慘案。

關聯項目

●偉大的克蘇魯→No.003

No.109

泰忒斯・克婁

Titus Crow

對抗邪神組織「威爾瑪斯基金會」的王牌。憑著魔法與數字命理學*向邪神挑戰的人類守護者。

●超自然偵探

泰忒斯・克婁乃於1916年12月2日出生於英國首都倫敦。他受到父親影響，自幼便對考古學和古生物學極感興趣，成年以後還開始涉獵研究神祕學，甚是博學；他曾經在第二次世界大戰期間任職於英國陸軍部，專門負責解碼德軍暗號、針對阿道夫・希特勒總統的神祕學嗜好進行建言等特殊工作。此外，憑著大受歡迎的《007》系列作品而成為世界聞名間諜小說大作家的伊恩・佛萊明在大戰期間也是從事跟泰忒斯幾乎相同的任務，或許這兩個人曾經見過面也說不定。

泰忒斯在戰爭結束世界回歸和平以後喪失了陸軍部的職位，轉而成為有「現代的大魔術師」、「妖蛆之王」等稱號的古神祕學者朱利安・卡斯泰爾的秘書，就在泰忒斯替卡斯泰爾整理家中龐大藏書的過程當中，他察覺這名老人的真正目的是想要佔據自己青春的肉體，遂利用經過長年研究的數字命理學和魔法的知識與其對抗，並且在聖燭節前晚與卡斯泰爾這個已經活了300年的老妖術師正面對決，成功將他打倒。泰忒斯便是拜這樁事件所賜才開始鑽研東西方世界的魔法書籍，更加深入神祕學的領域，他一方面靠著創作恐怖小說等文筆活動糊口，同時還開始運用本是敵人武器的魔法和數字命理學向邪惡黨徒挑起魔法戰爭。後來泰忒斯與多年的盟友亨利・羅蘭・馬里尼同時參加人類對抗邪神的組織「威爾瑪斯基金會」，並且成為該組織的中心人物，持續對抗他們稱為克蘇魯眷屬邪神群的邪惡存在，最後卻在1968年10月4日颳著狂風的夜裡失去行蹤。

---

* 數字命理學（Numerology）：用數字解釋人的性格或占卜禍福。其理論根據是古希臘哲學家畢達哥拉斯的思想，即萬物最終都可以分解為數。

泰忒斯·克婁年譜

年代	事項
1916年	泰忒斯·克婁出生於倫敦。
1923年	亨利·羅蘭·馬里尼出生。
1930年代後期	亨利·羅蘭·馬里尼前往英國。結識克婁。
1933年	克婁飽受有關「舊日支配者」的噩夢所苦。
1939~45年	克婁任職於陸軍部，負責解譯密碼與有關神祕學的任務。
1945年	克婁從陸軍部退職後，受雇於世稱「妖蛆之王」的黑魔法師朱利安·卡斯泰爾，後來與其對決。自從這場戰鬥以後，克婁便與邪教信徒或恐怖份子有過許多次決鬥。
1964年	克托尼亞入侵北美大陸，與威爾瑪斯基金會展開戰鬥。
1966年	德州的心電感應超能力者漢克·希柏賀參加威爾瑪斯基金會，後與克婁並肩作戰。
1968年6月	克婁與馬里尼加入威爾瑪斯基金會，成為英國支部的代表者。
1968年10月4日	克婁家與布勞家遭狂風吹毀，克婁本身亦下落不明。
1976年	曾經與克婁戰鬥過的邪教集團殘黨聚集在布勞家舊址，發生內部鬥爭因而自滅。
1980年3月	亨利·羅蘭·馬里尼失蹤。

泰忒斯·克婁關係圖

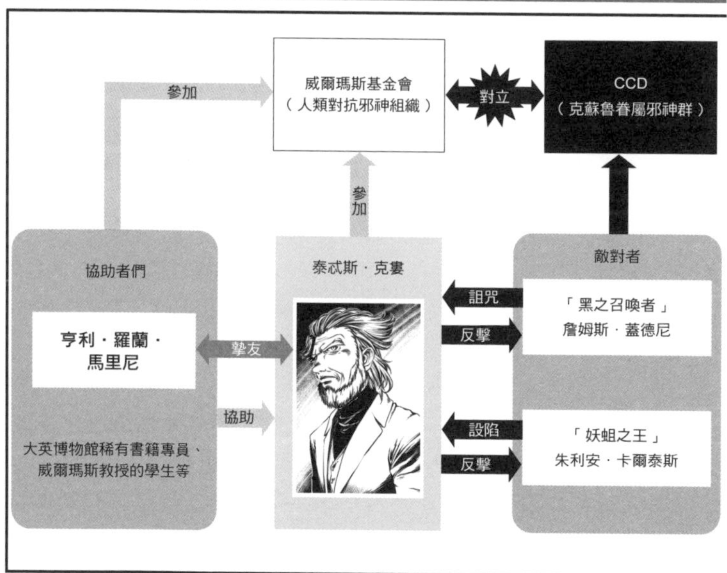

關聯項目

●偉大的克蘇魯→No.003

No.110

艾德溫・溫斯羅普

Edwin Winthrop

喜歡挑戰複雜思考與複雜陰謀的大英帝國祕密情報員，他伸出右手握手的同時，外套底下的左手卻正霍霍地磨著短劍。

●女王陛下的特務機關

戴奧吉尼斯俱樂部是個在介於外交與戰爭中間的範圍內暗地從事活動、旨在守護英國舊有體制的英國皇室直屬特務機關，而艾德溫・溫斯羅普則是隸屬於此祕密情報機關的幹探。

英國非但是貓之女神**巴斯特**的祭司們在古**埃及**王國時期遭驅逐出境以後的流亡地，塞爾特神話的人魚傳說還隱隱然有**「深潛者」**的影子潛伏其中，在英國歷史未能企及的暗處，人類從遙遠的太古時代以來便與邪神崇拜者有過無數次的戰鬥，而戴奧吉尼斯俱樂部也是這些邪神崇拜的敵對組織之一。

溫斯羅普受到該俱樂部偉大領袖查理・彭寧頓・波爾格的薰陶與訓練，在第一次歐洲大戰期間順利完成對德國陸軍航空隊工作的首次任務，其後歷經過許多次艱難的任務，終於成長為經驗豐富、身經百戰的情報員。

大日本帝國偷襲珍珠港、太平洋戰爭爆發3個月後，溫斯羅普於1942年2月在美國聯邦政府的請求之下來到美國；當時加州洛杉磯有「深潛者」的據點——**達貢**的神祕教團死灰復燃，該教團乃是以歐畢德・馬許船長的直系子孫、擁有代表領袖地位之稱號「船長的女兒」的珍妮絲・馬許為中心所組成。溫斯羅普協助FBI的芬萊探員調查該教團，並且成功阻止了珍妮絲等人將歐畢德・馬許的亡魂召喚至嬰兒體內的陰謀。

溫斯羅普在第二次世界大戰結束以後晉升至戴奧吉尼斯俱樂部稱為地下內閣的最高領導決策團體，並以波爾格繼承人的身分擔任議長職位。

戴奧吉尼斯俱樂部

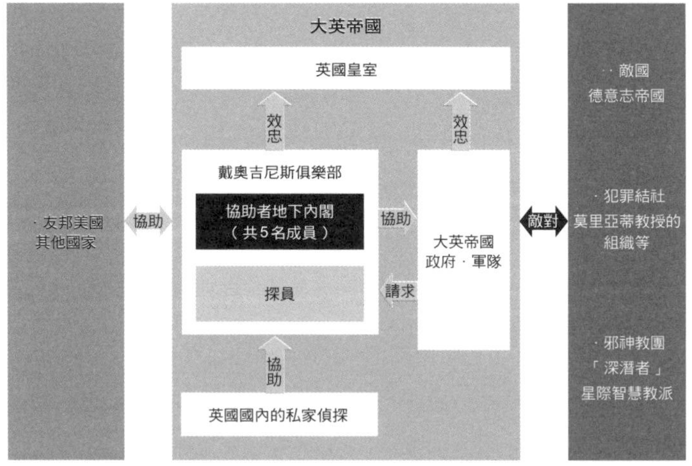

《德古拉紀元》

金・紐曼在《德古拉紀元》系列小說裡面描述歷史從德古拉伯爵擊退亞伯拉罕・凡・赫辛教授及其同志以後產生分歧、構築出眾多吸血鬼堂而皇之橫行闊步的異形社會虛構世界，而艾德溫・溫斯羅普便是其中第二部小說《德古拉戰記》的主角。溫斯羅普在故事裡面與能夠變身成深紅色巨大蝙蝠、屠殺聯合國戰鬥機飛行員的德國擊墜王曼弗雷德・馮・里希特霍芬男爵展開了空中的纏鬥決戰。貫穿整部系列作品的重要角色——有著楚楚可憐少女外表的吸血鬼長生者熱內維埃夫・迪厄多內是金・紐曼最喜愛的角色，他在用傑克・約維爾名義著作的TRPG「戰鎚」小說化作品《龍岩》等作品裡面也都有讓這個女性角色粉墨登場。

他用紐曼和約維爾這兩個名義發表過數篇的克蘇魯神話作品，還在題名為《大魚》的作品裡面讓溫斯羅普和熱內維埃夫兩人以「深潛者」的敵對者身分登場；此作品與其說是《德古拉紀元》的外傳，倒不如說是另外一個平行宇宙來得更加貼切。

關聯項目

- ●其他神明（巴斯特）→No.015
- ●「深潛者」→No.016
- ●達貢→No.009
- ●埃及→No.055
- ●馬許家族→No.096

No.111

索勒・旁斯

Solar Pons

以瀟灑的鴨舌帽和一襲披肩外套為招牌標記的名偵探。索勒・旁斯既是夏洛克・福爾摩斯的勁敵，同時也是他的繼承人之一。

●普雷德街的夏洛克・福爾摩斯

索勒・旁斯與那位彷彿是跟他接班似的退隱薩西克斯鄉下的偉大前輩同樣，都是使用傳統的演繹式推理方法解決各式各樣疑難案件的著名私家偵探。1880年旁斯出生於鍊金術師的城市布拉格，據說他以優秀成績從牛津大學畢業以後，曾經在第一次世界大戰期間隸屬於英軍情報部門，從事某種極機密任務。戰爭結束後的1919年，當他在倫敦普雷德街7號B座的租屋處開設偵探事務所的時候，索勒・旁斯早已經獲得了蘇格蘭警場和英國政府極高的評價。旁斯的興趣非常廣泛，研究對象從最新科學論文到神祕學領域不一而足，1905年還曾經發表有關波納佩島南馬都爾遺跡的論文，1931年則是發表有關克蘇魯邪教的論文。根據其助手兼事件簿記錄者——醫師林頓・帕克博士的報告，我們可以確信旁斯對**阿卜杜・阿爾哈茲萊德**的**《死靈之書》**和**《蠕蟲之祕密》**、**《屍食教典儀》**等禁忌魔法書擁有相當豐富的知識。

此外在他經手過的案件當中，亦不乏有幾件像是16世紀著名占星術師根據水晶球裡面看到的未來而連續犯下殺人行為的亞伯拉罕・威迪喬事件，以及將會在遙遠未來組織犯罪結社沙利俱樂部的**詹姆斯・莫里亞蒂教授**事件等，屬於超脫於自然法則的魔法領域、超科學領域的案件。

其次，旁斯還經常出入英國對抗邪神崇拜的組織戴奧吉尼斯俱樂部，甚至可能跟當時隸屬於該機關的查理・波爾格和**艾德溫・溫斯羅普**曾經見過面。

---

*1 阿雷斯特・柯羅利（Aleister Crowley）：此處乃採奇幻基地《克蘇魯神話》譯名，另可譯作「亞雷斯特・克羅利」或者「阿萊斯特・克勞力」。

索勒・旁斯年譜

年代	事項
1880年	索勒・旁斯出生，是為英國領事館員亞森納斯・旁斯的次子。
1899年	以最優秀成績畢業於牛津大學。
1905年	旁斯發表有關波納佩島南馬都爾遺跡的論文。
1914年~1918年	第一次世紀大戰期間，以英國情報部門探員身分從事極機密任務。
1919年	旁斯的偵探事務所於普雷德街開業。同年與林頓・帕克博士開始共同生活。
1920年代	旁斯解決諾斯特拉達姆斯水晶球連續殺人事件。
1921年	旁斯與靈異偵探湯瑪斯・卡納基進行交流。
1923年9月	旁斯與傅滿州及其犯罪組織「西方」對決。
1925年6月	旁斯在署名斯維登堡的相關事件當中涉及到阿雷斯特・柯羅利[*1]。
1926年10月	旁斯解決「孔雀眼」事件。
1930年10月	旁斯在稀有書籍拍賣冊裡面發現《死靈之書》、《蠕蟲之祕密》等書名。
1931年	旁斯發表有關克蘇魯邪教的論文。
1932年初夏	旁斯訪問夏洛克・福爾摩斯，提供協助。
1938年夏	旁斯在東方快車上遭遇到賽門・鄧普拉與赫丘勒・白羅。
1939年	第二次世界大戰爆發，旁斯重返英國情報部門從事極機密任務。

索勒・旁斯事件簿

亞瑟・柯南・道爾的《夏洛克・福爾摩斯》是部追隨者遠多於克蘇魯神話的小說作品。這部偵探小說不但對全世界作家造成影響，同時還孕生出無數的戲仿作品[*2]和模仿作品。奧古斯特・德勒斯便是其中一位的模仿者。為福爾摩斯的故事深深著迷的德勒斯曾經寫信給敬愛的柯南道爾，希望他能繼續創作續集，可是這位偉大作家禮數周到的回信裡面卻清楚地表達他並沒有意思想要寫續集，於是德勒斯方才決定要自己寫福爾摩斯的故事。由於德勒斯是因為一心想要讀到續集方才提筆創作，再加上他所創造的索勒・旁斯及其搭檔帕克簡直就是福爾摩斯跟華生醫師的翻版，因此許多人認為德勒斯甚至根本就沒有改名字的必要。或許是從德勒斯的字裡行間感受到他對福爾摩斯的深厚情感，他的作品在艾勒里・昆恩等福爾摩斯迷之間獲得了極高評價，甚至還有後繼作家在德勒斯死後繼續接手創作。

關聯項目

- 阿卜杜・阿爾哈茲萊德→No.088
- 《死靈之書》→No.025
- 《蠕蟲之祕密》→No.026
- 《屍食教典儀》→No.034
- 詹姆斯・莫里亞蒂教授→No.102
- 艾德溫・溫斯羅普→No.110

[*2] 戲仿（Parody）：又稱諧仿，文學中的一種諷刺批評或滑稽嘲弄的形式，它模仿一個特定的作家或該派的文體和手法，以突顯該作家的瑕疵，或該流派所濫用的俗套。

英日中名詞對照索引

A

B

C

D

E

F

I

J

K

L

M

N

O

P

Q

R

S

T

U

参考文献

『ラヴクラフト全集』全7巻、H・P・ラヴクラフト、東京創元社
『定本ラヴクラフト全集』全11冊、H・P・ラヴクラフト、国書刊行会
『ラヴクラフト全集』4巻、H・P・ラヴクラフト、創土社
『暗黒の秘儀』H・P・ラヴクラフト、朝日ソノラマ
『イルーニュの巨人』C・A・スミス、東京創元社
『魔界王国』C・A・スミス、朝日ソノラマ
『アーカム計画』ロバート・ブロック、東京創元社
『暗黒界の悪霊』ロバート・ブロック、朝日ソノラマ
『黒の召喚者』ブライアン・ラムレイ、国書刊行会
『タイタス・クロウの事件簿』ブライアン・ラムレイ、東京創元社
『賢者の石』コリン・ウィルソン、東京創元社
『ロイガーの復活』コリン・ウィルソン、早川書房
『ク・リトル・リトル神話集』H・P・ラヴクラフト、国書刊行会
『真ク・リトル・リトル神話大系』全11冊、国書刊行会
『クトゥルー』全13巻、大瀧啓裕・編、青心社
『ラヴクラフトの遺産』R・E・ワインバーグ／M・H・グリーンバーグ編、東京創元社
『インスマス年代記』上・下、スティーヴァン・ジョーンズ編、学習研究社
『理想郷シャンバラ』田中真知、学習研究社
『秘神』朝松健・編、アスペクト
『秘神界　現代編・歴史編』朝松健・編、東京創元社
『ドラキュラ紀元』キム・ニューマン、東京創元社
『ドラキュラ戦記』キム・ニューマン、東京創元社
『ドラキュラ崩御』キム・ニューマン、東京創元社
『ブラックウッド傑作選』A・ブラックウッド、東京創元社
『宇宙戦争』H・G・ウェルズ、東京創元社
『シャーロック・ホームズの宇宙戦争』M・W／W・ウェルマン、東京創元社
『海底二万里』ジュール・ヴェルヌ、東京創元社
『氷のスフィンクス』ジュール・ヴェルヌ、集英社文庫
『ポオ全集』2巻、エドガー・アラン・ポオ、東京創元社
『火星のプリンセス』E・R・バローズ、東京創元社
『ゾンガーと魔道師の王』リン・カーター、東京創元社
『失われた黄金都市』マイクル・クライトン、ハヤカワ書房
『暗黒大陸の怪異』ジェイムズ・ブリッシュ、東京創元社
『ラプラスの魔』山本弘、角川書店
『ラヴクラフト恐怖の宇宙史』H・P・ラヴクラフト／コリン・ウィルソン、角川書店
『ソーラー・ポンズの事件簿』オーガスト・ダーレス、東京創元社
"The Memoirs of Solar Pons" August Derleth, Mycroft&Moran
『シャーロック・ホームズ対オカルト怪人』ランダル・コリンズ編、河出書房新社
『アリシア・Y』後藤寿庵、茜新社
『召喚の蛮名』槻城ゆう子、エンターブレイン
『邪神伝説シリーズ』全5巻、矢野健太郎、学習研究社

『リーグ・オブ・エクストラオーディナリー・ジェントルメン』アラン・ムーア、JIVE
『続リーグ・オブ・エクストラオーディナリー・ジェントルメン』アラン・ムーア、JIVE
『拝Hiテンション』平野耕太、青磁ビブロス
『真夜中の檻』平井呈一、東京創元社
『人外魔境』小栗虫太郎、角川書店
『魔道書ネクロノミコン』ジョージ・ヘイ編、学習研究社
『暗黒の邪神世界　クトゥルー神話大全』学習研究社
『新訂　クトゥルー神話事典』東雅夫、学習研究社
『怪物世界　パルプマガジン　恐怖の絵師たち』ピーター・ヘイニング編、国書刊行会
『世界文学にみる架空地名大事典』アルベルト・マングェル&ジアンニ・グアダルーピ編、講談社
『シャーロック・ホームズ　ガス燈に浮かぶその生涯』W・S・ベアリング・グールド、河出書房新社
『シャーロック・ホームズ大全』アーサー・コナン・ドイル、講談社
『90年度宇津帆島全誌』遊演体
『クトゥルフ・ハンドブック』山本弘、ホビージャパン
『クトゥルフ神話図説』サンディ・ピーターセン、ホビージャパン
『クトゥルフ・ワールドツアー』ホビージャパン
『黒の断章Complete Works』高橋書店
『涼崎探偵事務所シリーズEsの方程式・黒の断章　原画集』ぶんか社
『アローン・イン・ザ・ダーク　公式ガイドブック』鎌田三平、小学館
『アローン・イン・ザ・ダーク2　公式ガイドブック』北山崇、小学館
『アローン・イン・ザ・ダーク3　公式ガイドブック』鎌田三平、小学館
『乱歩の選んだベスト・ホラー』森英俊／野村宏平・編、筑摩書房
『失われたムー大陸』J・チャーチワード、大陸書房
『幻のレムリア大陸』ルイス・スペンス、大陸書房
『セイレムの魔術』チャドウィック・ハンセン、工作舎
“THE MEMOIRS OF SOLAR PONS” August Derleth, PINNACLE BOOKS
“ENCYCLOPEDIA CTHULHIANA” DANIEL HARMS, Chaosium

●雑誌
『『ユリイカ』1984年10月号、青土社
『幻想と怪奇』4号、歳月社
『幻想文学6号　ラヴクラフト症候群』幻想文学出版局
『別冊幻想文学　クトゥルー倶楽部』幻想文学出版局
『別冊幻想文学　ラヴクラフト・シンドローム』幻想文学出版局
『S－Fマガジン』1972年9月臨時増刊号、早川書房
『ミステリマガジン』2003年8月号、早川書房
『別冊奇想天外NO.13 SF MYSTERY大全集』奇想天外社
『宝石』1949年3月号、岩谷書店

●ゲーム：

『暗黒教団の陰謀』大瀧啓裕、東京創元社
『クトゥルフの呼び声　改訂版』ホビージャパン
『ウェンディゴの挑戦』ホビージャパン
『ヨグ・ソトースの影』ホビージャパン
『ユゴスよりの侵略』ホビージャパン
『クトゥルフ・バイ・ガスライト』ホビージャパン
『黄昏の天使』ホビージャパン
『ニャルラトテップの仮面』ホビージャパン
『アーカムのすべて』ホビージャパン
『コール・オブ・クトゥルフd20』モンテ・クック／ジョン・タインズ、新紀元社
『H・P・ラヴクラフト　アーカム』キース・ハーパー、新紀元社
『コール・オブ・クトゥルフ』サンディ・ピーターセン／リン・ウィリス、エンターブレイン
"CALL of CTHULHU COLLECTIBLE CARD GAME" Fantasy Fight Games
『アローン・イン・ザ・ダーク』アローマイクロテックス
『アローン・イン・ザ・ダーク2』アローマイクロテックス
『アローン・イン・ザ・ダーク3』エーエムティーサヴァン
『黒の断章』アボガドパワーズ
『Esの方程式』アボガドパワーズ
『斬魔大聖デモンベイン』ニトロプラス
"MISKATONIC U. Graduate Kit: Chaosium
"H.P.Lovecraft's DUNWICH" Keith Herber, Chaosium
"H.P.Lovecraft's DREAMLANDS" CHRIS WILLIAMS/SANDY PETERSEN, Chaosium
"RAMSEY CAMPBELL'S GOATSWOOD" Scott David Aniolowski/Gary Sumpter, Chaosium

●影像作品

『『ダンウィッチの怪』ダニエル・ホラー監督
『DAGON』スチュアート・ゴードン監督
『インスマスを覆う影』TBS

譯者參考文獻

《宗教辭典》（上下）任繼愈主編／博遠出版社／1989年
《戰慄傳說》H・P・洛夫克萊夫特／趙三賢譯／奇幻基地／2004年
《克蘇魯神話》史蒂芬・金等／李璞良譯／奇幻基地／2004年
《惡魔事典》山北篤・佐藤俊之監修／高胤喨・劉子嘉・林哲逸合譯／奇幻基地／2003
《魔導具事典》山北篤監修／黃牧仁・林哲逸・魏煜奇合譯／奇幻基地／2005年
《圖解鍊金術》草野巧著／王書銘譯／奇幻基地／2007年
《西洋神名事典》山北篤監修／鄭銘得譯／奇幻基地／2004年
《埃及神名事典》池上正太著／王書銘譯／奇幻基地／2008年
《魔法・幻想百科》山北篤監修／王書銘・高胤喨譯／奇幻基地／2006年

國家圖書館出版品預行編目資料

圖解克蘇魯神話／森瀨 繚著；王書銘譯. -- 初版. -- 台北市：
奇幻基地出版：家庭傳媒城邦分公司發行；2010（民99.06）
面： 公分.--（F-Maps：005）
ISBN 978-986-6275-08-1（平裝）
1. 神怪小說 2. 神話 3. 角色 4. 文學評論
872.57 99007188

F-Maps 005

圖解克蘇魯神話

原文書名／図解クトゥルフ神話
作　　者／森瀨 繚
譯　　者／王書銘
企畫選書人／楊秀眞
責任編輯／張世國

版權行政暨數位業務專員／陳玉鈴
資深版權專員／許儀盈
行銷企劃／陳姿億
行銷業務經理／李振東
總 編 輯／王雪莉
發 行 人／何飛鵬
法律顧問／元禾法律事務所 王子文律師
出　　版／奇幻基地出版
城邦文化事業股份有限公司
台北市104民生東路二段141號8樓
電話：(02)25007008　傳眞：(02)25027676
網址：www.ffoundation.com.tw
e-mail：ffoundation@cite.com.tw
發　　行／英屬蓋曼群島商家庭傳媒股份有限公司城邦分公司
台北市104民生東路二段141號11樓
書虫客服服務專線：(02)25007718・(02)25007719
24小時傳眞服務：(02)25170999・(02)25001991
服務時間：週一至週五09:30-12:00・13:30-17:00
郵撥帳號：19863813　戶名：書虫股份有限公司
讀者服務信箱 E-mail：service@readingclub.com.tw
歡迎光臨城邦讀書花園 網址：www.cite.com.tw
香港發行所／城邦（香港）出版集團有限公司
香港灣仔駱克道193號東超商業中心1樓
電話：(852) 2508-6231 傳眞：(852) 2578-9337
馬新發行所／城邦（馬新）出版集團
【Cite(M)Sdn. Bhd.(458372U)】
11, Jalan 30D/146, Desa Tasik,
Sungai Besi, 57000 Kuala Lumpur, Malaysia.
電話：(603) 90563833　傳眞：(603)90562833

封面插畫／黃聖文
排　　版／浩瀚電腦排版股份有限公司
印　　刷／高典印刷有限公司

■2010年（民99）6月8日初版
■2022年（民111）6月2日初版9刷
Printed in Taiwan.
售價／320元

ISBN 978-986-6275-08-1

Printed in Taiwan.

DIRECTION
Leou Molice
（Chronoscape Co., Ltd.）
GUEST WRITING
Hiraku Takeoka
Touya Tachihara
ILLUST
Midori Satoh
Spark Utamaro
Kaname Itsuki
Rasenjin Hayami
Tohru Yoshii
Ninaru Kohse
SPECIAL THANKS
Ken Asamatsu

廣　告　回　函
北區郵政管理登記證
台北廣字第000791號
郵資已付，免貼郵票

104台北市民生東路二段141號11樓

英屬蓋曼群島商家庭傳媒股份有限公司城邦分公司 收

請沿虛線對摺，謝謝

每個人都有一本奇幻文學的啓蒙書

網站：http://www.ffoundation.com.tw

書號： 1HP005　　　書名：圖解克蘇魯神話

請於此處用膠水黏貼

讀者回函卡

謝謝您購買我們出版的書籍！請費心填寫此回函卡，我們將不定期寄上城邦集團最新的出版訊息。

姓名：＿＿＿＿＿＿＿＿＿＿＿＿＿＿＿＿ 性別：□男 □女

生日：西元＿＿＿＿＿年＿＿＿＿＿＿月＿＿＿＿＿＿＿日

地址：＿＿＿＿＿＿＿＿＿＿＿＿＿＿＿＿＿＿＿＿＿＿＿＿

聯絡電話：＿＿＿＿＿＿＿＿＿＿傳真：＿＿＿＿＿＿＿＿＿＿

E-mail ：＿＿＿＿＿＿＿＿＿＿＿＿＿＿＿＿＿＿＿＿＿＿＿＿

學歷：□ 1.小學 □ 2.國中 □ 3.高中 □ 4.大專 □ 5.研究所以上

職業：□ 1.學生 □ 2.軍公教 □ 3.服務 □ 4.金融 □ 5.製造 □ 6.資訊

□ 7.傳播 □ 8.自由業 □ 9.農漁牧 □ 10.家管 □ 11.退休

□ 12.其他＿＿＿＿＿＿＿＿＿＿＿＿＿＿＿＿＿＿＿＿＿＿

您從何種方式得知本書消息？

□ 1.書店 □ 2.網路 □ 3.報紙 □ 4.雜誌 □ 5.廣播 □ 6.電視

□ 7.親友推薦 □ 8.其他＿＿＿＿＿＿＿＿＿＿＿＿＿＿＿＿

您通常以何種方式購書？

□ 1.書店 □ 2.網路 □ 3.傳真訂購 □ 4.郵局劃撥 □ 5.其他

您購買本書的原因是（單選）

□ 1.封面吸引人 □ 2.內容豐富 □ 3.價格合理

您喜歡以下哪一種類型的書籍？（可複選）

□ 1.科幻 □ 2.魔法奇幻 □ 3.恐怖 □ 4.偵探推理

□ 5.實用類型工具書籍

您是否為奇幻基地網站會員？

□ 1.是□ 2.否（若您非奇幻基地會員，歡迎您上網免費加入，可享有奇幻基地網站線上購書 75 折，以及不定時優惠活動：http://www.ffoundation.com.tw/）

對我們的建議：＿＿＿＿＿＿＿＿＿＿＿＿＿＿＿＿＿＿＿＿

＿＿＿＿＿＿＿＿＿＿＿＿＿＿＿＿＿＿＿＿

＿＿＿＿＿＿＿＿＿＿＿＿＿＿＿＿＿＿＿＿

請於此處用膠水黏貼